인격은 어떻게 발달하는가

인격은 어떻게 발달하는가

초판 1쇄 발행   2015년 10월 30일
3쇄 발행   2019년 04월 15일

지은이   칼 구스타프 융
옮긴이   김세영 정명진
펴낸이   정명진
디자인   정다희

펴낸곳   도서출판 부글북스
등록번호   제300-2005-150호
등록일자   2005년 9월 2일

주소   서울시 노원구 공릉로63길 14, 101동 203호(하계동, 청구빌라)
       (139-872)
전화   02-948-7289
전자우편   00123korea@hanmail.net

ISBN   979-11-5920-000-7 03180

인격은 어떻게 발달하는가

칼 구스타프 융 지음 김세영 · 정명진 옮김

차례

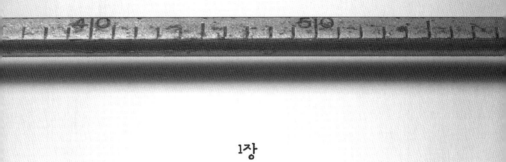

1장

어린이가 겪는 정신적 갈등

"안나"라는 소녀의 케이스

|

지그문트 프로이트(Sigmund Freud)가 "꼬마 한스"(Little Hans)라는 어린이 환자에 관한 보고서를 발표할 즈음, 나는 정신분석을 잘 아는 어느 아버지로부터 당시 4세였던 자신의 귀여운 딸을 관찰한 내용을 연속적으로 받고 있었다.

이 관찰이 "꼬마 한스"에 관한 프로이트의 보고와 관계가 깊고 또 보완하는 측면이 있기 때문에, 나는 이 자료를 더 많은 사람들이 접할 수 있도록 해야겠다는 생각이 앞섰다. 이 자료가 "꼬마 한스"에 관한 자료와 많이 다르긴 하지만, "꼬마 한스" 보고에 쏟아진 분노뿐만 아니라 그 보고를 둘러싸고 광범위하게 나타나고 있는 오해가 나로 하여금 이 자료를 공개하도록 만들었다. 그럼에도, 이 자료는 "꼬마 한스"의 사례가 흔한 일일 수 있다는 사실을 뒷받침하는 내용을 많이 담고 있다. 소위 말하는 "과학적" 비판은 이런 중요한 문제에 지나치게 성급하게 나서는 것 같다. 사람들이 무엇이든 먼저 철저히 검토한 다음에 판단을 해야 한다는 원칙을 아직 배우지 않았다는 사실을 드러내보였기에 하는 말이다.

관찰 대상이 된 어린 소녀는 똑똑하고 지적으로 활발한 아이이다. 또한 건강하고 명랑한 소녀이다. 이 소녀는 심하게 아팠던 적도 없었으며, "신경증" 징후를 보인 적도 한 번도 없었다.

이 아이는 세 살 때부터 다양한 관심사를 보였다. 온갖 종류의 질문을 던지고, 소망이 담긴 공상을 엮어내기 시작했다. 그러나 애석하게도 앞으로 전할 보고에서, 일관된 설명을 기대하기는 어려울 것 같다. 왜냐하면 이 보고가 에피소드 중심으로 이뤄져 있기 때문이다. 이 일화들은 그와 비슷한 경험들 중에서 한 가지 별도의 경험만을 다루고 있고, 따라서 과학적으로나 체계적으로 다뤄지기가 힘들었다. 그래서 일화들은 이야기 형태를 취할 것이다. 현 상태의 심리학으로는 이런 유형의 설명이 불가피하다. 그 이유는 아직은 전형적인 것과 특별한 것을 확실히 구분하기가 어렵기 때문이다.

앞으로 "안나"라는 이름으로 불릴 이 아이는 세 살 때 자기 할머니와 다음과 같은 대화를 나눴다.

"할머니, 왜 귀가 그렇게 어두워?"

"늙어서 그렇단다."

"그러면 할머니는 다시 어려지는 거야?"

"아가야, 그건 안 될 말이란다. 할머니는 이제 점점 더 늙어갈 거야. 그러다가 죽을 거야."

"그 다음에는?"

"천사가 될 걸."

"그러면 다시 아기가 되는 거야?"

　여기서 아이는 어떤 문제에 대한 잠정적 해답을 찾아낼 가능성을 발견했다. 그 전에 한동안 어린 소녀는 자기 어머니에게 자신이 진짜 살아 있는 인형을, 말하자면 남동생을 갖게 될 것인지를 묻는 버릇이 있었다. 이 질문은 자연스럽게 아기는 어디서 오는가 하는 문제를 떠올리게 했다. 이런 질문들이 상당히 자연스럽게 제기되었을 때, 소녀의 부모들은 딸이 별다른 생각 없이 묻는 것 같기에 거기에 아무런 의미도 부여하지 않고 질문에 가볍게 대답했다.

아기의 출생에 관한 아이의 이론

|

그러던 어느 날 안나는 어머니에게서 황새가 아이를 데려다준다는 아름다운 그 이야기를 들었다. 그런데 안나는 이미 다른 곳에서 이보다 조금 더 진지한 버전의 이야기를 들은 터였다. 말하자면 아이들은 천국에 살고 있는 귀여운 천사들이며, 앞에 말한 황새가 그 아이들을 이 땅으로 데려온다는 식의 이야기였다. 이 이론이 안나가 탐구적인 활동을 하도록 한 출발점이었던 것 같다. 할머니와의 대화를 통해서, 소녀는 이 이론이 꽤 광범위하게 적용될 수 있을 것 같다는 생각을 품게 되었다. 왜냐하면 이 이론이 죽음이라

는 무서운 생각뿐만 아니라 아이들이 어디서 오는가 하는 수수께끼까지 꽤 부드럽게 풀어주었기 때문이다. 안나는 혼자서 이런 식으로 생각하는 것 같았다. "사람은 죽으면 천사가 되고, 그랬다가 다시 아이가 되는 것이구나." 하나의 돌로 2마리의 새를 잡는 이런 종류의 해결책은 심지어 과학에서도 집요하게 추구되곤 했다. 그렇기 때문에 이 해결책은 진실이 아닌 것으로 확인되어 아이의 마음에서 지워질 때에도 어느 정도의 충격을 남기게 마련이다. 이 같은 단순한 인식에 윤회 이론의 씨앗이 들어 있다. 우리가 확인하는 바와 같이, 이 이론은 오늘날에도 수많은 사람들의 내면에 살아 있다.

"꼬마 한스"의 삶의 역사에서 여동생의 출생이 전환점이 되었던 것과 마찬가지로, 이 소녀의 예에서도 그 전환점은 남동생의 출생이었다. 안나가 네 살일 때, 남동생이 태어났다. 아이들이 어디에서 오는가 하는 문제는 지금까지 거의 건드려지지 않았지만 이젠 당면 문제가 되었다. 어머니의 임신은 분명 눈치 채지 못한 상태에서 지나갔을 것이다. 말하자면 안나가 이 주제에 대해 어떠한 관찰도 하지 않았다는 말이다. 동생의 출산을 앞둔 날 밤에 어머니의 산통이 막 시작되었을 때, 소녀는 자신이 아버지의 방에 있다는 사실을 깨달았다.

아버지가 그녀를 무릎에 앉힌 다음에 이렇게 말했다. "오늘 밤, 너에게 귀여운 남동생이 생기면 너는 어떻게 할 거니?" 이에 소녀의 대답은 "죽여 버릴 테야."라는 것이었다. "죽이다"라는 표현이 매우 무서워 보이지만 실제로 보면 아무런 피해를 주지 않는다. 왜냐하면 "죽이다"거나 "죽는다"는 표현은 아이들의 언어에서, 프로이트가 여러 차례 제기한 바와 같이, 능동적으로나 수동적으로 "쫓아내다"라는 뜻에 지나지 않기 때문이다. 한때 나는

15세 소녀를 치료한 적이 있다. 정신분석 과정에 어떤 연상을 거듭해서 떠올리고 실러(Friedrich von Schiller)의 '종의 노래'(Das Lied von der Glocke)에 대해 끊임없이 생각하고 있던 소녀였다. 소녀는 그 시를 제대로 읽은 적이 없고 그냥 슬쩍 한 번 보았을 뿐인데도 성당 종루에 관한 무엇인가를 기억하고 있었다. 그녀는 그 시의 세부사항에 대해서는 더 이상 아는 것이 없었다. 그녀가 줄곧 생각한 내용은 그 시 중에서 이 부분이다.

> 종루에서
> 장례식을 위해
> 둔중하고 슬픈
> 종소리가 내려 앉고 …
>
> 아! 그것은 아내와 어머니,
> 여린 아내와 헌신적인 어머니.
> 망령 같은 어둠의 왕자가
> 그녀의 배우자의 팔에서 낚아챈 것은.

당연히 소녀는 자기 어머니를 대단히 사랑했으며 어머니의 죽음에 대해서는 전혀 생각하지 않았다. 그럼에도 한편으로 보면 그때 소녀가 처한 상황은 이러했다. 소녀는 5주일 동안 어머니와 함께 친척 집에서 지내야 했다. 그 전해에는 어머니 혼자서 거길 갔고 딸(응석받이로 자란 외동딸)은 아버지와 함께 집에 남았다. 그런데 불행하게도 올해 소녀의 어머니는 배우자의 팔에서 "꼬마 아내"를 빼앗고 나섰다. 그런 한편 딸은 "헌신적인 어머니"와 떨어져 있는 쪽을 더 좋아했다.

그렇다면 어떤 아이의 입에서 나오는 "죽인다"는 표현은 전혀 아무런 피해를 입히지 않는 말이다. 안나가 온갖 종류의 파괴와 제거, 폐기 등을 뜻하는 단어로 "죽인다"는 말을 똑같이 무차별적으로 쓰고 있다는 사실을 안다면, 그 같은 표현에 대해선 더욱 걱정하지 않게 될 것이다. 그래도 이 같은 성향에 주목할 필요는 있다.

이 어린 소녀의 남동생은 그날 아침 일찍 태어났다. 출산의 흔적을 다 지운 다음에, 아버지는 안나가 자고 있던 방으로 들어갔다. 그가 방을 들어설 때, 안나가 잠에서 깨어났다. 그는 안나에게 남동생이 태어났다는 소식을 전했다. 그러자 아이의 얼굴에 놀라고 긴장하는 표정이 스쳤다. 이어서 아버지는 안나를 들어 안고 부부의 침실로 옮겼다. 안나는 다소 창백한 어머니를 보고 당혹감과 의심이 뒤섞인 표정을 지어보였다. 마치 "지금 무슨 일이 벌어지고 있는 거야?"라고 묻는 듯이 보였다. 안나는 남동생의 출현에 즐거운 표정을 거의 짓지 않았다. 안나가 아기에게 보인 냉담한 반응이 주변 사람들에게 실망을 안겨주었다. 그날 오전 내내, 안나는 눈에 두드러질 만큼 자기 어머니로부터 떨어져 지냈다. 평소에 안나가 언제나 자기 어머니 주변을 맴돌았기 때문에, 이 점이 더욱 두드러져 보였다. 그러던 어느 순간 어머니가 혼자 있을 때, 안나는 방으로 달려 들어가 어머니의 목을 두 팔로 감고 급히 속삭였다. "엄마, 지금 죽는 거 아니지?"

아이의 영혼 안에서 벌어지고 있는 갈등의 한 자락이 지금 우리 앞에 드러나고 있다. 이 소녀에게 지금까지 황새 이론이 그럴 듯하다는 생각이 들었던 적은 한 번도 없었다. 그러나 아기의 탄생과 관련한 부활 가설은 틀림없이 그럴 듯하게 다가왔을 것이다. 이 가설에 따르면, 사람은 죽으면서 아이가 세상에 태어나도록 돕는다. 따라서 소녀의 엄마는 죽게 되어 있었다. 그런 마당에 안나가 새로운 아기의 출생에 기뻐해야 할 이유가 있을까? 어쨌든 질투심이 느껴지기 시작하는 대상의 출생에 대해서 말이다.

따라서 안나는 적절한 기회에 엄마가 죽을 것인지 죽지 않을 것인지를 확인해서 스스로 불안을 털어내야 했다. 엄마는 죽지 않았다. 그러나 이 같은 행복한 결말 때문에, 부활 이론은 심각한 타격을 입는다. 귀여운 남동생의 출생에 대해, 전반적으로 아이들의 기원에 대해 도대체 어떻게 설명해야 하는가? 그래도 황새 이론이 남아 있다. 이 이론은 명확하게 부정되지 않았음에도 불구하고 부활 이론에 밀려 암묵적으로 폐기되었다. 불행하게도, 소녀가 이 의문을 풀려고 벌인 그 다음의 시도들은 부모의 눈에 잘 보이지 않았다. 이유는 소녀가 몇 주일 동안 할머니 댁에서 지냈기 때문이다. 그러나 할머니의 보고를 근거로 할 때, 황새 이론을 놓고 더 많은 이야기가 오고갔음에 틀림없다. 또한 손녀와 할머니 사이에 황새 이론을 지지한다는 암묵적 합의도 있었다.

집으로 돌아온 다음에 안나는 어머니를 보자마자 남동생의 출생 직후에 보였던, 당혹감과 의심이 교차하는 그런 감정을 보였다. 이 인상은 안나의 부모 둘 다에게 상당히 분명하게 느껴졌다. 그럼에도 이 인상에 대한 설명은 불가능했다. 아기를 대하는 안나의 태도가 매우 다정했다. 그 사이에 간호사가 안나의 집에 와 있었다. 이 간호사는 유니폼 때문에 어린 안나에게 강한 인상을 남겼다. 처음에는 대단히 부정적인 인상이었다. 간호사가 매사에 안나에게 적의를 노골적으로 드러냈기 때문이다. 따라서 밤에 간호사가 안나의 옷을 갈아 입히고 침대에 가서 자도록 하는 것이 여간 힘든 일이 아니었다. 이 같은 저항의 원인은 갓난아기의 침대 옆에서 빚어진 혼란 속에서 금방 밝혀졌다. 그때 안나는 간호사를 향해 "이 아긴 당신의 남동생이 아니야. 내 남동생이야!"라고 외쳤다. 그러나 안나는 점차적으로 간호사와 친해졌고 자신이 간호사가 되는 놀이를 하기 시작했다. 안나는 흰색 모자를 쓰고 앞치마를 두른 가운데 갓난 남동생과 인형을 번갈아 보살폈다. 지금 안나의 기분은 그 전과 정반대로 조금 쓸쓸해 보이고 몽롱한 것 같다. 안나는 가끔 몇 시간씩 테이블 밑에 쪼그리고 앉아서 긴 노래를 혼자 운율까지 맞춰가며 불렀다. 부분적으로 이해가 불가능한 내용이었으나 "간호사"가 주제("나는 녹십자사 간호사라네")인 것만은 틀림없었다. 또 표현의 기회를 찾고 있던 고통스런 감정이 느껴지는 그런 노래였다.

여기서 우리는 이 아이의 삶에서 중요한 새로운 특징을 만난다. 시의 첫 번째 특징인 몽상, 즉 애잔한 긴장의 분위기가 그것이다. 대체로 보면 이런 것들은 훗날 젊은이 혹은 처녀가 가족과의 끈을 끊을 준비를 하는 시점에, 다시 말해 독립적인 개인으로서 삶 속으로 보다 깊이 들어갈 준비를 하면서도 여전히 내면적으로 가족의 따스함에 향수를 느끼는 그런 시점에 경험하게 되는 것이다. 그런 시기에 향수를 느끼는 감정들이 현재 결여하고 있는 것을 보상하기 위해 시적인 공상을 엮어내기 시작한다. 네 살짜리 소녀의 심리가 사춘기에 가까워지는 소년이나 소녀의 심리와 비슷하다는 점은 처음에는 모순처럼 보일 수 있다. 그러나 그 유사성은 나이에 있는 것이 아니라 심리적 기제에 있다.

애잔한 몽상은 이전의 사랑 중에서 진짜 대상에게 쏟아졌고 또 쏟아져야 했던 부분이 지금은 자신의 내면을 향하고 있다는 사실을 표현하고 있다. 다시 말해 그 사랑이 주체, 즉 어린 소녀의 자신으로 향하면서 거기서 공상의 기능을 증대시키고 있다는 뜻이다. 그렇다면 이 내향은 어디서 비롯되는가? 내향은 이 시기에만 특유한 심리적 징후인가, 아니면 내향은 어떤 갈등에서 비롯되는 것인가?

이 점에 대해서는 다음에 소개하는 에피소드가 많은 이야기를 들려준다. 안나는 그 전에 비해 어머니의 뜻을 따르지 않는 경우가 더 잦아졌다. 걸핏하면 "할머니한테 갈 거야!"라는 말을 달고 살았다.

"네가 떠나면 엄마가 슬퍼질 텐데."

"아니야. 엄마한텐 동생이 있잖아."

여기서 어머니의 반응은 이 소녀가 다시 할머니한테 가겠다는 협박을 통해 진짜로 얻고 있는 것이 무엇인지를 잘 보여주고 있다. 소녀는 어머니가 자신의 제안에 어떤 식으로 말하는지 알고 싶어 했다. 또 어머니의 태도가 전반적으로 어떤지, 그리고 어린 남동생 때문에 자신이 어머니의 애정에서 완전히 밀려난 것은 아닌지가 궁금했던 것이다. 그러나 속이 훤히 보이는 이런 계략에 넘어가지 말아야 한다. 소녀는 남동생이라는 존재에도 불구하고 자신이 어머니의 사랑을 전혀 박탈당하지 않았다는 사실을 완벽하게 보고 느낄 수 있다. 소녀가 그 점에서 어머니에게 투정을 부리는 것은 정당화되지 못한다. 정신분석을 잘 아는 사람들의 귀에는 소녀의 목소리에 어머니에 대한 애정이 실려 있는 것으로 들린다. 심지어 어른들 사이에서도 이런 예가 자주 보인다. 꽤 쉽게 파악되는 그런 어조는 대체로 진지하게 받아들여지지 않으며, 바로 그런 이유 때문에 더욱 강하게 나오게 된다. 이 같은 소녀의 불평을 어머니가 심각하게 받아들여선 안 된다. 왜냐하면 그것은 단지 다른 것을, 이 예의 경우에는 더욱 심각한 저항을 표현할 것임을 예고하는 전조에 지나지 않기 때문이다. 앞에 제시한 대화가 있고 얼마 지나지 않아서, 다음과 같은 장면이 벌어졌다.

> **엄마:** "이리 온. 정원에 나가 보게."
>
> **안나:** "엄마는 거짓말쟁이야. 진실을 말해주지 않아."
>
> **엄마:** "무슨 말이야? 당연히 엄마는 진실을 말하고 있는데."
>
> **안나:** "아니야. 엄마는 진실을 말하고 있지 않아."
>
> **엄마:** "내가 진실을 말하는지 거짓말을 하는지 금방 알게 될 거야. 지금 정원에 가자니까."
>
> **안나:** "정말이야? 정말이지? 거짓말 하는 것 아니지?"

이와 비슷한 장면이 여러 차례 반복되었다. 그러나 이번에는 소녀의 목소리가 보다 격하고 일관성을 보였다. "거짓말"이라는 단어에 들어간 악센트는 소녀의 부모가 이해하지 못한 특별한 무엇인가를 드러냈다. 정말이지, 소녀의 부모는 아무렇게나 뱉는 것 같은 아이의 말에 거의 아무런 의미를 부여하지 않았다. 이런 식으로 소녀의 부모는 오직 모든 공식적인 교육이 하는 것을 그대로 답습하고 있었다. 우리 어른들은 대체로 성장의 여러 단계를 거치고 있는 아이들의 말에 귀를 기울이지 않는다. 어른들은 모든 근본적인 일에서 아이들을 '정신적으로 자신의 문제를 처리하지 못하는' 존재로 여기고, 모든 비근본적인 일에서 아이들을 자동장치의 완벽성을 터득하도록 훈련시킨다. 아이들의 저항 뒤에는 언제나 어떤 질문이, 말하자면 어떤 갈등이 작용하고 있다. 이 갈등에 대해 우리는 곧 다른 때에 다른 예를 통해서 충분히 듣게 될 것이다. 그러나 대체로 보면 우리는 귀로 들리는 말과 그 저항을 연결시키는 것을 망각한다. 한 예로, 안나는 다른 상황에서 어머니에게 거북한 질문을 던진다.

"나중에 어른이 되면 간호사가 될 거야."
"엄마도 어릴 때 그런 생각을 했단다."
"그런데 왜 엄마는 간호사가 되지 않았어?"
"글쎄다. 대신에 엄마가 되었잖아. 그래서 돌볼 아이들도 생겼고."
(안나가 생각에 잠긴 표정을 짓다가 묻는다.) "그렇다면 내가 엄마와 다른
여자가 될 수도 있는 거야? 내가 다른 곳에서 살 수도 있는 거야? 그러면
서도 엄마와 계속 말을 하며 살 수 있는 거야?"

어머니의 대답은 여기서도 다시 아이의 질문이 어디로 향하고 있는지를 보여주고 있다. 안나는 간호사처럼 자신이 직접 돌볼 아이를 갖고 싶어 한다. 간호사가 아이를 어디서 얻는지는 꽤 분명하다. 안나는 자신이 다 크고 나면 간호사와 똑같은 방법으로 아이를 얻을 수 있을 것 같다. 그렇다면 엄마는 왜 그런 간호사가 아닐까? 다시 말해, 엄마는 간호사처럼 아이를 얻지

않았다면 도대체 어떤 식으로 아이를 얻었을까?

안나는 간호사가 한 것과 똑같은 방법으로 아이를 얻을 수 있을 것이다. 그러나 자기 어머니가 아이를 얻은 방법에 대해 상상하는 것은 안나에겐 쉬운 일이 아니었다. 그래서 "그렇다면 내가 엄마와 다른 여자가 될 수도 있는 걸까?"라는, 사려 깊은 질문이 나올 수 있었다. 내가 모든 면에서 다를 수도 있을까?

황새 이론은 분명히 말도 되지 않는다. 엄마가 죽고 새로운 아이가 태어난다는 이론도 마찬가지로 말이 되지 않는다. 그렇다면 사람들은 간호사가 아이를 얻듯이 그렇게 아이를 얻을 것이다. 이런 식으로 자연스럽게 안나도 아이를 얻을 수 있을 것이다. 하지만 엄마는 아이를 어떻게 얻은 걸까? 간호사가 아닌데도 아이들을 갖고 있으니 말이다. 이런 각도에서 그 문제를 바라보면서, 안나는 "왜 엄마는 간호사가 되지 않았어?"라고 묻는다. 엄마는 왜 자연스럽고 평범한 방법으로 아이들을 갖지 않았느냐는 뜻이다. 이처럼 이상할 만큼 간접적인 유형의 질문이 전형적인 형식이다. 간접적인 질문이 되는 이유는 아이가 그 문제를 흐릿하게 파악하고 있다는 사실 때문일 수도 있다. 또 우리 어른들이 아이들로부터 직접적인 질문을 피하기 위해 "외교관 같은 모호한 태도"를 보이기 때문일 수도 있다. 우리는 다음에 이런 가능성을 뒷받침하는 증거를 찾을 것이다.

동생을 미워하는 진짜 이유

|

이리하여 안나는 "아이는 어디서 오는가?" 하는 질문에 직면하기에 이르렀

다. 황새가 아이를 가져다주지도 않았다. 엄마도 죽지 않았다. 엄마는 간호사와 같은 방법으로 아기를 얻지도 않았다. 그러나 안나는 이전에도 이 질문을 던졌고, 아버지로부터 황새가 아이들을 데려다준다는 대답을 들었다. 그러나 그건 아니었다. 안나는 절대로 속지 않았다. 그렇다면 아빠와 엄마를 비롯한 모든 사람들이 거짓말을 한다. 이것이 안나가 동생의 출생에 대해 믿지 못하겠다는 식의 태도를 보인 이유를 설명해 줄 것이다. 또 동시에 자기 엄마에게 쏟아냈던 비난의 이유에 대해서도 설명할 것이다. 그러나 이것은 또 다른 중요한 사항을 설명한다. 말하자면 앞에서 우리가 부분적으로 그 원인을 내향으로 돌렸던 그 애잔한 공상에 대해서도 설명해준다.

이제 우리는 안나가 사랑을 철회해야 하는 진정한 대상이 누구인지를 안다. 그 사랑은 딸을 속이며 진실을 말해주길 거부한 부모에게서 철회한 것이었다. 엄마가 말을 하도록 하고 교묘한 질문을 빌려 진실을 끌어내려고 한 시도가 모두 허사였다. 그래서 저항이 저항을 만나고, 사랑의 내향이 시작된다. 당연히 네 살짜리 아이의 내면에는 승화의 능력이 발달되어 있지 않다. 그래서 안나는 또 다른 보상 작용에 의존해야 했다. 다시 말해, 안나는 사랑을 강제로 확보하기 위해 이미 버렸던 유아기의 책략에 의존한다. 밤에 울면서 엄마를 찾는 것이다. 이처럼 밤에 울음을 터뜨려 엄마를 끌어들이는 것은 안나가 생후 1년 동안 열심히 이용했던 방법이었다. 그 방법이 지금 다시 나타났으며, 안나의 나이에 맞게 최근의 인상에 의해 자극을 받고 또 최근의 인상들로 무장을 하고 있었다.

여기서, 이탈리아 메시나에서 얼마 전(1908년)에 지진이 일어났고 이 재난에 대한 이야기가 식탁에서 자주 오갔다는 사실이 언급되어야 한다, 안나는 메시나 지진과 관련 있는 모든 것에 지대한 관심을 보였다. 땅이 어떻게 흔들렸고, 집은 어떤 식으로 무너졌으며, 죽은 사람이 얼마나 되었는지에 관한 이야기를 들려달라고 할머니를 거듭 졸랐다. 그때가 그녀가 밤에 공포를 느끼기 시작한 시점이었다. 안나는 혼자 있는 것을 무서워했고, 어머니가 언제나 그녀의 방으로 가서 함께 있어 줘야 했다. 그렇게 하지 않으면 안나는 지진이 일어나 집을 무너뜨리고 자신을 죽일 것 같다는 공포에 질려 잠을 이룰 수 없었다. 낮에도 안나는 그런 생각에 빠져 지냈다. 안나는 엄마와 함께 산책을 할 때면 "집에 도착할 때까지 우리 집이 그대로 서 있을까? 아빠는 살아 있을까? 엄마는 우리 집에 지진이 일어나지 않을 것이라고 믿어?"라는 식의 질문을 쏟아냈다. 길에서 돌을 볼 때마다, 안나는 지진으로 생긴 돌인지를 묻곤 했다. 짓고 있는 중인 집은 안나에겐 지진에 파괴된 집이었다. 마침내 안나는 밤에 지진이 일어날 것이라고 겁을 먹으면서 울곤 했다. 지진이 일어나는 소리가 들린다는 식이었다. 매일 밤 그녀는 가족으로부터 절대로 지진이 일어나지 않는다는 약속의 말을 들어야 했다.

안나를 진정시키려는 방법이 다양하게 동원되었다. 예를 들어, 지진은 화산이 있는 곳에서만 일어난다는 말도 해주었다. 그러나 그런 때에도 안나는 마을을 에워싸고 있는 산들이 화산이 아니라는 사실을 알아야만 마음을 놓을 수 있었다. 이 같은 추론은 점점 안나를 지식에 대해 집요하고, 또 나이에 비해 부자연스런 욕구를 갖게 만들었다. 그러다 마침내는 온갖 지질학적 그림과 지도들을 아버지의 서재에서 가져와야 하는 사태가 빚어졌다. 그러면 안나는 몇 시간이나 화산과 지진 사진들을 보면서 끊임없이 질문을 던졌다.

여기서 우리는 공포를 지식에 대한 욕구로 승화시키려는 시도가 활기차게 전개되고 있는 것을 보고 있다. 이 욕구는 안나의 나이에 비하면 상당히 조숙하다. 그러나 재능을 타고난 아이들이 이 같은 문제로 힘들어 하다가 이런 식으로 때 이른 승화를 경험하면서 주입식 교육을 받다가 망쳐지는 예를 우리는 자주 본다. 그런 식의 교육이 좋지 않은 이유는 이 시기에 승화를 고무하는 것은 단지 신경증을 강화하는 결과만을 낳기 때문이다. 안나가 지식에 대해 품고 있는 욕구의 뿌리에는 공포가 자리 잡고 있다. 이 공포는 방향을 바꾼 리비도가 겉으로 표현된 것이다. 다시 말해, 신경증적으로 변한 어떤 내향이 겉으로 드러난 것이다. 그렇기 때문에 이런 내향은 필요하지도 않고, 이 나이의 아이의 발달에 좋지도 않다. 이 지식 욕구가 종국적으로 어느 곳으로 향하고 있는가 하는 문제는 거의 매일 제기되는 질문에 의해 분명하게 드러난다. "소피(안나의 여동생)는 왜 나보다 어려? 프레디(안나의 남동생)는 옛날에 어디 있었어? 프레디는 하늘에 있었어? 거기서 뭘 하고 있었어? 프레디는 왜 이제야 내려왔어? 옛날에 내려올 수도 있었잖아?"

딸의 호기심이 이런 식으로 발전하다 보니, 아버지는 기회가 닿는 대로 어머니가 나서서 안나의 어린 남동생에 관한 진실을 말해주는 것이 낫겠다고 결론을 내렸다.

그 기회는 금방 생겼다. 안나가 다시 황새에 대해 물었던 것이다. 안나의 어머니는 딸에게 황새 이야기는 사실이 아니며 프레디는 마치 꽃나무가 땅속에서 자라 밖으로 나오듯이 엄마 뱃속에서 자랐다고 일러주었다. 프레디도 처음에는 아주 작았지만 식물처럼 점점 커졌다는 것까지 알려주었다. 그러자 안나는 조금도 놀라는 기색을 보이지 않고 주의 깊게 어머니의 말을 들은 다음에 물었다.

"그러면 프레디는 혼자 힘으로 온 거야?"

"그래."

"아직 걷지도 못하는데!"

소피: "기어 나왔어."

안나: (자신의 가슴을 가리키면서) "여기에 구멍이 있어? 아니면 프레
디는 입에서 나온 거야? 간호사한테서는 누가 나왔어?"

이 대목에서 안나는 말을 끊으면서 탄성을 질렀다. "아니야! 황새가 하늘
나라에서 프레디를 데려왔어!" 그런 다음에 안나는 어머니가 질문에 대답
을 하기도 전에 그 주제에 대한 관심을 접으면서 어머니에게 화산 사진을
보여 달라고 졸랐다. 이 대화가 있었던 날 밤은 조용히 넘어갔다. 갑작스런
설명이 안나의 내면에 생각이 꼬리에 꼬리를 물고 일어나게 만들었음에 틀
림없다. 이 생각이 봇물 터지듯 질문으로 터져 나왔던 것이다. 기대하지 않
은 전망이 새롭게 활짝 열렸으며, 안나는 재빨리 중요한 문제로 다가서고
있었다. "아기는 어디서 오는 거야? 가슴의 구멍에서 나오는 거야, 아니면
입에서 나오는 거야?" 두 가지 짐작은 모두 그럴 듯한 이론처럼 보인다. 결
혼한 젊은 여자들 사이에서도 배에 난 구멍으로 아기가 나온다거나 배를 열
고 아기를 들어낸다고 믿는 사람까지 있으니 말이다. 이런 생각을 가진 사
람은 기이할 만큼 순진한 것으로 여겨진다. 실은 그것은 순진함과 아무런
관계가 없다. 그런 환자의 경우에 우리는 사실 유아기 성적 활동을 다루고
있는 것이나 마찬가지다. 말하자면 훗날 '자연분만'(vias naturales)에 대해
혐오감을 갖게 할 수도 있는 그런 성적 활동을 치료하고 있는 것이다.

아이가 가슴에 구멍이 있다거나 아니면 아기의 출생이 입을 통해서 이뤄진다는 식의 엉뚱한 생각을 어떻게 품게 되는지, 그 문제가 궁금한 사람도 있을 것이다. 안나가 매일 대소변이 나오는 골반 주위의 구멍을, 어떻게 보면 아주 자연스러운 신체의 구멍을 아기가 나오는 곳으로 보지 않는 이유는 무엇일까? 이에 대한 설명은 간단하다. 어린 소녀가 이런 구멍들과 그 구멍들에서 나오는 것들에 대한 강한 관심을 통해서 어머니의 교육 방식에 도전하기 시작한 것이 얼마 되지 않았기 때문이다. 청결이나 예절과 관련 없는 질문을 던지기 시작한 것이 얼마 되지 않았다는 뜻이다.

이어서 안나는 이런 육체적 부위들과 관련 있는 예외적인 법칙을 알게 되었다. 예민한 아이였던 안나는 곧 그런 부위에는 어떤 터부가 작용한다는 것을 눈치 챘다. 따라서 이 부위는 안나의 생각에서 배제되어야 했다. 이는 사소한 사고의 실수에 지나지 않는다. 어른들 중에도 매우 강렬한 장면을 보고 있으면서도, 또 온통 성적인 것들로 넘쳐나는 곳의 한가운데에 서 있으면서도 성적인 것을 전혀 보지 못하는 어른들도 있다는 사실을 고려한다면, 이는 충분히 용서받을 만한 실수이다. 이 문제에 있어서는 안나가 여동생보다 훨씬 더 유순하게 반응했다. 안나의 여동생이 배설물에 보인 관심과 저지른 짓은 거의 놀랄 정도였고, 식탁에서도 그런 식으로 지저분하게 굴었다. 안나의 여동생은 무절제하게 구는 자신의 모습을 "재미"로 받아들였으나, 어머니는 절대로 그렇지 않다는 식으로 반응했다. 그러면서 어머니는 안나의 여동생에게 그런 짓을 금지시켰다. 그러자 안나의 여동생은 이해할 수 없는 이런 교육적인 말을 좋게 받아들이는 것처럼 보였지만 곧 복수에 나섰다. 음식이 담긴 새 접시가 식탁에 오르기만 하면, 그 아이는 "재미없어"라고 말하면서 무엇이든 먹기를 거부했다. 이어서 부엌에 있는 모든 신기한 것들이 이 아이의 관심을 잃었다. 그런 것들이 "재미없다"는 이유에서였다.

이 같은 거절의 심리는 아주 전형적이며 이해하기도 그다지 어렵지 않다. 아이의 감정의 논리는 단지 이렇게 말하고 있을 뿐이다. "이런 장난을 재미있다고 느끼지 못하고 나더러 하지 말라고 한다면, 엄마의 장난도 마찬가지로 재미없기 때문에 엄마랑 같이 놀지 않을 거야." 이런 식으로 이뤄지는 모든 유치한 보상들과 마찬가지로, 이 같은 거절도 "내가 아파하니, 엄마는 참 좋겠어!"라는 유아들의 중요한 원칙에 따른 것이다.

빅 브라더 공상

|

잠시 옆길을 둘러보았으니, 이제 다시 우리의 주제로 돌아가도록 하자. 안나는 아주 유순한 모습을 보였으며 문화적 요구에 스스로를 잘 적응했다. 그래서 그녀는 단순한 그 문제에 대해서는 좀처럼 생각하지 않게 되었다. 올바른 이론 대신에 제기된 엉터리 이론들은 간혹 몇 년 동안 이어지기도 한다. 그러다 어느 순간 깨달음이 외부에서 온다. 그렇기 때문에 부모와 교육자까지 선호하는 그런 엉터리 이론들이 훗날 신경증의 증상이나 정신병의 망상 등을 일으키는 요소가 된다고 해도 놀랄 것이 전혀 없다. 이에 대한 이야기는 나의 책 『정신분열증의 심리학』(Über die psychologie der dementia praecox)에 상세하게 소개되고 있다. 몇 년 동안 정신에 존재한 것은 언제나 그곳 어딘가에 남아 있다. 심지어 그런 것들은 겉보기에 크게 다

른 성격을 가진 보상의 형식으로 숨어 있을 수도 있다.

그러나 아이가 실제로 어디서 오는가 하는 질문을 해결하기 전에, 새로운 문제가 불쑥 나타난다. 아이들은 엄마한테서 나온다. 그렇다면 간호사는 어떻게 되는가? 어떤 아이가 그녀에게서도 나왔는가? 이런 궁금증에 이어 갑자기 탄성이 튀어나왔다. "아니야. 나는 황새가 하늘나라에서 동생을 데려왔다는 것을 알아!" 아무도 간호사한테서 나오지 않았다는 사실이 그렇게 특별한 이유는 무엇일까? 우리는 안나가 간호사와 자신을 동일시하면서 훗날 간호사가 되겠다는 꿈을 가졌다는 사실을 기억하고 있다. 안나가 간호사가 되기를 원한 것은 그녀도 간호사만큼 쉽게 아이를 하나 갖고 싶어 했기 때문이다. 그러나 안나는 지금 어린 남동생이 엄마의 뱃속에서 자랐다는 것을 알게 되었다. 그렇다면 도대체 어떻게 해야 아기를 가질 수 있을까?

안나는 재빨리 황새 이론으로, 그녀가 진정으로 믿은 적이 한 번도 없는 이론으로 돌아감으로써 이 불편한 질문을 회피한다. 그러나 두 가지 질문은 여전히 머릿속을 맴돌고 있다. 첫 번째 질문은 아이는 어디서 오는가 하는 것이었다. 두 번째 질문은 이보다 꽤 더 어려운 질문이다. 간호사와 하인들에겐 자식이 없는데 엄마는 어떻게 아이를 갖게 되었을까? 안나는 어떤 질문도 당분간 입 밖으로 내지 않고 있다.

이튿날 점심때, 안나는 기분이 우울한 상태에서 이런 말을 했다. "내 남동생은 이탈리아에 있고 천과 유리로 만든 집을 갖고 있는데, 그 집은 무너지지 않았어."

여기서도 언제나처럼 안나에게 설명을 요구하는 것이 불가능했다. 저항이 워낙 큰데다 안나가 속박 당하는 것을 탐탁찮게 여길 것이기 때문이다.

이처럼 독특하고 사적인 선언은 매우 중요하다. 안나를 비롯한 이 가족의 아이들은 3개월 동안 무엇이든 알고 있고, 무엇이든 할 줄 알고, 무엇이든 다 갖고 있는 그런 빅 브라더 같은 존재에 관한 공상에 빠져 지냈다. 이 빅 브라더는 아이들이 가보지 못한 곳을 돌아 다녔으며, 아이들에게 허용되지 않은 일도 마음대로 할 수 있는 허락을 받았으며, 거대한 소와 말, 양, 개를 소유하고 있었다. 아이들은 저마다 그런 빅 브라더를 하나씩 두고 있었다.

이 공상의 원천을 찾는 것은 그리 어렵지 않다. 그 모델은 엄마의 브라더처럼 보이는 아버지이다. 그래서 아이들도 똑같이 막강한 브라더를 가져야 했다. 이 브라더는 매우 용감하고, 지금 위험한 이탈리아에 있으며 터무니 없을 만큼 허름한 집에서 살고 있다. 그런데 이 집은 지진에도 무너지지 않는다. 안나에게 이것은 한 가지 중요한 소원 성취이다. 지진이 더 이상 위험하지 않게 되기 때문이다. 따라서 공포와 불안은 추방되었으며 그 후로 다시 돌아오지 않았다. 지진에 대한 공포는 이제 완전히 사라졌다. 안나가 공포를 떨쳐내기 위해 밤마다 아빠를 침대로 부르던 일도 없어졌다. 대신에 그녀는 보다 다정한 소녀가 되었으며 아버지에게 '굿 나잇' 키스를 해달라고 요구하곤 했다.

이런 새로운 상황을 테스트하기 위해, 아버지는 딸에게 화산과 지진 사진을 추가로 보여주었다. 그러나 안나는 특별한 관심을 보이지 않고 그저 시큰둥하게 사진을 훑어보았다. "사람들이 죽었네! 이 전에 본 것과 똑같네." 용암이 분출하는 사진마저도 그녀에게 특별한 매력을 발휘하지 못했다. 따라서 그녀의 모든 과학적 관심은 붕괴했으며 처음 나타날 때와 마찬가지로 돌연 사라져버렸다.

그러나 안나의 깨달음이 있은 뒤 며칠 동안, 안나에겐 관심을 쏟을 더 중요한 일이 있었다. 새로 발견한 지식을 사람들에게 퍼뜨리는 것이었다. 안나는 프레디가 자신과 여동생과 똑같이 엄마의 뱃속에서 어떤 식으로 자랐는지에 대해 길게 설명하기 시작했다. 또 아빠도 자기 어머니의 뱃속에서 자랐고, 엄마도 자기 엄마의 뱃속에서 자랐으며, 하인들도 각자의 어머니의 뱃속에서 자랐다는 이야기도 들려주었다. 그녀는 별도의 질문을 통해서 자신의 지식이 정말로 맞는지를 테스트했다. 의심이 결코 작지 않았기 때문이다. 그러기에 안나로서는 오해를 불식시키기 위해서 확증이 계속 필요했다. 그 중간에 아이들은 황새와 천사 이론을 다시 떠올렸으나 그런 이론을 믿는 분위기는 많이 약해져 있었다.

그러나 그 새로운 지식은 확실히 뿌리를 내렸다. 그 이후로 공포가 안나에게 다시 나타나지 않았으니까 말이다.

딱 한 번, 안나의 확신이 깨어질 위험에 처했다. 그 깨달음이 있고 일주일쯤 뒤, 안나의 아버지는 독감에 걸려 침실에서 오전을 보내야 했다. 아이들은 이 같은 사실에 대해 모르고 있었고, 안나도 부모의 침실로 오다가 뜻밖에 아버지가 침대에 누워 있는 모습을 보았다. 안나는 놀라는 표정을 지으며 침대에서 멀찍이 떨어진 채 가까이 다가서려 하지 않았다. 부끄러움과 의심을 느끼고 있는 것이 분명했다. 그러다 안나는 돌연 "아빠, 왜 누워 있어? 아빠 배 안에도 식물이 심어져 있어?"라는 질문을 던졌다.

안나의 아버지는 웃지 않을 수 없었다. 그는 웃음을 지으면서 딸에게 아이는 아빠의 뱃속에서 자라는 것이 아니라는 점을 일러주었다. 남자들은 아이들을 갖지 않고 여자들만 아이를 갖는다는 사실을 알려주었다. 그 순간 안나는 다시 다정한 모습으로 돌아왔다. 그러나 겉으로 드러나는 안나의 표정은 차분했지만, 마음 속 깊은 곳에서는 궁금한 질문들이 연거푸 일어나고 있었다.

며칠 뒤 안나는 점심때 다시 이렇게 말했다. "어젯밤에 노아의 방주에 관한 꿈을 꾸었어." 그러자 아버지는 딸에게 꿈의 내용이 어땠는지를 물었다. 이에 안나는 터무니없는 이야기들을 쏟아냈다. 그런 경우에 부모는 그냥 아이에게 주의를 쏟으며 기다려야 한다. 몇 분 뒤, 안나는 할머니에게 말했다. "어젯밤에 노아의 방주 꿈을 꾸었는데 그 안에 어린 동물들이 아주 많았어." 여기서 안나는 잠시 말을 멈추었다. 그런 다음에 그녀는 세 번째로 꿈 이야기를 하기 시작했다. "어젯밤에 노아의 방주 꿈을 꾸었는데 그 안에 어린 동물들이 아주 많았어. 그런데 노아의 방주 밑바닥에 있던 덮개가 열려 어린 동물들이 몽땅 거기로 빠져버렸어." 어느 정도 지식이 있는 사람은 이 공상을 이해할 것이다. 아이들은 정말로 노아의 방주 같은 것을 하나 갖고 있었지만 구멍, 그러니까 덮개는 바닥이 아니라 지붕에 있었다. 이것은 아이가 입이나 가슴에서 나온다는 이야기는 엉터리라는 점을 암시하고 또 안나가 아이들이 아랫부분에서 나온다는 생각을 품고 있다는 점을 보여주고 있다.

그 후 몇 주일 동안에는 주목할 만한 일이 일어나지 않았다. 그러다가 안나가 꿈을 꾸었다. "엄마 아빠가 꿈에 나타났어. 엄마 아빠는 늦은 시간까지 서재에 있었고, 우리 아이들도 거기에 있었어."

소원 성취

이 꿈의 곁에 드러난 것은 부모만큼 늦게까지 잠을 자지 않고 싶어 하는, 아이들의 잘 알려진 소망이다. 이 소망이 꿈에서 실현되고 있다. 아니면 이 소망은 그보다 훨씬 더 중요한 소망을, 말하자면 부모들만 자지 않고 있는 밤에 재미있는 책들을 보면서 지식에 대한 갈증을 달래는 서재에 있고 싶다는 소망을 가리는 데 이용되고 있을 수 있다. 달리 표현하면, 안나는 어린 남동생이 어디서 왔는가 하는 중대한 문제에 대한 답을 찾고 있었던 것이다. 만약에 아이들도 서재에 늦은 시간까지 있을 수 있다면, 그 궁금증에 대한 대답을 찾을 수 있을 것 같았던 것이다.

며칠 뒤 안나는 악몽을 꾸었다. 그러다가 "지진이야! 집이 흔들려!"라고 소리를 지르며 잠에서 깨어났다. 어머니가 안나에게로 달려가서 지진이 일어나지 않았고 모든 것이 조용하고 모두가 잘 자고 있다고 말하면서 달래주었다. 그러자 안나가 급박한 목소리로 물었다. "봄이 왔으면 좋겠어. 작은 꽃들이 어떻게 피는지, 들판이 어떻게 꽃들로 가득해지는지를 보고 싶어. 프레디가 보고 싶어. 프레디는 얼굴이 아주 귀여워. 아빠는 뭐하고 있어? 아빠가 뭐라고 했어?" 안나의 어머니는 안나에게 아빠는 지금 자고 있으며 안나에게 아무 말도 하지 않았다고 말했다. 그러자 안나는 비꼬는 듯한 웃음을 지으며 "아침에 아빠는 틀림없이 다시 아플 거야!"라고 말했다.

이 부분은 거꾸로 읽어야 한다. 마지막 문장은 진지한 뜻에서 나온 것이 아니다. 비꼬는 듯한 목소리로 한 말이기 때문이다. 얼마 전에 아버지가 아파서 침대에 누워 있을 때, 안나는 아빠 "뱃속에 식물이 있기" 때문일 것이라고 의심했다. 그렇다면 그 비꼼은 "아빠가 아마 아침에 아이를 갖게 될 것"이라는 뜻이다. 그러나 이 말은 그다지 진지하지 않다. 왜냐하면 아빠는 아이를 갖지 못하고 엄마만 아이들을 가질 수 있기 때문이다. 내일은 또 다시 올 건데, 그건 어디서 오지? "아빠는 뭐 하고 있어?" 여기서 우리는 그 어려운 문제를 다시 보고 있다. 아빠가 아이들을 만들지 않는다면 도대체 뭘 하지? 안나는 자신이 궁금해 하고 있는 모든 문제들을 해결할 단서를 찾으려 안달하고 있었을 것이다. 그녀는 프레디가 어떻게 세상에 태어나게 되었는지 알고 싶었고 또 봄에 꽃들이 어떻게 땅에서 나오는지를 보고 싶었다. 이 모든 소망은 지진에 대한 공포 뒤에 숨어 있다.

이 소란이 있은 뒤, 안나는 아침까지 평화롭게 잠을 잤다. 아침에 어머니는 안나에게 밤에 무슨 일이 있었는지 물었다. 안나는 그 모든 소란을 까마득히 잊고 있었으며 꿈만 꿨다고 생각했다. "내가 여름을 오게 할 수 있었는데, 그때 누군가가 괴상한 모양의 인형을 변기로 던지는 꿈을 꿨어."

이 이상한 꿈은 두 개의 다른 장면으로 이뤄져 있다. 그 장면은 "그때"라는 단어에 의해 분리되고 있다. 꿈의 두 번째 부분은 괴상한 모양의 인형을, 말하자면 엄마가 어린 소년을 갖듯이 자신도 남자처럼 생긴 인형을 갖고 싶다는 최근의 소망에서 그 소재를 끌어내고 있다. 누군가가 인형을 변기로 던진다. 그런데 변기는 인형과 아주 다른 것을 배설하는 곳이다. 여기서 끌어낼 수 있는 유추는 무엇인가가 변기로 버려지듯이 아이도 그런 식으로 나온다는 것이다. 여기서 우리는 꼬마 한스의 '똥(lumpf) 이론'(한스는 변기 속으로 들어가는 똥을 갖게 되면 아기를 가질 수 있다는 공상에 빠졌다/옮긴이)을 떠올리게 된다. 하나의 꿈에서 여러 개의 장면이 나타날 때마다, 각

장면은 대체로 꿈의 전반적인 바탕에서 벗어난 특별한 변형을 의미한다. 따라서 꿈의 첫 번째 부분은 두 번째 파트에서 발견되는 주제의 한 변형에 지나지 않는다. 앞에서 우리는 "봄을 보고 싶다"거나 "꽃이 생겨나는 것을 보고 싶다"는 말의 뜻에 주목했다. 안나는 지금 자신이 여름을 불러오는 꿈을 꾸고 있다. 말하자면 꽃들이 피어나도록 하고 싶다는 뜻이다. 안나 자신도 어린 아이를 만들 수 있게 되기를 바란다는 의미인 것이다. 꿈의 두 번째 부분은 아기 만드는 것을 배설 행위와 비슷한 것으로 표현하고 있다. 여기서 우리는 전날 밤의 대화에 겉으로 드러난 객관적인 관심의 뒤에 개인적인 소망이 숨어 있다는 것을 확인하고 있다.

며칠 뒤, 해산을 앞둔 어떤 여자가 안나의 어머니를 찾아왔다. 아이들은 겉으로는 아무것도 눈치 채지 못했다. 그러나 다음날 아이들은 안나의 주도로 아버지가 쓰레기통에 버린 신문들을 끄집어내서 자신들의 헐렁한 옷 앞쪽에 집어넣으면서 깔깔대며 재미있게 놀았다. 그 같은 행동이 무엇을 흉내 내는 것인지에 대해서는 굳이 말하지 않아도 다 잘 알 것이다. 그날 밤 안나는 다시 꿈을 꾸었다. "마을의 어떤 부인이 꿈에 나타났는데, 배가 산더미처럼 불룩했어." 꿈에 등장하는 주요한 행위자는 언제나 꿈을 꾸는 사람 본인이기 때문에, 그 전날 아이들이 한 놀이의 의미가 이 꿈을 통해 완벽하게 해석된다.

그리고 얼마 지나지 않아서 안나는 다음과 같은 행동을 보이면서 어머니를 깜짝 놀라게 만들었다. 안나가 자신의 옷 밑으로 인형을 머리가 아래로 향하도록 집어넣은 뒤 그것을 서서히 끄집어내고 있었던 것이다. 그러면서 안나는 "엄마, 봐. 아기가 나오고 있어. 이제 다 나왔어."라고 말했다. 안나는 그녀의 어머니에게 이런 식으로 말하고 있었다. '나는 출생의 문제를 이런 식으로 생각하고 있는데, 엄마는 어떻게 생각해? 이것이 맞아?' 그 놀이는 정말로 어떤 질문을 던지고 있다. 왜냐하면 뒤에서 확인하게 되겠지만 아이의 그 같은 생각도 공식적으로 확인되어야 했기 때문이다.

그 문제에 대한 생각은 거기서 끝나지 않았다. 안나가 그 다음 몇 주 동안 품었던 생각들이 이를 뒷받침한다. 한 예로 안나는 며칠 뒤에도 곰돌이 인형을 갖고 그 놀이를 계속했다. 또 하루는 안나는 장미를 가리키면서 할머니에게 "할머니, 장미가 아기를 갖고 있어."라고 말했다. 할머니가 손녀의 말뜻을 얼른 알아듣지 못하자, 안나는 통통하게 부풀어 오른 꽃받침을 가리키면서 "여기 안 보여? 아주 통통하단 말야."라고 말했다.

어느 날 안나는 여동생과 다투고 있었다. 그때 여동생이 화가 나서 언니를 향해 "죽여 버릴 테야!"라고 외쳤다. 이에 안나는 이렇게 대꾸했다. "내가 죽으면 너는 혼자 남을 걸. 그러면 너는 하느님에게 살아 있는 아기를 달라고 기도해야 할 걸." 그 직후 노는 장면이 바뀌었다. 안나는 천사였고, 여동생은 그녀 앞에 무릎을 꿇고 앉아서 살아 있는 아이를 보내달라고 간청해야 했다. 이런 식으로 안나는 아이를 주는 엄마가 되었다.

한번은 가족이 저녁 식사를 위해 오렌지를 준비했다. 그때 안나는 오렌지를 하나 달라고 조르면서 이렇게 말했다. "오렌지를 삼켜 뱃속에 넣으면 나는 아기를 갖게 될 거야."

이는 즉시 아이 없는 여자들이 과일이나 물고기 같은 것을 삼킴으로써 임신을 하게 된다는 내용의 동화를 떠올리게 한다. 그때 안나는 아이가 어떻게 엄마의 몸 안에 들어가는가 하는 문제를 풀려고 애를 쓰고 있었다. 그렇게 하면서 안나는 그 전에 보이지 않던 열성으로 탐구의 자세를 취하고 있었다. 해답은 유추의 형식으로 나타나고 있다. (유추를 통한 사고는 성인에게도 의식 바로 밑에 있는 층에서 확인되고 있다. 정신분열증이 그러듯이, 꿈들은 유추를 표면으로 드러낸다.) 독일과 다른 많은 나라들의 동화를 보면 그런 유치한 비유가 자주 보인다. 동화들은 어린 시절의 신화인 것 같다. 따라서 동화에는 어린이들이 성적인 과정과 관련해서 스스로 엮어내는 신화가 많이 들어 있다. 동화의 시적 감흥은 어른들에게도 느껴지는데, 이 감흥은 옛날의 이론들 중 일부가 여전히 우리의 무의식 속에 살아 있다는 사실에 바탕을 두고 있다. 어린 시절의 단편적인 기억이 아스라이 살아날 때마다, 우리는 이상하고 신비한 감정을 경험한다. 이때 그 기억이 의식까지 닿지는 않는다. 단지 그 기억의 단편에 얽혔던 치열한 감정이 의식을 약하게 흔들어놓을 뿐이다.

아이가 어떻게 엄마의 뱃속에 들어가는가 하는 문제는 풀기 어려운 문제이다. 무엇인가를 육체 안에 넣는 유일한 방법은 입을 통하는 것이기 때문에, 어머니가 과일 같은 것을 삼키고 그것이 어머니의 뱃속에서 자란다는 생각은 그럴 듯하게 들린다. 그러나 여기서 또 다른 문제가 저절로 나타난다. 안나는 아이가 어머니에게서 나온다는 것은 어렴풋이 알고 있다. 하지만 아버지는 무엇에 쓰인단 말인가? 미지의 두 가지 문제를 서로 연결하면서 한 문제를 다른 문제를 푸는 데 이용하는 것은 '정신의 경제'의 오랜 원칙이다.

따라서 아이의 마음에 아버지도 아기 문제에 어떤 식으로든 개입한다는 확신이 강하게 들기 마련이다. 아이들이 어디서 오는가 하는 문제에 앞서서 아이들이 어떻게 엄마의 뱃속으로 들어가는가 하는 문제가 풀리지 않은 채 남아 있다는 사실에 비춰보면, 아버지의 역할에 대한 궁금증이 강해질 수밖에 없다.

아버지의 역할
|
아버지는 무엇을 하는가? 이 물음이 안나를 사로잡았다. 이 물음 앞에서 다른 모든 문제들은 뒷전으로 밀려났다. 어느 날 아침, 안나는 옷을 갈아입고 있던 부모의 침실로 달려가서 아버지의 침대로 뛰어 올라갔다. 거기서 안나는 침대에 엎드려서 두 다리를 휘두르며 "아빠가 이렇게 하지?"라고 소리를 질렀다. 안나의 부모는 그냥 웃었을 뿐 아무런 대답을 하지 않았다. 시간이 조금 지난 뒤에야 안나의 몸짓이 무엇인가를 의미할 것이라는 생각이 퍼뜩 들었다. 네 발로 그런 식으로 움직였던 꼬마 한스의 말(馬)의 행동과 안나의 몸짓은 놀랄 정도로 비슷했다.

이 마지막 성취로 인해 그 문제는 잠잠해지는 것처럼 보였다. 어쨌든 안나의 부모는 적절한 관찰을 할 기회를 갖지 못했다. 이 시점에 그 문제가 교착 상태에 빠지는 것은 놀랄 일이 아니다. 왜냐하면 이 부분이 가장 힘든 부분이기 때문이다. 아이는 정자에 대해서도 아무것도 모르고 성교에 대해서도 아무것도 모른다. 그렇기 때문에 가능성은 한 가지밖에 없다. 엄마가 무엇인가를 먹어야 하는 것이다. 그런 방법으로만 무엇인가가 몸 안으로 들어갈 수 있기 때문이다. 하지만 아버지는 뭘 하지? 간호사를 비롯해 결혼을 하지 않은 다른 사람들과 비교해 볼 때, 아버지는 분명 어떤 목적에 이바지하고 있다. 안나는 아버지의 존재도 어떤 식으로든 의미 있다고 결론을 내리게 되어 있었다. 하지만 아버지가 도대체 뭘 한단 말인가? 안나와 꼬마 한스는 그것은 다리와 어떤 관계가 있음에 틀림없다는 데 의견의 일치를 보이고 있다.

이 교착 상태는 5개월가량 이어졌다. 그 동안엔 어떠한 공포증도 나타나지 않았고, 그 문제를 해결했다는 징후도 보이지 않았다. 그러던 중에 미래의 사건들을 예측하게 하는 최초의 어떤 조짐이 나타났다. 그때 안나의 가족은 호숫가의 시골집에서 살고 있었다. 아이들은 호수에서 엄마와 함께 목욕을 할 수 있었다. 안나가 무릎보다 깊은 곳으로 들어가는 것을 무서워하자, 아버지가 딸을 오른쪽에 끼고 깊은 물로 들어갔다. 이어서 안나가 울음을 터뜨렸다. 그날 밤, 안나는 침대로 가면서 엄마에게 "아빠가 나를 물에 빠뜨리려 했어. 그렇지?"라고 물었다.

며칠 뒤 또 한 차례 안나가 울음을 터뜨리는 일이 벌어졌다. 그녀는 계속해서 정원사의 작업을 방해하고 있었다. 그러자 정원사는 장난으로 안나를 번쩍 들어올렸다가 방금 판 구덩이 안에 내려놓았다. 안나는 무섭게 울기 시작했다. 안나는 후에 정원사가 자기를 묻으려 했다고 말했다.

결정적인 것은 안나가 어느 날 밤에 무시무시한 공포에 질려 비명을 지르며 잠에서 깨어났다는 사실이다. 안나의 어머니가 옆방으로 달려가 딸을 진정시켰다. 안나는 "기차가 고가철도를 달리다가 아래로 떨어지는" 꿈을 꾸었다.

여기서 우리는 꼬마 한스의 "역마차"와 비슷한 꿈을 보고 있다. 이 사건들은 공포가 다시 안나의 주변을 맴돌고 있다는 사실을 분명히 보여주고 있다. 말하자면 사랑을 부모에게로 전하지 못하게 막는 어떤 장애가 있고, 따라서 사랑의 많은 부분이 공포로 전환되었다는 점을 보여주는 것이다. 이번에는 그 불신이 어머니에게로 향하지 않고 아버지에게로 향하고 있다. 비밀을 알고 있음에 틀림없다고 그녀가 확신하고 있는데도 그 비밀을 절대로 털어놓지 않는 아버지에게로 말이다. 아버지는 뭘 할까? 아이에게 이 비밀은 대단히 위험한 것처럼 보였다. 그래서 안나는 아버지에게서 최악의 일을 예상하고 있었다. 한 예로, 안나는 아버지가 자신을 물에 빠뜨리려 한다는 터무니없는 생각을 품기까지 했다.

그런 한편 안나는 나이를 더 먹었고 자기 아버지에 대한 관심도 묘사하기 힘든 특별한 기미를 띠게 되었다. 아이의 눈에 반짝이는 그 특이한 호기심을 고스란히 담아낼 단어는 세상에 존재하지 않는다.

이때쯤 아이들이 어떤 재미있는 놀이를 시작한 것도 결코 우연이 아닐 것이다. 아이들은 가장 큰 인형 두 개를 "할머니"라고 부르면서 그것을 갖고 병원놀이를 했다. 연장통이 병원 역할을 했다. 두 할머니를 그곳에 데려다 놓고 밤새도록 앉아 있도록 했다. 이 맥락에서 "할머니"는 분명히 앞에 말한 "빅 브라더"를 떠올리게 한다. "할머니"가 어머니를 대신하고 있을 가능성이 아주 크다. 그렇다면 아이들은 어머니를 아예 배제하려는 음모를 꾸미고 있었다. 이 같은 의도는 어머니가 다시 안나에게 불쾌해 할 이유를 제공했다는 사실로 확인되었다.

그 일은 이런 식으로 전개되었다. 정원사가 잔디를 깎으면서 커다란 침대 모양을 만들었다. 안나는 이 작업을 대단히 재미있어 하면서 도왔다. 그러면서도 안나는 아마 유치한 놀이의 깊은 의미에 대해서는 전혀 아무것도 짐작하지 못했을 것이다. 2주일쯤 뒤, 그녀는 잔디의 새싹이 터져 나오는 것을 흥미롭게 관찰하기 시작했다. 그러던 어느 날, 안나는 어머니에게 가서 "사람의 눈은 어떻게 머리 안에서 자라지?"라고 물었다.

그녀의 어머니는 안나에게 모르겠다고 대답했다. 그러자 안나는 하느님은 아는지, 혹은 아빠는 아는지를 물었다. 그때 어머니는 안나에게 아빠한테 물어보라고 일렀다. 아빠라면 눈이 어떻게 머리에 박히는지를 설명해줄 수 있지 않을까 하는 판단에서였다. 왜 하느님과 아빠는 모든 것을 알까, 하고 안나는 궁금해 했다. 며칠 뒤 가족이 차를 마시기 위해 모였다. 그러나 안나의 아빠는 식사를 끝낸 뒤에도 식탁에 그대로 앉아서 신문을 읽고 있었다. 안나는 아빠 뒤에 서 있었다. 그때 안나가 아빠에게 다가서면서 "아빠, 눈이 어떻게 자라서 머리에 박히는 거야?"라고 물었다.

아빠: "눈이 머릿속으로 자라는 것이 아니란다. 눈은 처음부터 거기에 있었고, 머리와 함께 자라는 거야."

안나: "눈을 심은 것이 아닌가?"

아빠: "아니란다. 눈도 코처럼 머리 안에서 자란단다."

안나: "하지만 입과 귀도 그런 식으로 자랐을까? 그리고 머리카락도?"

아빠: "그럼. 그것들 모두가 똑같이 자라는 거야."

안나: "머리카락도? 그런데 쥐새끼를 보면 발가벗은 채로 태어나잖아. 그러면 그 전에 머리카락은 어디 있었지? 머리카락이 날 작은 씨앗들이 있지 않을까?"

아빠: "아니란다. 머리카락은 씨앗처럼 생긴 자그마한 알갱이에서 나

온단다. 이 알갱이들은 이미 살갗 안에 들어 있는 거야. 거기에 심는 것은 아니란다."

아버지는 이제 궁지로 점점 더 깊이 몰리고 있었다. 그는 어린 딸이 자신을 어디까지 끌고 갈 것인지 짐작했다. 그래도 그는 어색한 상황에서 빠져나오기 위해 씨앗 이론을 뒤엎고 싶지는 않았다. 딸이 자연에서 가장 쉽게 배울 수 있었던 이론을 말이다. 안나가 보기 드물게 이 문제에 아주 열성적으로 임했고, 딸의 이런 태도 때문에 아버지도 더욱 깊이 생각하지 않을 수 없게 되었다.

안나: (곤경에 처해 실망한 듯한 목소리로)"그러면 프레디는 엄마 뱃속에 어떻게 들어갔어? 누가 프레디를 엄마 안에 넣은 거야? 또 아빠는 누가 할머니 뱃속에 넣어줬어? 프레디는 어디서 나왔어?"

홍수처럼 쏟아진 질문들 중에서, 안나의 아버지는 마지막 질문에 대해서만 대답하기로 결정했다.

아빠: "자 생각해보자. 프레디가 소년이라는 것은 너도 알아. 소년은 자라서 남자 어른이 되고, 소녀는 자라서 부인이 되는 거야. 부인만 아이들을 가질 수 있단다. 이젠 프레디가 어디서 나왔는지에 대해 생각해 볼까?"

안나: (재미있다는 듯 웃으면서 자신의 생식기를 가리키면서)"프레디

는 여기서 나왔지?"

아빠: "당연하지. 너는 이 전에도 그런 것에 대해 생각해 보았니?"

안나: "하지만 프레디가 어떻게 엄마 뱃속에 들어갔어? 누가 프레디를
심은 거야? 씨앗을 뿌린 건가?"

아빠가 이처럼 예리한 질문을 피하는 것은 더 이상 불가능했다. 그는 딸
에게 다음과 같이 설명했고, 안나는 대단한 집중력을 보이며 아빠의 말을
들었다. 엄마는 땅과 비슷하고 아빠는 정원사와 비슷하단다. 아빠는 엄마
뱃속에서 자랄 씨앗을 제공한단다. 그러면 그 씨앗이 아기로 자라는 거야.
이 대답이 안나를 크게 만족시켰다. 그녀는 즉시 어머니에게 달려가 "아빠
가 모든 걸 알려줬어. 이제 나는 모든 것을 알아."라고 말했다. 그러나 안나
는 자신이 알게 된 것이 무엇인지에 대해서는 아무에게도 말하지 않았다.

그러나 새로운 지식은 그 다음날 당장 활용되었다. 안나는 어머니에게 가
서 밝은 목소리로 말했다. "엄마, 한번 생각해 봐. 아빠가 그러는데, 프레디
는 어린 천사였다가 황소에 의해 하늘나라에서 이곳으로 내려왔어." 그녀
의 어머니는 당연히 크게 놀라면서 이렇게 말했다. "아빠는 너에게 그런 이
야기를 한 적이 없는데." 이 말에 어린 소녀는 웃음을 지으면서 다른 곳으로
사라졌다.

이것은 안나의 복수였다. 그녀의 어머니는 분명히 안나에게 눈이 어떻게
머릿속으로 성장해 들어가는지에 대해 말해주지 못했다. 심지어 안나의 어
머니는 프레디가 어떻게 엄마의 몸 안에 들어가게 되었는지에 대해서도 모
르고 있었다. 그래서 안나의 어머니는 황새에 관한 옛날이야기를 하면서 정

원의 길을 편하게 산책할 수 있었을 것이다. 안나에겐 어쩌면 어머니는 지금도 그 이야기를 믿고 있을지도 모른다는 생각이 들었을 것이다.

안나는 이제 만족했다. 지식이 풍성하게 많아졌고, 어려운 문제가 해결되었기 때문이다. 그러나 이보다 훨씬 더 큰 이점은 안나가 아버지와 더 친밀한 관계를 형성했다는 사실이다. 그녀의 아버지는 딸의 지적 독립을 조금도 손상시키지 않았다. 물론 아버지는 그 일로 불편한 느낌을 받았다. 왜냐하면 이제 겨우 네 살 반밖에 되지 않은 딸에게 다른 부모들이 조심스럽게 지키고 있는 비밀을 넘겼다는 사실 앞에서 결코 맘이 편할 수 없었기 때문이다. 그는 안나가 새로 알게 된 지식을 갖고 어떻게 할 것인지를 생각하면 왠지 불안해졌다. 혹시라도 안나가 경솔하게 굴며 그것을 이용하려 들면 어떡하나? 안나가 소꿉놀이 친구들에게 자기가 배운 것을 가르쳐주거나 어른들을 당혹스럽게 만들 수도 있을 것이다. 그러나 이런 걱정은 기우였던 것으로 확인되었다. 안나는 그 문제에 대해서는 한마디도 입 밖에 내지 않았다. 더욱이, 그 배움으로 인해 그 문제에 대해서는 절대 침묵이 지켜졌다. 그래서 그 이후로는 그 문제에 대한 질문은 더 이상 나오지 않았다.

그럼에도, 무의식은 인간의 탄생이라는 수수께끼를 절대로 도외시하지 않았다. 중요한 비밀을 알고 난 몇 주일 뒤, 안나는 다음과 같은 꿈을 꾸었다. 안나는 정원에 있었고, 정원사 몇 사람이 나무 밑동에 대고 소변을 보고 있었다. 그런데 아빠도 똑같이 오줌을 누고 있었다.

이는 아직 해결하지 못한 이전의 문제를 회상시킨다. 아빠는 도대체 뭘 할까?

이때쯤 목수 한 사람이 아귀가 맞지 않는 찬장을 수리하기 위해 집을 찾왔다. 그때 안나는 옆에 서서 목수가 대패로 나무를 깎는 것을 지켜보았다. 그날 밤, 안나는 목수가 그녀의 생식기를 "대패로 미는" 꿈을 꾸었다.

그 꿈은 안나가 자신에게 이런 질문을 던지는 것으로 해석될 수 있었다. 그 일이 나한테도 가능할까? 그 일이 가능하려면 목수가 하는 것처럼 어떤 조치를 취해야 하는 것이 아닐까? 이런 가설은 그 문제가 여전히 무의식에서 특별히 활발하게 제기되고 있었다는 점을 암시할 것이다. 왜냐하면 그 문제와 관련해 꽤 명확하지 않은 점이 있기 때문이다. 무의식에서 실제로 이런 일이 벌어지고 있다는 것은 몇 개월 지난 뒤에 일어난 사건에 의해 입증된다.

안나의 다섯 번째 생일이 가까워지고 있던 시점에 일어난 일이다. 그 사이에 안나의 여동생 소피가 이 문제에 관심을 점점 더 많이 기울이고 있었다. 안나가 지진 공포증에 시달리며 지진에 대한 지식을 얻으면서 지진을 충분히 이해하는 것처럼 보였을 때, 소피도 그 자리에 있었다. 그러나 실제로 그 설명은 당시의 소피에겐 제대로 이해되지 않았다. 소피가 지진을 제대로 이해하지 못했다는 사실은 훗날 분명하게 드러났다. 소피가 어머니에게 지나치게 달라붙어 지냈고 어머니의 치마폭을 절대로 떠나지 않으려 드는 날이 있었다. 그러나 소피가 정말로 버릇이 없고 성을 잘 내는 아이라서 그럴 수도 있었다. 이처럼 공포에 사로잡혀 지내던 어느 날, 소피는 어린 남동생을 유모차에서 끄집어내려 들었다. 어머니가 나무라자, 소피는 큰소리로 울부짖기 시작했다. 눈물을 흘리며 울던 중에 소피가 갑자기 말했다. "아이가 어디서 오는지, 나는 아는 게 하나도 없어!" 이어 소피는 언니가 옛날에 들었던 것과 똑같은 내용의 설명을 들었다. 이것이 소피에겐 그 문제에 따른 궁금증을 많이 해소해준 것 같았다. 그 후 몇 개월 동안 평화가 유지되었으니까. 그런 다음에 소피가 혀짤배기소리를 내면서 사납게 굴던 날들이 한 번 더 있었다. 그러던 어느 날, 소피는 기분이 아주 좋지 않은 상태에서 어머니에게 가서 "프레디가 정말로 엄마 뱃속에 있었어?"라고 물었다.

엄마: "그럼."

소피: "그러면 엄마가 프레디를 밀어냈어?"

엄마: "그래."

안나: (참견하고 나서면서)"프레디가 밑으로 나온 거야?"

이 대목에서 안나는 항문만 아니라 생식기에도 사용하는 아이들의 표현을 썼다.

소피: "그런 다음에 엄마가 프레디를 떨어뜨린 거야?"

"떨어뜨린"이라는 표현은 아이들에게 대단한 흥미를 유발하는, 변기의 작동 방식에서 나온 것이다. 사람은 자신의 배설물을 변기에 떨어뜨린다.

안나: "프레디가 병에 걸리지 않았어?"

그 전날 밤, 안나는 가벼운 복통을 앓았다.

몇 개월 동안의 평화가 있은 뒤, 소피가 별안간 자신이 앞서 들었던 설명을 재차 확인하겠다고 나섰다. 이처럼 다시 확인하려는 태도는 어머니가 제시한 설명과 관련해서 의문점들이 생겨났다는 것을 암시했다. 그 질문의 내용을 근거로 판단하자면, 출생의 과정이 적절히 설명되지 않았기 때문에 의문이 생겨난 것 같았다.

"밀어내다"라는 표현은 아이들이 배변 행위에 가끔 사용하는 단어이다. 그것은 소피의 경우에 그 이론이 어떤 방향으로 전개되고 있는지를 짐작하게 한다. 누군가가 프레디를 떨어뜨렸다는 식으로 말한 소피의 말은 그녀가 남동생과 배설물을 동일시한다는 점을 드러내고 있다. 그래서 소피가 바보처럼 군다는 생각까지 든다. 이에 대해 안나는 프레디가 병에 걸렸을 것이라는 말을 덧붙인다. 그 전날 밤에 있었던 안나의 구토가 본인에게 강한 인상을 남겼음에 틀림없다. 전날 밤의 구토는 안나가 아주 어릴 적 이후로 처음으로 아파보는 경험이었다.

구토는 무엇인가가 육체를 떠날 수 있는 한 방법이었다. 안나가 그때까지 이 방법에 대해 진지하게 생각해 본 적은 없었지만, 어쨌든 구토도 그런 한 방법이 되겠다는 생각이 들었다. 안나의 말은 배설 이론을 멀리하고 있다는 점을 분명히 보여주고 있다. 안나가 직접적으로 생식기를 언급하지 않은 이유는 무엇일까? 그녀의 마지막 꿈이 그럴 듯한 이유를 찾을 단서를 제공하고 있다. 생식기에는 아직 안나가 이해하지 못하는 것이 있기 때문이다. 생식기가 "작동"하도록 하려면 어떤 조치가 취해져야 할 수도 있다는 생각이 들었던 것이다. 아마도 생식기에 관한 생각은 전혀 떠오르지 않았을 수도 있다. 아마도 아기를 생기게 할 씨앗이 음식처럼 입을 통해 몸 안으로 들어갈 수도 있고, 그런 다음에 아이가 "구토"처럼 나왔을 수도 있을 것 같았다.

그러므로 출생의 세세한 과정은 여전히 수수께끼였다. 안나는 다시 어머니로부터 아이가 정말로 밑으로 나온다는 소리를 들었다. 그리고 1개월쯤 뒤, 안나는 갑자기 이런 꿈을 꾸었다. "나는 삼촌과 숙모의 침실에 있었어. 그때 두 사람 모두 침대에 누워 있었어. 나는 삼촌이 덮고 있던 이불을 벗겨내고 그의 배 위에서 아래위로 흔들며 놀았어."

이 꿈은 정말로 마른하늘의 벼락처럼 느닷없이 꾸어졌다. 그때 아이들은 몇 주일 동안 휴가 분위기 속에서 지냈고, 아버지는 다른 도시로 출장 가 있다가 그날 하루 집에 들렀다. 안나는 아버지에게 특별히 애착을 느끼고 있었다. 아버지가 안나에게 농담 삼아 물었다. "너 오늘 밤에 아빠하고 도시로 갈래?" 그러자 안나는 "좋아. 그러면 나는 아빠와 같이 잘 수 있지?"라고 대답했다. 그즈음 안나는 자기 엄마가 간혹 아빠의 팔을 잡듯이 그렇게 아빠에게 매달리기를 즐겼다. 그리고 얼마 뒤, 안나는 그 꿈 이야기를 했다. 그 며칠 전에, 안나는 꿈에 나타났던 삼촌의 집에 손님으로 머물고 있었다. 안나는 그 방문을 특별히 고대하고 있었다. 왜냐하면 남자 사촌을 둘이나 만날 수 있었기 때문이다. 당시에 안나는 이 사촌들에 대한 관심을 숨기지 않았다. 불행히도, 사촌들은 그때 거기에 없었다. 안나는 실망이 이만저만이 아니었다. 안나가 현재 처한 상황에 꿈의 내용과 관련있는 무엇인가가 들어 있음에 틀림없었다. 꿈의 명백한 내용과 안나가 자기 아버지와 나눈 대화 사이의 관계는 아주 분명하다. 삼촌은 병약하고 늙은 신사였으며, 안나가 삼촌을 만난 것은 겨우 몇 차례에 지나지 않았다. 꿈속에서 삼촌은 틀림없이 안나의 아버지를 대신하는 존재였다. 안나의 꿈 자체는 그 전날 있었던 실망을 표현하고 있다. 그렇다면 안나는 꿈 속에서 아버지와 함께 누워 있다. 여기서 우리는 현재와의 비교가 이뤄지고 있는 것을 확인하고 있다. 그 때문에 안나가 갑자기 꿈을 기억해낸 것이다. 그 꿈은 안나가 아버지의 (빈) 침대에서 종종 했던 놀이를, 그러니까 매트리스 위에 엎드려 발을 구르곤 하던 놀이를 요약하고 있다. 이 놀이에서 "아빠가 이렇게 하지?"라는 질문이 나왔다. 안나가 실망한 것은 아버지가 자신의 질문에 "넌 옆방에서 혼자 잘 수 있어."라고 대답했기 때문이었다. 이어서 그 전에 (사촌에게 품었던) 에로틱한 기대에 대한 실망을 이미 위로했던 똑같은 꿈을 기억해냈다. 동시에 그 꿈은 기본적으로 "그것"이 앞에서 언급한 율동적인 동작에 의해 침대에서 벌어진다는 이론을 보여주고 있다. 안나가 삼촌의 배 위에 누웠다는 내용이 그녀가 아팠던 것과 관계가 있는지 여부는 확인이 불가능하다.

안나를 관찰한 내용은 여기까지이다. 지금 안나는 다섯 살을 조금 넘겼으며, 우리가 확인한 바와 같이, 가장 중요한 성적인 사실들에 대해 이미 상당히 많이 알고 있다. 이 지식이 그녀의 도덕과 성격에 어떤 부정적인 영향을 미칠 것인지는 아직 관찰해야 할 부분이다. 그 지식이 갖는 긍정적 치료 효과는 이미 확인되었다. 이 보고를 근거로 볼 때, 안나의 여동생도 자기 자신에 대한 설명을 필요로 하고 있다는 사실이 분명히 드러난다. 시간이 아직 무르익지 않았을 경우에는, 아무리 많은 교육을 시켜도 별로 도움이 되지 않는 것 같다.

나는 어린이들을 위한 성교육의 전도사는 절대로 아니다. 또 표준화된 기계적인 설명을 옹호하는 사람도 절대로 아니다. 그렇기 때문에 나는 긍정적이고 유익한 조언을 내놓을 입장에 있지 않다. 단지 나는 여기 기록된 자료를 바탕으로 한 가지 결론을 끌어낼 수 있을 뿐이다. 우리 어른들이 아이들을 그 모습 그대로 보도록 노력해야 하지 우리가 원하는 모습으로 보려고 해서는 안 된다는 점이다. 말하자면 아이들을 교육시킬 때, 우리는 자연스런 발달의 경로를 따라야 하고 케케묵은 도덕률을 적용하지 않도록 노력해야 한다.

추상작용

|

이 논문이 발표된 뒤로, 우리의 관점에 상당한 변화가 있었다. 앞에 소개한 관찰 중에서, 충분히 평가되지 못한 사항이 한 가지 있다. 아이들이 어른들로부터 끊임없이 계몽을 받고 있는 가운데서도 공상적인 설명을 특별히 더 선호한다는 사실에 대한 설명이 제대로 되지 않은 것 같다. 이 연구보고가 처음 공개된 이후로, 이 같은 경향은 나의 예상과 반대로 더욱 강해졌다. 아이들이 지속적으로 공상적인 이론을 좋아한 것이다. 이 문제와 관련해서, 나는 아주 명백한 관찰을 직접 몇 차례 할 수 있었다. 그 관찰 중 일부는 다른 부모들의 아이들을 통해서였다. 예를 들어, 교육 문제에 있어서는 불필요한 비밀을 만들지 않는 나의 친구의 네 살짜리 딸은 지난해 부모로부터 크리스마스트리를 장식하는 일을 도와도 좋다는 허락을 받았다. 그러나 올해 이 아이는 자기 어머니에게 이렇게 말했다. "작년엔 별로 재미없었어. 올해는 내가 직접 크리스마스트리를 만들지 않을 거야. 그러니 엄마 혼자 문을 잠그고 만들어도 괜찮아."

이를 포함한 다른 비슷한 관찰의 결과, 나는 아이들이 선호하는 공상적 혹은 신화적 설명이 아이들이 좋아한다는 바로 그 이유 때문에 "과학적" 설명보다 더 적절하지 않을까 하는 궁금증을 품게 되었다. "과학적" 설명은 사실의 측면에서 본다면 정확할지라도 상상에 영원히 빗장을 채워버릴 위험을 안고 있으니 말이다. 이 예의 경우에는 공상에 채워진 빗장이 다시 풀릴 수 있었지만, 그건 어디까지나 공상이 "과학"을 옆으로 밀쳐낼 수 있었기에 가능했다.

그렇다면 아이들을 대상으로 한 계몽이 아이들을 해쳤을까? 이런 피해가 관찰된 예는 전혀 없다. 아이들은 건강하고 정상적으로 발달했다. 아이들이 집착했던 문제들은 분명히 뒷전으로 밀려났다. 아마 학교생활에서 비롯된 다양한 외적 관심사 때문일 것이다. 공상 작용도 전혀 피해를 입지 않았고, 공상도 비정상으로 여겨질 수 있는 길을 추구하지 않았다. 미묘한 성격의 관찰이나 말도 비밀로 부치지 않고 공개적으로 행해졌다.

그러므로 나는 어린 시절 초기의 자유로운 토론이 아이들의 상상력을 건전한 방향으로 이끌고, 따라서 은밀한 공상이 발달하지 못하도록 막는다는 관점을 갖게 되었다. 은밀한 공상이라면 이런 것들을 곁눈질하게 될 것이고, 결과적으로 사고의 자유로운 발달을 막는 장애밖에 더 되겠는가. 내가 볼 때, 공상 활동이 단순히 정확한 설명을 무시한다는 사실은 완전히 자유로운 상태에서 발달하는 사고는 사실의 현실주의로부터 해방되어 나름의 세계를 창조할 필요성을 강하게 느낀다는 점을 암시하는 것 같다.

그렇다면 아이들에게 불신의 씨앗이 될 수도 있는 엉터리 설명을 제시하는 것도 바람직하지 않지만, 정확한 설명만을 고집하는 것 또한 그것 못지않게 바람직하지 않은 것 같다. 왜냐하면 마음이 발달할 자유가 단순히 그런 엄격한 정확성 때문에 억압될 것이고, 아이들이 추가 발달을 저해할 그런 구체주의를 강압적으로 택하게 될 것이기 때문이다.

정신적인 것도 생물학적인 것과 마찬가지로 침범할 수 없는 권리를 갖는다. 원시인들이 성인이 되어서까지도 잘 알려진 성적 과정에 대해, 예를 들어 성교는 임신과 아무런 관계가 없다는 식으로 더 없이 공상적인 생각을 갖는 것은 결코 우연이 아닐 것이다. 이런 사실을 근거로 원시인은 성교와 임신 사이의 연결조차 모른다는 식의 결론이 내려지고 있다. 그러나 원시인들의 사고 체계를 더 정확히 연구하면, 그들도 동물들이 교미를 하면 새끼를 갖게 된다는 사실을 잘 알고 있다는 것이 확인된다. 오직 인간 존재에게만 성교가 임신을 부른다는 사실이 부정되고 있다. 원시인이 그런 사실을 모르고 있는 것이 아닌 것이다. 원시인이 성적인 것에 대해 그런 식으로 생각하는 데에는 다른 이유가 있는 것이 아니다. 단지 그들이 구체주의의 속박에서 자유로운 신화적 설명을 더 선호한다는 이유에서 그러는 것이다.

원시인들 사이에 아주 빈번하게 관찰되는 이런 사실들을 통해서 바로 거기서 추상작용이 시작된다는 사실을 확인하는 것은 어렵지 않다. 문화에 아주 중요한 그 추상작용 말이다. 아이의 심리도 그런 식으로 돌아간다고 짐작해야 할 근거는 많다. 만약 남미의 어떤 인디오들이 자신들을 진정으로 붉은 앵무새라고 부르면서 그 같은 사실을 비유적으로 해석하는 것을 강력히 거부한다면, 그것은 "도덕적" 근거에서 나온 성적 억압과는 전혀 아무런 관계가 없으며 사고 기능에 고유한 독립의 원칙과, 사고 기능이 관능적인 지각의 구체주의로부터 자유로워지려는 경향 때문이다. 우리는 그런 사고 기능에 별도의 원칙을, 말하자면 아주 어린 아이의 미발달한 잡다한 성향에서만 나타나는 성적 관심의 시작과 일치하는 그런 어떤 원칙을 부여해야 한다. 사고의 기원을 단순히 성욕으로만 압축하는 것은 인간 심리의 근본적인 사실들과 정반대 방향으로 나아가는 것이다. 〈1909년〉

2장

어린이의 발달과 교육

분석 심리학과 교육 문제

|

분석 심리학의 발견들과 교육의 일반적인 문제들 사이의 연결을 제시하는 과제를 떠맡는 것이 약간은 망설여진다. 우선, 교육은 아주 폭넓은 인간의 경험이다. 그 경험을 몇 개의 문장으로 요약하는 것은 아마 불가능한 일일 것이다. 게다가 분석 심리학은 일반적으로 알려져 있다고 보기 힘든 그런 사고의 방법과 체계를 다루고 있다. 따라서 분석 심리학을 교육의 문제에 적용하는 것은 결코 쉽지 않다. 그러기에 본론으로 들어가기에 앞서 심리학 분야에서 가장 나이가 어린 아이나 다름없는 분석 심리학이 발달해온 과정을 역사적으로 소개하는 것이 불가피하다. 그런 소개의 과정을 거칠 경우에 분석 심리학을 오늘 처음 만났다면 파악하기가 대단히 힘들 많은 것들이 쉽게 이해될 것이다.

최면술을 치료에 이용하던 경험을 통해서 발달하게 된 정신분석(프로이트가 이 용어를 처음 썼다)은 기능적 혹은 비기질성(非器質性)의 신경 장애를 조사하는 특별한 의료 기법이 되었다. 정신분석은 주로 이런 장애의 성적 기원에 관심을 두었다. 치료의 한 방법으로서 정신분석의 가치는 성적인 원인들을 의식으로 끌어내면 영원한 치료 효과를 거둘 수 있다는 전제에 바탕을 두고 있다. 프로이트 학파 전체는 지금도 이런 정신분석의 관점을 취하고 있으며 신경 장애의 원인에 대해 성적인 원인 외에는 그 어떤 것도 인정하지 않고 있다.

나는 원래 이 방법을 받아들였음에도 불구하고 세월이 흐르면서 분석 심리학이라는 개념을 발달시키게 되었다. 분석 심리학은 정신분석에 따른 심리 조사가 몇 가지 이론적 가설만을 고수하는 까닭에 의료적 기법의 범위를 축소시켰고, 또 그런 조사 방법이 정상 심리학의 전반적인 분야로까지 확장되고 있다는 사실에 주목하고 있다. 그러므로 분석 심리학과 교육의 연결에 대해 이야기할 때, 나는 프로이트 식의 분석을 고려하지 않는다. 프로이트의 방식은 정신 중에서 성적 본능의 영향만을 다루는 심리학이다. 그렇기 때문에, 프로이트의 심리학은 아이들의 성심리학을 논할 때에만 적절할 것이다.

그러나 시작 단계에서부터 나는 아이와 부모의 관계 혹은 아이와 형제자매의 관계, 아이와 친구들의 관계를 단지 성적 기능의 미성숙한 시작으로 설명하는 견해를 절대로 지지하지 않는다는 점을 분명히 밝혀야 한다. 당신도 분명히 알고 있을 그런 견해들은 나의 입장에서 보면 미성숙하고 편향적인 일반화일 뿐이다. 그런 탓에 그 견해들은 이미 터무니없는 오해를 많이 낳고 있다. 어떤 병적인 현상이 심리학적으로 성적인 것으로 설명해도 정당할 만큼 강하게 나타날 때, 그런 경우에 근본적으로 문제가 되는 것은 아이 본인의 심리가 아니고 성적으로 뒤틀린 부모의 심리이다. 아이의 마음은 극도로 민감하고 의존적이며, 부모의 심리라는 환경 안에서 오랫동안 묻혀 지낸다. 아이의 마음은 한참 시간이 흐른 뒤에나 부모의 영향으로부터 자유로워질 수 있다.

이제 나는 분석 심리학의 기본적인 관점 몇 가지에 대해 설명할 것이다. 학교에 다니는 연령의 아이들의 마음을 고려할 때 특히 많은 도움이 될 관점들이다. 나 자신이 당신에게 즉각적으로 적용할 수 있는 그런 아이디어를 제공할 수 있는 위치에 있다고 생각하지 않기를 바란다. 여기서 내가 할 수 있는 것이라곤 아이의 정신적 발달 그 바닥에서 작용하고 있는 일반적인 법칙들에 대한 보다 깊은 통찰을 제시하는 것뿐이다. 그러나 나는 당신이 나의 강연을 통해서 아주 고차원적인 인간 능력들의 신비한 진화에 대해 어렴풋이 감이라도 잡을 수 있게 된다면 크게 만족할 것이다. 다음 세대를 이끄는 교육자로서 자신에게 안겨진 막중한 책임을 고려한다면, 아마 당신은 성급하게 결론을 내리지 못할 것이다. 왜냐하면 어떤 견해가 현실에 이롭게 적용되기 위해선 오랜 기간에 걸쳐 싹이 트고 성장하는 과정이 반드시 필요하기 때문이다.

교사와 부모가 가진 보다 깊은 심리학적 지식들이 아이들에게 직접적으로 쏟아져서는 안 된다. 그런데도 그런 일이 불행하게도 이따금 일어나고 있다. 그렇게 할 것이 아니라, 교사나 학부모는 보다 깊어진 심리학 지식을 바탕으로 아이의 정신생활을 이해하려 하는 태도를 가져야 한다. 이 지식은 분명 어른들을 위한 것이지 아이들을 위한 것이 아니다. 아이들에게 전하는 것은 언제나 기초적인 것이어야 하고 또 미성숙한 정신에 적합한 것이어야 한다.

정신의 생물학적 구조

|

분석 심리학의 가장 중요한 한 가지 성취는 틀림없이 정신의 생물학적 구조를 인정한다는 점이다. 그러나 여러 해에 걸쳐 발견한 것을 몇 마디의 말로 옮겨놓는 것은 쉽지 않은 일이다. 따라서 만약에 얼핏 보아서 내가 논의의 범위를 아주 넓게 잡는 것처럼 보인다면, 그것은 일반적인 의견을 아이의 마음이라는 특별한 문제로 끌어들이기 위해서이다.

빌헬름 분트(Wilhelm Wundt)로 대표되는 실험 심리학은 모두가 잘 알다시피 정상적인 의식의 심리학에 몰두했다. 마치 정신이 의식적인 현상으로만 이뤄진 것처럼 말이다. 그러나 의학 심리학, 특히 프랑스 학파는 곧 무의식적 정신 현상이 존재한다는 점을 인정하지 않을 수 없게 되었다. 오늘날 우리는 의식적인 마음은 에고(자아)와 직접적으로 연결된 관념들로만 이뤄져 있다는 것을 잘 알고 있다. 약간의 강도(强度)만을 가졌거나 한때 강력했으나 다시 그 강도를 잃게 된 그런 정신적 요소들은 의식의 "문턱 밑"에 있다. 말하자면 그런 요소들은 잠재의식적이며 무의식의 영역에 속한다는 뜻이다. 무의식은 그 불명확한 범위 때문에 바다에 비유되는 한편, 의식은 바다 위로 솟아난 섬에 비유된다. 그러나 이 비유를 지나치게 중요하게 여겨서는 안 된다. 왜냐하면 의식과 무의식의 관계는 기본적으로 섬과 바다의 관계와 다르기 때문이다. 의식과 무의식의 관계는 어떤 의미로도 안정적인 관계가 아니며 끊임없이 흔들리고 있다. 말하자면 그 내용물이 언제나 변화하고 있다는 뜻이다. 왜냐하면 무의식도 의식과 마찬가지로 절대로 고정되어 있지 않거나 정체되어 있지 않기 때문이다. 무의식은 의식과 끊임없이 상호작용하는 상태에서 작용하고 있다. 그 강도 혹은 그 실재성을 잃은 의식의 내용물은 무의식 속으로 가라앉는데, 이것을 우리는 망각이라고 부른다. 거꾸로 무의식에서도 새로운 관념과 경향이 생겨난다. 이 관념과 경향이 의식 속으로 들어올 때, 우리는 그것을 공상이나 충동이라고 부른다. 무의식은 의식이 자라나는 모체이다. 왜냐하면 의식이 세상에 완성된 결과물로 들어가는 것이 아니고 자그마한 시초들의 최종적 결과가 바로 의식이기 때문이다.

의식의 발달

|

아이의 내면에서 앞에서 설명한 그런 발달이 이뤄진다. 첫 몇 년 동안에는 아이에겐 의식은 거의 없다. 그럼에도 아주 어려서부터 아이에게도 정신작용이 일어나는 것은 분명하다. 그러나 이 정신작용은 조직화된 자아를 중심으로 일어나지는 않는다. 이 시기에 아이들의 정신작용에는 중심이 전혀 보이지 않고 따라서 지속성도 전혀 보이지 않는다. 이처럼 중심이 없고 지속성이 없는 상황에서는 의식적인 성격의 형성은 절대로 불가능하다. 따라서 아이들은 우리가 생각하는 그런 의미의 기억을 전혀 갖고 있지 않다. 아이의 정신적 기관이 유연하고 민감함에도 불구하고, 아이에겐 그런 기억이 없

다. 아이가 "나"를 내세우기 시작할 때에야, 비로소 지각 가능한 의식의 지속성이 존재한다. 그럴 때면 어른도 아이의 단편적인 생각들이 점진적으로 통일성을 유지하는 것을 확인하면서 아이에게서 의식이 생겨나는 것을 눈으로 볼 수 있다.

이 같은 과정은 평생 동안 계속된다. 그러나 사춘기 이후부터는 그 속도가 느려지면서 의식에 더해지는 무의식의 편린들이 아주 드물어진다. 이런 발달이 가장 광범위하게 또 가장 활발하게 이뤄지는 때는 출생 때부터 정신적 사춘기기 끝나는 시기 사이의 기간이다. 정신적 사춘기의 끝은 서양 남자의 경우 대충 25세이다. 여자의 경우에는 열아홉 내지 스무 살에 정신적 사춘기의 끝을 맞는다. 의식의 발달이 이런 식으로 이뤄지면서, 자아와 그전에 무의식이었던 정신작용 사이의 연결이 확고해진다. 그 결과, 그 정신작용이 무의식 안에 있는 원천으로부터 분리된다. 의식은 이런 식으로 마치 바다에서 새로운 섬이 올라오듯 무의식에서 일어난다. 우리는 교육과 문화를 통해서 아이들의 내면에서 일어나는 이 과정을 강화한다. 학교는 사실 어떤 목적을 갖고 의식의 통합을 강화하는 하나의 수단이다.

그렇다면 학교도 전혀 없는 상태에서 아이들을 그냥 내버려두면 어떤 일이 벌어질까? 이 질문 앞에서, 우리는 아이들이 거의 무의식 상태로 남을 것이라고 대답해야 한다. 여기서 말하는 무의식 상태는 어떤 상태일까? 원시적인 상태일 것이다. 그런 상태에서 자라는 아이들은 지능을 타고났음에도 불구하고 나이가 들어도 원시적이고 야만적인 상태로 남을 것이다. 오늘날 아프리카의 흑인 부족이나 부시맨처럼 보일 것이다. 그런 상태에서 자란 아이들도 반드시 어리석지는 않을 것이지만 오직 타고난 만큼만 지적일 것이다. 그런 아이들은 무지할 것이며, 따라서 자기 자신과 세상을 의식하지 않을 것이다. 매우 낮은 문화적 수준에서 삶을 시작하면서, 그들은 원시인 부족과 약간만 다른 모습을 보일 것이다. 이처럼 원시적인 단계로 퇴행할 가능성은 생물 발생의 기본 원칙에 의해 설명된다. 이 원칙은 육체의 발달에만 적용되는 것이 아니라 정신적 발달의 모든 가능성에도 똑같이 적용된다.

이 원칙에 따르면, 종의 진화는 개체의 태아의 발달에서 되풀이된다. 따라서 어느 정도까지, 인간은 태아의 생활을 하는 동안에 원시적인 시대의 해부학적 형식들을 거치게 된다. 만약 똑같은 원칙이 인류의 정신의 발달에도 그대로 적용된다면, 아이는 원래 무의식인 동물적 조건에서 빠져나와 처음에는 원시적이지만 서서히 개화되는 그런 의식의 단계로 발달해 간다.

아이의 꿈은 곧 부모의 꿈

|

아이가 자기 자신을 의식하지 못하는 때, 그러니까 아이가 두세 살 일 때의 조건은 동물의 상태와 비슷할 것이다. 태아일 때의 아이가 사실상 어머니의 신체의 일부로서 어머니에게 전적으로 의존하는 것과 똑같이, 정신도 대개 초기에는 어머니의 정신의 일부에 지나지 않으며 곧 이어 부모의 정신의 일부가 될 것이다. 아이가 처하는 최초의 심리적 조건은 부모의 심리와의 융합이다. 이때는 아이 개인의 심리는 오직 잠재적으로만 존재할 뿐이다. 그러므로 학교에 입학할 때까지 아이들의 신경적 및 정신적 장애는 부모의 정신세계의 혼란에 크게 좌우된다. 부모가 겪는 모든 어려움은 반드시 아이의 정신에 흔적을 남기게 되어 있다. 경우에 따라서 병적인 결과를 낳을 수도

있다. 어린 아이가 꾸는 꿈은 종종 아이 본인이 아니라 부모에 대한 이야기를 더 많이 들려준다.

오래 전에 나는 사람들이 어린 시절에 꾸는 꿈들 중에서 매우 신기한 꿈을 관찰할 수 있었다. 환자들이 기억하는 최초의 꿈을 통해서였다. 그 꿈들은 "큰 꿈"이었다. 내용도 아이에게 어울리지 않는 꿈이었다. 그래서 나는 처음에 그런 꿈은 부모의 심리에 의해서만 해석이 가능하다고 확신했다. 어느 소년은 자기 아버지의 성적이고 종교적인 문제에 대한 꿈을 꾸었다. 그런데 소년의 아버지는 어떠한 꿈도 기억해내지 못했다. 그래서 한 동안 나는 여덟 살짜리 아들의 꿈을 통해서 소년의 아버지를 분석했다. 그러다 마침내 아버지도 꿈을 꾸기 시작했다. 그러자 소년의 꿈이 중단되었다. 훗날 나는 어린 아이의 기이한 꿈도 꿈으로서 충분한 가치를 지닌다는 것을 깨달았다. 왜냐하면 아이들의 꿈에도 어른들의 꿈에 나타나는 원형(元型)들이 들어 있기 때문이다.

아이가 자신의 자아의식을 발달시킬 때, 아이에게 뚜렷한 변화가 일어난다. 이 같은 사실은 아이가 자기 자신을 "나"라고 언급하는 것으로 확인된다. 이 변화는 대체로 만 3세와 5세 사이에 일어나지만 그보다 일찍 시작할 수도 있다. 이때부터 우리는 개인적 정신의 존재에 대해 이야기할 수 있다. 그럼에도, 개인의 정신이 상대적 독립성을 획득하는 것은 사춘기 이후의 일이다. 사춘기까지는 아이의 정신은 본능과 환경의 노리개라 해도 과언이 아니다. 만 여섯 살에 학교에 들어가는 아이는 대체로 아직 부모의 정신적 산물이다. 이때 아이가 자아의식의 핵(核)을 갖고 있는 것은 사실이지만, 자신의 무의식적 개성을 내세우지는 못한다.

어른들은 종종 특이하고 완고하고 불복하는 아이나 다루기 힘든 아이를 보면 특별히 개성이 강하거나 고집이 센 아이라고 생각한다. 이는 잘못이다. 그런 경우에 우리는 언제나 부모의 환경을, 부모가 처한 심리적 조건과 삶의 역사를 조사해야 한다. 그러면 거의 예외 없이 우리는 부모에게서 아이가 겪는 어려움의 진정한 원인을 발견할 것이다. 아이의 기이한 성격은 아이 본인의 내면생활을 표현하는 것이기보다는 가정 안의 혼란스런 영향을 반영한다. 나이가 어린 환자의 신경성 장애를 치료해야 하는 상황이라면, 의사는 반드시 부모의 정신적 상태에, 부모들의 문제에, 그리고 부모들이 살거나 살지 않은 삶의 방식에, 부모들이 성취했거나 무시한 포부에, 그리고 가족을 지배하는 분위기와 교육 방식에 주의를 세심하게 기울여야 할 것이다.

이런 모든 정신적 조건은 아이에게 영향을 강하게 미친다. 아이는 초기에 자기 부모와 '신비적 참여'(participation mystique: 프랑스 인류학자 레비 브륄(Lévy-Bruhl)이 제시한 개념으로, 인간이 공상적인 상징의 영향력에 본능적으로 감화되는 현상을 일컫는다/옮긴이)의 상태에서 산다. 아이가 부모의 정신에 일어나는 중요한 발달에 즉각적으로 반응한다는 사실은 거듭해서 확인된다. 이런 상황에서도 부모와 아이는 둘 사이에 벌어지고 있는 것을 의식하지 못한다는 사실은 말할 필요조차 없다. 부모가 가진 콤플렉스의 전염성은 부모의 습관이 아이에게 미치는 효과에서도 쉽게 확인된다. 부모가 자신을 완벽하게 통제하려고 온갖 노력을 다 기울이고, 그렇게 함으로써 다른 어른들이 그 부모에게서 콤플렉스의 흔적을 찾지 못하게 되었을 때조차도, 아이들은 어떤 식으로든 부모에게서 그 콤플렉스의 냄새를 맡게 될 것이다.

대단히 헌신적인 어머니를 둔 세 소녀들에 대한 기억이 아주 뚜렷하게 떠오른다. 사춘기에 가까워지고 있을 때, 이 소녀들은 수치스런 마음을 억누르면서 서로에게 몇 년 동안 어머니에 관한 무서운 꿈을 자주 꾸었다고 털어놓았다. 그들은 어머니가 마법사나 위험한 동물로 나타나는 꿈을 꾸었으나 그것이 무슨 의미인지를 이해하지 못했다. 왜냐하면 소녀들의 어머니는 대단히 사랑스럽고 또 딸들에게 전적으로 헌신했기 때문이다. 몇 년 뒤, 그 어머니가 광기를 보였다. 소녀들의 어머니는 정신이 이상한 상태에 빠지면 일종의 수화광(獸化狂)을 보였다. 그럴 때면 소녀의 어머니는 네 발로 걷고 돼지처럼 꿀꿀거리거나 개처럼 짓거나 곰처럼 으르렁거렸다.

이것은 원시성의 한 표현이다. 이 원시성으로부터 개인의 의식은 점진적으로만 해방될 수 있다. 해방을 위한 노력에서, 학교는 중요한 역할을 맡는다. 아이가 집 밖에서 처음 발견하는 장소가 바로 학교이기 때문이다. 학교 친구들은 형제자매를 대신하고, 남자 선생은 아버지를 대신하고, 여자 선생은 어머니를 대신하게 된다. 선생이 자신의 역할을 자각하는 것이 대단히 중요하다. 선생은 단순히 교과 과목의 내용을 아이에게 주입시키는 것으로 만족해서는 안 된다. 선생은 자신의 인격을 통해서 아이에게 영향력을 행사해야 한다. 이 후자의 역할은 지식을 가르치는 것 못지않게 중요하다.

아이가 부모를 갖지 않는 것도 불행한 일이지만, 아이가 가족과 지나치게 긴밀하게 지내는 것도 또한 위험하다. 부모에게 과도하게 집착하는 것은 훗날 그 아이가 세상에 적응하는 데 있어서 큰 장애가 될 수 있다. 왜냐하면 성장 중인 인간이 영원히 부모의 아이로 남을 수는 없기 때문이다. 그런데 불행하게도, 자신이 늙고 싶지 않고 또 부모로서의 권위와 권력을 포기하고 싶지 않다는 이유로 자식을 아이처럼 키우는 부모들이 참으로 많다. 그런 부모들은 그런 식으로 자식들에게 매우 나쁜 영향을 미친다. 왜냐하면 아이들이 개인적 책임감을 키울 기회를 송두리째 박탈해버리기 때문이다. 이런 불행한 양육법은 의존적인 성격을 낳거나, 교활한 수단을 통해서만 독립을 성취하는 그런 남녀를 낳을 수 있다. 이런 부모들 외에, 자신의 나약함 때문에 적절한 권위로 아이를 충족시켜주지 못하는 부모들도 있다.

개성을 가진 한 사람의 존재로서 선생은 억압적인 권위를 피해야 하는 어려운 과제를 안고 있다. 그와 동시에 선생은 아이를 다루는 어른에게 요구되는 적절한 권위를 행사할 줄도 알아야 한다. 참으로 어려운 과제가 아닐 수 없다. 이 같은 태도는 인위적으로 형성될 수 있는 것이 아니다. 선생이 한 사람의 인간 존재와 시민으로서 자신의 의무를 다할 때 자연스럽게 생겨나게 되어 있다. 선생은 본인부터 정직하고 건강한 사람이어야 한다. 이유는 훌륭한 본보기가 최고의 교육 방법이기 때문이다. 그러나 아무리 훌륭한 교육 방법일지라도 그 방법을 동원하는 선생이 개인적으로 그럴 만한 인물이 못된다면 아무런 소용이 없다.

학교생활에서 유일하게 중요한 것이 교과과정을 가르치는 방법이라면, 이야기는 달라진다. 그러나 교과과정을 가르치는 방법은 기껏해야 학교가 지니는 의미의 반에 지나지 않는다. 다른 반은 선생의 인격을 통해서만 가능한, 진정으로 심리적인 교육이다. 이 교육은 아이를 보다 넓은 세계로 안내하고, 부모가 한 훈육의 범위를 확장하는 것을 의미한다. 왜냐하면 부모의 훈육이 제아무리 세심하게 이뤄진다 해도 그 장소가 언제나 똑같기에 어느 정도의 편향성을 결코 피할 수 없기 때문이다.

그런 한편, 학교는 아이가 만나야 할 넓은 세상에서 가장 먼저 접하게 되는 영향력이다. 그렇기 때문에 학교는 아이가 부모의 환경에서 점진적으로 벗어나도록 도와줘야 한다. 아이는 자연히 자신이 아버지에게서 배운 적응을 선생에게 보이게 된다. 아이는 선생에게 아버지 이미지를 투영하고, 선생의 인격을 아버지 이미지와 동화시키려 들 것이다. 따라서 선생은 아이에 따라서 서로 다른 접근법을 택할 필요가 있다. 어떠한 경우든 그런 접촉이 일어날 문은 항상 열어둬야 한다. 만약 아이와 선생의 개인적 관계가 훌륭하다면, 선생의 교수법이 첨단인지 여부는 거의 중요하지 않다. 성공은 교수법에 좌우되지 않는다.

아이들의 머릿속을 지식으로 채우는 것이 학교생활의 유일한 목적은 아니다. 그보다는 아이들이 진정한 남녀로 성장하도록 만드는 것이 더 중요한 목적이다. 아이가 학교에서 얼마나 많은 정보를 얻는가 하는 데 대해서는 그다지 걱정할 필요가 없다. 결정적으로 중요한 것은 학교가 청년을 자기 가족과의 무의식적 동일시로부터 해방시키고 또 청년이 자기 자신에 대해 적절히 의식하도록 만드는 것이다. 이런 자각이 없다면, 청년은 자신이 진정으로 무엇을 원하는지에 대해 절대로 알지 못할 것이다. 그런 가운데 자신이 오해를 받거나 억압당하고 있다고 느끼면서 언제나 의존하고 남을 모방하려 들 것이다.

어른들을 위한 교육

|

지금까지의 설명을 통해서 나는 분석 심리학의 관점에서 아이의 심리를 대체적으로 그려내려고 노력했다. 그러나 지금까지는 피상적인 수준에서만 언급했을 뿐이다. 분석 심리학에서 쓰이는 조사 방법들을 적용하면, 우리는 그보다 훨씬 더 깊이 파고들게 될 것이다. 이런 것들을 실용적으로 적용하는 것은 평균적인 선생에게는 불가능한 일일 것이다. 이 방법들에 대한 얼마간의 지식을 쌓는 것이 선생의 입장에서 보면 확실히 바람직함에도 불구하고, 그 방법들을 어설프게 이용하는 일은 없어야 한다는 점을 강조하고 싶다. 그러나 선생이 그 방법을 아이들의 교육에 직접적으로 적용하는 것은 절대로 바람직하지 않다. 그 방법이 필요한 곳은 선생 자신을 위한 교육이다. 그러면 그 교육은 결과적으로 학생들을 돕게 될 것이다.

교육자의 교육에 대한 이야기가 나에게서 나오는 것을 보고, 당신은 아마 놀랐을 수도 있을 것이다. 그러나 나는 당신에게 학교를 졸업하는 것으로 교육은 끝이라는 식으로 생각해서는 절대로 안 된다는 점을 특별히 강조하고 싶다. 대학을 졸업한 사람일지라도 마찬가지이다. 청년들을 위한 강의도 있어야 할 뿐만 아니라 어른을 위한 학교도 있어야 한다. 지금은 사람들이 생계를 꾸리고 결혼할 수 있는 수준까지만 교육시키고 있다. 그런 다음에는 모두가 복잡한 정신적 준비를 다 갖춘 것처럼 사람들을 그냥 놓아버린다. 인생이 제기하는 복잡한 모든 문제들에 대한 해결을 순전히 개인의 분별력 혹은 무지에 맡겨버리는 것이다.

그릇된 조언에서 비롯된 수많은 불행한 결혼과 수많은 직업적 실망은 단지 이런 성인 교육의 부재 때문이다. 그 결과 엄청난 수의 남녀가 인생에서 가장 중요한 것들을 완전히 모르는 상태에서 살아가고 있다. 유아기의 많은 악들이 근절할 수 없는 것으로 여겨지고 있다. 그런 믿음이 팽배하게 된 가장 큰 이유는 그 유아기의 악들이 교육을 다 끝냈다고 여겨지는, 그래서 교육할 수 있는 시기를 오래 전에 넘긴 것으로 판단되는 성인들에게서 종종 발견되기 때문이다. 이보다 더 큰 실수는 없다. 어른도 교육 가능하고 또 개인적인 교육의 기술에 감사할 줄 안다. 그러나 어른을 대상으로 한 교육은 당연히 아이에게 적절한 방법으로는 가능하지 않다. 어른은 아이의 정신이 가진 특별한 유연성을 잃었으며, 대신에 자기 자신의 의지와 개인적 확신, 다소 분명한 자의식 등을 획득했다. 그렇기 때문에 어른은 체계적인 영향에 훨씬 더 둔감하다. 여기에다가 아이는 정신적 발달에서 조상들의 단계들을 거치며 오직 현재 수준의 문화와 의식까지만 가르쳐질 수 있다는 사실을 더해야 한다. 그러나 어른은 이 수준 위에 떡하니 버티고 서 있으면서 자신을 동시대 문화의 옹호자로 느낀다. 따라서 어른은 아이처럼 선생에게 복종하려는 경향이 약하다. 사실 따지고 보면 어른에겐 복종하지 않는 것이 중요하다. 아이처럼 복종하게 될 경우에 어른이 쉽게 유아기의 의존 상태로 빠져들 수 있기 때문이다.

그렇다면 어른에게 가장 적합한 교육 방법은 직접적이지 않고 간접적이어야 한다. 말하자면 어른이 스스로를 교육할 수 있게 하는 그런 심리학적 지식을 갖추도록 해야 한다는 뜻이다. 아이에게는 그런 노력을 기대할 수도 없고 기대해서도 안 된다. 그러나 어른에게는 그런 노력을 기대할 수 있다. 그 어른이 선생이라면, 그런 노력은 특히 더 기대할 만하다. 선생은 단순히 문화의 수동적인 옹호자가 되어서는 안 된다. 선생은 자기교육을 통해서 문화를 적극적으로 촉진해야 한다. 선생의 문화는 절대로 정지 상태에 있어서는 안 된다. 그렇지 않고 문화가 정지하게 되면, 선생은 자기 자신에게서 간과하고 있는 잘못들을 엉뚱하게도 아이들의 내면에서 바로잡으려 들 것이다. 이것은 분명히 교육에 반하는 행위이다.

분석 심리학은 성인의 정신적 성장을 돕는 방법에 대해 깊이 고려했다. 그러나 내가 지금 그 방법들에 대해 말한다면, 그것은 단지 지속적인 자기교육이 가능하다는 점을 분명히 밝히기 위해서이다. 여기서 다시 이 방법들을 아이들에게 직접적으로 적용하는 것은 절대로 바람직하지 않다는 점을 경고해야 한다. 자기교육에 반드시 요구되는 바탕은 자기지식이다. 우리는 한편으로는 자기 자신의 행동에 대한 비판적 관찰과 평가를 통해서, 다른 한편으로는 타인들의 비판을 통해서 자기지식을 얻는다. 그러나 자기비판은 언제나 개인적인 편향에 매우 취약하다. 그런 반면 타인들의 비판은 틀릴 수 있거나 우리에게 불쾌하게 다가온다. 아무튼, 이 두 가지 원천을 통해 우리에게 축적되는 자기지식은 불완전하고 인간의 모든 판단과 마찬가지로 다소 혼란스럽다. 인간의 판단이 욕망과 두려움의 왜곡으로부터 거의 자유롭지 못하기 때문이다. 그래도 우리가 어떤 존재인지를 정확히 말해주는 객관적인 비판도 있지 않을까? 우리의 육체에 관한 한, 우리는 객관적인 기준의 존재를 부정하지 않는다. 예를 들어, 만약에 우리가 다른 사람들과 마찬가지로 딸기를 먹어도 아무렇지 않을 것이라고 확신하고 있음에도 육체가 두드러기 반응을 맹렬하게 일으킨다면, 이것은 우리가 자신의 생각과 반대로 딸기에 알레르기를 일으키는 체질을 갖고 있다는 점을 보여주는 객관적인 증거이다.

그러나 심리가 걸린 문제라면, 모든 것이 자발적이고 우리의 선택에 종속되는 것처럼 보인다. 이 같은 보편적인 편견은 우리의 전체 정신을 의식과 동일시하는 경향 때문에 일어난다. 그러나 무의식적이거나 오직 간접적으로만 의식적인 정신작용들이 많다. 이 정신작용들도 아주 중요하다. 무의식에 대해서는 우리는 직접적인 방법으로는 아무것도 알 수 없으며 의식에 나타나는 효과를 통해서 간접적으로만 알 수 있다. 만약 의식 안에 있는 모든 것이 우리의 의지와 선택에 종속된다면, 우리는 우리의 자기지식을 테스트할 객관적인 기준을 어디서도 발견하지 못할 것이다. 그럼에도 욕망과 두려움으로부터 자유로운 무엇인가가 있다. 자연의 산물만큼이나 비개인적인 무엇이다. 이 무엇인가가 우리로 하여금 우리 자신에 대한 진실을 알 수 있도록 한다. 이 객관적인 진술은 정신활동의 어떤 산물 안에서, 객관적이라는 의미를 좀처럼 부여하지 않을 그런 산물 안에서 발견될 것이다. 그것은 바로 꿈이다.

꿈의 의미

|

꿈은 무엇인가? 잠을 자는 동안에 일어나는 무의식적 정신작용의 산물이 꿈이다. 잠을 자는 조건에서, 정신은 대개 우리의 의도적 통제를 벗어난다. 꿈 상태에서 우리에게 남아 있는 소량의 의식을 갖고, 우리는 당시에 벌어지고 있는 일을 통각한다. 그러나 우리는 더 이상 정신적 사건들을 우리의 소망과 목적에 따라 이끌 수 있는 그런 위치에 있지 않다. 따라서 우리는 자

신을 속일 가능성도 박탈당한다. 꿈은 무의식의 독립적 활동에서 생겨나는 하나의 자발적인 과정이며, 생리 활동인 소화만큼이나 우리의 의식적 통제로부터 멀리 벗어나 있다. 그러므로 꿈을 꿀 때 절대적으로 객관적인 어떤 과정이 벌어지며, 이 과정의 본질로부터 우리는 꿈이 말하는 상황에 대한 객관적인 결론을 끌어낼 수 있다.

하지만 우연적이고 혼란스러운 꿈의 내용을 바탕으로 어떻게 신뢰할 만한 결론을 도출해낸단 말인가? 이 질문에 대해 나는 서둘러 대답하고 싶다. 꿈은 겉으로만 혼란스럽고 우연적인 것처럼 보일 뿐이다. 더욱 면밀히 파고들면, 꿈의 이미지에도 두드러진 순서가 보인다. 꿈속의 이미지들 사이의 관계에서도 그렇고, 그 이미지와 깨어 있는 의식의 내용물의 관계에서도 그렇다. 이 같은 발견은 비교적 간단한 절차를 통해 이뤄진다. 이 절차는 다음과 같다. 꿈의 전체 덩어리를 서로 구분되는 부분이나 이미지로 나눈다. 각 부분을 놓고 자유 연상을 한다. 이 연상에서 나온 것들을 모두 모은다. 이렇게 하는 사이에, 우리는 곧 꿈 이미지와 깨어 있는 상태에서 우리의 생각을 지배했던 것들 사이에 아주 밀접한 연결을 파악하게 된다. 그래도 이 연결의 의미가 즉각적으로 분명하지 않을 수 있다. 모든 연상들을 다 모음으로써, 우리는 꿈 분석의 예비적 단계를 마무리한다. 그러면 꿈의 맥락이 분명히 드러난다. 이 예비적 분석은 꿈과 의식의 내용물 사이의 복합적인 연결을 보여주고 동시에 꿈이 그 꿈을 꾼 사람의 성격의 경향들과 얼마나 밀접한 관계가 있는지를 보여준다.

그 꿈을 놓고 온갖 측면에서 면밀히 들여다보는 것이 우리의 과제의 두 번째 부분이다. 말하자면 우리 앞에 놓인 자료를 해석하는 것이다. 여기서도 과학의 다른 모든 분야와 마찬가지로, 우리는 편견을 최대한 버려야 한다. 그러면서 자료가 스스로 말을 하도록 가만 내버려둬야 한다. 많은 경우에 꿈과 축적된 자료를 한번 슬쩍 보기만 해도, 꿈의 의미가 직관적으로 대충 잡힌다. 그런 꿈을 해석하는 데는 특별한 노력조차 필요하지도 않다. 그 외의 경우엔 많은 노력과 상당한 경험이 필요하다. 애석하게도 나는 여기서 꿈 상징의 문제에 대해 깊이 파고들 수 없다. 이 주제에 관한 책들은 아주 많다. 실제 치료 활동에서는 이 책들에 담긴 경험이 반드시 필요하지만, 건전한 상식만으로 해석이 가능한 꿈도 많다.

이를 쉽게 보여주기 위해 나는 짤막한 꿈을 하나 소개하고 아울러 그 의미를 제시할 것이다.

꿈을 꾼 사람은 교육 수준이 높은 50세의 남자이다. 나와 조금 알며 지내는 사이였다. 우리가 만나는 시간 대부분은 그가 풀어놓는 유머로 채워졌다. 우리는 그 유머를 꿈 해석 "게임"이라고 불렀다. 그런 어떤 모임에서, 그가 나에게 웃으면서 아직도 그걸 하고 있느냐고 물었다. 이에 나는 그가 꿈의 본질을 심하게 오해하고 있다고 대답했다. 그러자 그가 얼마 전에 꾼 꿈을 해석해달라고 부탁했다. 나는 그렇게 하겠다고 대답했고, 그는 다음과 같은 꿈을 나에게 들려주었다.

그는 산에 홀로 있었으며 매우 높고 가파른 산을 올라가길 원했다. 산은 그의 앞에 우뚝 서 있었다. 처음에는 산을 오르는 것이 대단히 힘든 작업이었으나 조금 시간이 지나자 산을 오를수록 몸이 가벼워지는 것 같았다. 그는 산을 점점 더 빨리 올랐다. 일종의 황홀경 같은 것이 그를 덮쳤다. 그는 자신이 날개를 달고 하늘 높이 날아오르는 것 같은 기분을 느꼈다. 정상에 도달했을 때, 그에겐 아무런 무게감이 느껴지지 않았다. 깃털처럼 붕 뜨는가 싶더니 허공으로 사라졌다. 그 대목에서 그는 잠을 깼다.

그는 내가 자신의 꿈에 대해 어떻게 생각하는지 알고 싶어 했다. 나는 그가 경험도 많을 뿐만 아니라 열정 또한 대단한 등반가라는 사실을 알고 있었다. 그래서 나는 꿈은 꿈을 꾸는 사람과 똑같은 언어로 말을 한다는 원칙을 뒷받침하는 꿈을 보아도 놀라지 않을 수 있었다. 등반이 그에게 대단한 열정이라는 것을 아는 상태에서, 나는 그가 등반에 대한 이야기를 풀어 놓도록 했다. 아니나 다를까, 그는 등반에 대한 이야기를 정말 열정적으로 털어놓았다. 그는 가이드 없이 혼자 산을 오르는 것을 좋아했다. 홀로 등반하는 데 따를 수 있는 바로 그 위험이 그에게 엄청난 매력으로 느껴졌기 때문이다. 그는 또한 위험했던 등반에 대한 이야기도 들려주었다. 그가 보여준 과감성은 나에게 특별한 인상을 남겼다. 그러면서 나는 그가 위험한 상황을 추구하도록 만드는 것이 무엇일까, 하고 궁금해 했다. 얼핏 보기에도 병적인 쾌락이었다. 분명히 그에게도 나와 비슷한 생각이 떠올랐을 것이다. 왜냐하면 그가 더욱 진지해지면서 위험에 대해서는 전혀 두려움이 없다는 말을 덧붙였기 때문이다.

그는 산에서 최후를 맞는 것이 매우 아름다운 죽음이 될 것이라고 생각하고 있었다. 이 말이 그 꿈의 의미를 밝혀주었다. 분명히 그는 위험을 찾고 있었다. 공개적으로 인정하지 않았지만 아마 자살을 염두에 두고 있었을지도 모른다. 그런데 그가 고의로 죽음을 추구해야 했던 이유는 무엇일까? 특별한 이유가 있을 것임에 틀림없다. 그래서 나는 그와 같은 위치에 있는 사람이라면 자신을 그런 위험에 노출시키지 말아야 한다고 말했다. 이 말에 그는 매우 강하게 자신은 "절대로 산을 포기하지 않을 것"이라고 대답했다. 그는 도시와 가족을 벗어나기 위해서라도 산을 올라야 한다고 말했다. "집에서 쉬는 것은 나에게 어울리지 않아."라고 그는 말했다. 그가 산에 대해 열정을 품은 깊은 이유를 말해주는 단서가 나왔다. 그의 결혼이 실패작이었다는 사실을 알게 되었고, 또한 그를 집에 붙들어둘 요소가 아무것도 없다는 것을 알게 되었다. 또한 그는 자신의 직업에도 넌더리가 난 것 같았다. 이런 여러 조건을 종합할 때, 산에 대한 그의 무시무시한 열정은 자신에게 참을 수 없게 되어버린 존재 자체로부터의 도피임에 틀림없다는 생각이 들었다.

그래서 나는 혼자서 그 꿈을 다음과 같이 해석했다. 그가 자신의 깊은 뜻과 반대로 아직도 삶에 집착하고 있었기 때문에, 그에게 산을 오르는 일이 처음에는 고역이었다. 그러나 그가 그 열정에 자신을 맡길수록, 산이 그를 더욱 강하게 유혹했고 이제 발이 날개를 단 듯 가벼워졌다. 그러다 마침내 그 열정이 그가 완전히 자신으로부터 벗어나도록 만들었다. 그는 육체의 무게감을 완전히 잃었으며 산보다 더 높이, 허공으로까지 올라갔다. 분명히 이것은 산에서의 죽음을 의미했다.

잠시 후 그가 돌연 말했다. "별 이야기를 다 했네. 이제 당신은 나의 꿈을 해석할 수 있을 거야. 그 꿈은 무슨 뜻인가?" 나는 솔직하게 내가 생각하는 바를 들려주었다. 말하자면 그가 산에서의 죽음을 추구하고 있고, 또 그런 태도를 계속 이어간다면 그런 죽음을 맞을 확률이 아주 높다는 이야기를 들려준 것이다.

나의 해석에 대해 그는 웃음을 터뜨리면서 "터무니없는 것 같은데. 반대로 나는 산에서 나의 건강을 찾고 있다네."라고 말했다.

나는 그가 사태의 심각성을 깨닫도록 하려고 노력했으나 허사였다. 그러고 나서 6개월 뒤, 그는 매우 험한 봉우리를 올랐다가 내려오는 길에 글자 그대로 허공으로 날았다. 그는 밑에서 돌출한 바위에 서 있던 동료의 머리 위로 떨어졌고, 둘은 동시에 사망했다.

이 꿈을 통해서 우리는 꿈들의 일반적인 기능을 관찰할 수 있다. 꿈은 그 사람의 성격의 중요한 경향들을 반영한다. 이 경향들의 의미는 전체적인 삶에 대해 말해주기도 하고, 당시에 가장 중요한 일에 대해 말해주기도 한다. 꿈은 이런 경향들을 객관적인 진술로 제시하고 있다. 이 진술은 의식적인 소망과 믿음과는 무관하다. 이런 것을 확인한 지금, 당신은 아마 하나의 꿈이 어떤 상황에서는 의식적인 삶에 무한한 가치를 지닌다는 나의 의견에 동의할 것이다. 방금 소개한 꿈처럼 삶과 죽음이 걸린 문제는 아닐지라도 말이다.

만약에 앞에 소개한 나의 친구가 자신의 자제력 부족이 대단히 위험할 수 있다는 사실을 깨달았더라면, 그가 누릴 수 있었던 도덕적 및 실용적 가치가 얼마나 컸겠는가!

영혼의 의사로서 교육자들이 꿈 해석이라는 고대의 기술을 받아들여야 하는 이유가 바로 거기에 있다. 우리는 아이들처럼 더 이상 권위의 지도를 받지 않으려 드는 어른들을 교육시켜야 한다. 우리는 생활방식이 지나치게 개인적인 까닭에 대단히 현명한 카운슬러마저도 적절한 삶의 길을 주입시키지 못하는 그런 남녀들을 잘 치료해야 한다. 그들에게 자기 자신의 본성에 귀를 기울이는 법을 가르쳐야 한다. 그러면 그들도 자신의 내면에서 일어나고 있는 일들을 제대로 이해하게 될 것이다.

강연이 허용하는 한도 안에서, 나는 분석 심리학과 그 견해들에 대한 통찰을 전하려고 노력했다. 지금까지 한 말이 아이들을 가르치는 일에 조금이라도 도움이 된다면, 나는 그것으로 만족할 것이다. 〈1923〉

3장

분석심리학과교육

제1강

심리학의 역사

|

심리학은 역사가 가장 짧은 학문의 하나이다. "심리학"이라는 단어는 오랫동안 사용되어 왔지만, 예전에는 단지 철학의 한 장(章)의 제목으로만 쓰였다. 철학자가 자신만의 특별한 철학에 따라 인간의 영혼을 설명하는 장에 그런 제목을 붙였다. 젊은 학창 시절에 나도 어느 교수로부터는 정신작용의 진정한 본질은 알려진 게 없다는 내용의 강의를 듣고 또 다른 교수로부터는 하나의 논리적 필연으로 정신은 어떠한 것이라는 내용의 강의를 듣곤 했던 기억이 난다. 만약 현대 경험 심리학의 기원을 연구한다면, 초기의 연구자들이 아주 견고했던, 형식에 치우친 사고방식에 맞서 싸운 투쟁에 강한 인상을 받게 될 것이다.

"학문의 여왕"이라는 신학의 영향을 강하게 받은 철학적 사고는 연역적인 경향을 강하게 보였다. 순수하고 관념론적인 편견들이 이 철학적 사고를 지배했다. 그런데 이 편견은 조만간 반발을 부르게 되어 있었다. 이 반발이 19세기에 유물론의 형식으로 나타났으며, 우리는 지금도 이 유물론의 관점에서 완전히 벗어나지 못하고 있다. 경험적인 방법의 성공이 부정하지 못할 정도로 매우 분명하게 나타났기 때문에, 이 승리의 영광은 유물론적인 철학까지 낳았다. 그런데 유물론적인 철학은 따지고 보면 정당한 과학적 이론이기보다는 심리적 반발에 더 가깝다. 유물론적인 관점은 중세의 관념론에 대한 과도한 반발이며 경험적 방법 자체와는 아무런 관계가 없다.

현대 경험 심리학은 이렇듯 유물론이 무성한 환경 안에서 태어났다. 그것은 우선 생리학적 심리학이었다. 실험을 바탕으로 한다는 점에서 철저히 경험적이었다. 정신작용을 주로 생리학적 징후에 밝은 눈으로 철저히 밖에서만 보았다. 심리학이 철학의 한 부분이거나 자연과학의 한 부분으로 남아있는 한, 그런 상태도 그런대로 만족스러웠다. 심리학은 실험실에 국한되는 한 순수하게 실험적인 학문으로 남을 수 있었으며 또한 정신의 과정을 전적으로 밖에서만 볼 수 있었다.

옛날의 독단적인 심리학 대신에, 이젠 우리는 그 기원에서 결코 덜 학문적이지 않은 철학적 심리학을 갖게 되었다. 그러나 학계의 실험실의 평화는 곧 실용적인 목적으로 심리학을 필요로 했던 사람들의 요구로 인해 깨어졌다. 이 침입자들은 바로 의사들이었다. 정신과의사뿐만 아니라 신경과의사들도 정신적 장애에 관심을 기울여야 하고 따라서 실용적으로 응용할 수 있는 심리학을 급히 필요로 하게 되었다.

학계의 심리학의 발달과 별도로, 의료계 종사자들은 이미 인간의 정신에 접근할 수단을 발견하고 또 정신적 장애를 심리학적으로 치료할 수 있는 길을 발견했다. 이것이 바로 최면술이었다. 최면술은 18세기 후반에 "메스머리즘"(mesmerism: 최면을 뜻하는 표현으로, 오스트리아 의사 F. A. 메스머(Mesmer:1734-1815)의 이름에서 비롯되었다/옮긴이)이라 불렸고, 19세기 초에 "동물 자기"(動物磁氣:animal magnetism)라 불렸던 것에서 발달해 나왔다. 최면술은 샤르코(Jean-Martin Charcot)와 리에보(Ambroise-Auguste Liébeault), 베른하임(Hippolyte Bernheim)을 거쳐서 피에르 자네(Pierre Janet)로 대표되는 의료 심리학으로 발달해갔다.

샤르코의 학생 중 한 사람이었던 빈의 프로이트는 처음에는 자네와 매우 비슷한 방법으로 최면술을 이용했다. 그러나 프로이트는 곧 다른 길로 방향을 틀었다. 자네는 대부분 기술적(記述的)인 경향을 보였던 반면, 프로이트는 더욱더 멀리 또 깊이 들어갔다. 당시의 의학 분야에서 보면 굳이 조사할 가치가 없어 보이던 영역까지 파고든 것이다. 말하자면 무의식의 영역에서 일어나는, 환자의 병적인 공상과 그 공상의 작용에 주목했던 것이다.

그렇다고 자네가 이 점을 간과했다는 식으로 말하는 것은 부당하다. 엄격히 따지면 그 반대가 맞는 말이다. 신경증적 장애와 정신적 장애의 심리 구조에 무의식적 정신작용이 존재하고 또 중요하다는 점을 지적한 것은 자네의 업적이다. 프로이트의 특별한 업적은 무의식적 정신작용을 발견한 데 있는 것이 아니라 이 작용의 진정한 본질을 파악한 데 있다. 무엇보다도 무의식의 세계를 탐험하는 데 필요한 실용적인 방법을 고안해낸 것이 프로이트의 업적이다. 프로이트와 별도로, 나 역시도 처음에는 실험적인 정신병리학의 측면에서 주로 연상(聯想)의 방법을 동원하면서, 그 다음에는 성격의 연구를 통해서 실용적인 심리학의 문제에 접근했다. 프로이트가 그때까지 간과되었던 환자의 병적인 공상을 자신의 특별한 연구 분야로 만들었듯이, 나도 사람들이 연상 실험 과정에 실수를 저지르는 이유가 무엇인지 그 배경에 특별한 관심을 쏟았다. 히스테리 환자의 공상처럼, 연상 실험에 나타나는 장애도 그때까지 무가치하고 무의미한 것으로 여겨지고 있었다. 한마디로 말해, 그야말로 우연적인 현상으로 여겨졌던 것이다. 그러나 나는 이 장애들이 무의식적 작용 때문이라는 것을 발견했다. 그것을 나는 "감정 복합 콤플렉스"(feeling-toned complexes)라고 불렀다.

프로이트와 똑같은 심리학적 메커니즘을 연구하기 시작한 뒤, 내가 프로이트의 제자와 동료가 되는 것은 자연스런 일이었다. 우리 둘은 그런 관계를 몇 년 동안 이어갔다. 그러면서 나는 사실들에 관한 한 그의 결론의 진실을 언제나 인정했다. 그러나 그의 이론의 유효성에 대해서는 회의(懷疑)를 숨길 수 없었다. 내가 그와 결별해야겠다고 느끼도록 만든 주된 원인은 그의 독단주의였다. 나의 과학적 양심은 사실들에 대한 일방적 해석에 근거한 거의 광적인 독단을 지지하는 것을 허락하지 않았다.

프로이트의 성취는 절대로 사소한 것이 아니다. 그가 다른 사람들과 함께 병의 원인과 관련하여 무의식을 발견하고 신경증과 정신병의 구조를 발견했지만, 나의 생각엔 그의 위대하고 독특한 공적은 무의식의 세계를, 더 구체적으로는 꿈의 세계를 탐험하는 방법을 발견한 것이다. 그는 꿈의 비밀을 파고들려는 과감한 시도를 최초로 한 사람이었다. 꿈이 어떤 의미를 지니고 있고 또 꿈을 이해하는 길이 있다는 사실을 발견한 것은 아마 정신분석이라 불리는 이 눈부신 건물에서 가장 중요하고 가장 값진 부분일 것이다.

나는 프로이트의 성취를 낮춰볼 생각은 추호도 없다. 그러나 의료 심리학의 중요한 문제들을 놓고 머리를 싸맸던 모든 사람들, 그러니까 피땀 어린 노력으로 그 바탕을 닦았던 사람들에게도 공정해야 한다고 느낀다. 그런 바탕이 없었더라면, 프로이트도 나도 결코 과제를 성취하지 못했을 것이다. 따라서 자네와 포렐(Auguste Forel), 플루르누아(Théodore Flournoy), 프린스(Morton Prince), 블로일러(Eugen Bleuler)는 의료 심리학의 첫걸음에 대해 이야기할 때마다 반드시 감사의 뜻을 전하고 기억해야 할 인물들이다.

프로이트의 연구는 기능적 신경증은 무의식적 내용물과 인과적으로 연결되어 있다는 점을, 그리고 이 무의식적 내용물의 본질을 제대로 이해하면 그 신경증이 어디서 비롯되었는지를 알 수 있다는 점을 보여주었다. 이 발견의 가치는 결핵을 비롯한 전염병의 원인을 발견한 것만큼이나 위대하다. 게다가, 분석적인 심리학의 치료적 중요성과 별도로, 정상인들을 대상으로 한 심리학도 아주 풍성해졌다. 왜냐하면 꿈의 이해가 지평을 거의 무한하게 열어젖혔기 때문이다.

그러는 과정에 의식이 무의식의 컴컴한 깊은 속에서 어떻게 생겨나는지 그 과정이 확인되었다. 그런 한편, 분석적 방법을 실용적으로 적용함에 따라, 정상적인 개인의 행동에 나타나는 전형적인 기능과 태도도 파악할 수 있게 되었다. 정신분석이 의료 심리학의 한 가지인 한, 정신분석은 오로지 비정상적인 환자에게만 관심을 집중해야 하고 따라서 의사에게만 국한되게 되었다. 그러나 꿈이 정상적인 인간의 행동에 지니는 의미를 연구해온 꿈 심리학은 대체적으로는 생각을 즐기는 사람들에게, 보다 구체적으로는 교육적 경향을 가진 사람들에게 점점 더 큰 관심을 끌게 되었다. 학생들의 정신 상태를 진정으로 이해하길 원하는 교육자라면 분석 심리학의 발견들에 관심을 두는 것이 매우 바람직하다. 그러나 그것은 어디까지나 정신병리학에 관한 약간의 지식을 전제로 한다. 왜냐하면 정상적인 아이를 이해하는 것보다 비정상적인 아이를 이해하는 것이 훨씬 더 어렵기 때문이다. 비정상과 병은 서로 멀리 떨어져 있지 않다. 많은 분야에 걸쳐서 교육을 받은 교사에게 아이들의 육체적 병에 대한 약간의 지식을 기대하듯이, 그 교사에게 아이들의 정신적 병에 대한 약간의 지식을 기대하는 것은 별로 무리가 아닐 것이다.

지진아

|

아이들의 내면에서 일어나는 정신적 장애는 다섯 개의 집단으로 구분할 수 있다.

먼저 지진아가 있다. 가장 흔한 형태의 지진아는 정신적으로 결함이 있는 아이이다. 지능이 낮고, 이해력이 전반적으로 떨어지는 것이 특징이다.

가장 두드러진 유형은 무기력하고, 느리고, 둔하고, 어리석은 아이이다. 이 유형 중에서 지능이 떨어짐에도 불구하고 마음이 따뜻하고 충직하고 헌신적이고 자기희생적인 아이들이 발견될 것이다. 이보다 덜 두드러지고 더 드문 유형은 짜증을 쉽게 내고 곧잘 흥분하는 아이이다. 이런 아이의 정신적 무능력은 정신적 결함이 있는 아이들에 비해 절대로 덜 분명하지 않으며 종종 두드러지게 편향적이다.

교육이 불가능하지는 않지만 실질적으로 치료가 불가능한 이런 유형들과 정신적 발달이 정지한 아이들을 구분해야 한다. 정신적 발달이 정지한 아이의 발달은 매우 느리고, 간혹 거의 지각되지 않을 정도로 느리다. 그것이 정신적 결함인지 여부를 결정하기 위해서는 종종 노련한 정신과의사의 전문적인 진단이 필요하다. 그런 아이들은 종종 정신박약아와 같은 감정적 반응을 보인다.

언젠가 여섯 살 난 소년을 상담한 적이 있다. 발작적으로 폭발하는 분노로 힘들어 하던 아이였다. 분노가 폭발할 때면, 아이는 인형을 집어던지고 부모와 보모를 꽤 위험한 방식으로 위협하곤 했다. 그 외에 아이는 말을 하길 거부했다. 아이는 살이 통통하게 찌고 귀여웠지만 지나칠 만큼 의심이 많고, 악의적이고, 완강하고, 매우 부정적이었다. 소년은 저능아여서 말을 못한 것이 분명했다. 소년은 말하는 방법을 배운 적이 한 번도 없었다. 그러나 그의 정신박약은 말을 하지 못하는 무능력을 설명할 만큼 심하지는 않았다. 그의 전반적인 행동은 신경증을 앓고 있다는 점을 보여주었다.

어린 아이가 신경증 증후를 드러낼 때마다, 그 아이의 무의식을 조사하는 일에 지나치게 많은 시간을 쏟아서는 안 된다. 아이의 어머니로부터 시작해 다른 곳을 조사해야 한다. 왜냐하면 거의 틀림없이 부모가 그 아이의 신경증의 직접적 원인이거나 적어도 신경증의 가장 중요한 원인이기 때문이다.

부모를 대상으로 조사한 결과, 나는 그 아이가 딸이 일곱인 집안의 독자라는 사실을 알았다. 소년의 어머니는 야망에 넘치고 의지가 강한 여자였다. 내가 그녀에게 아들이 정상이 아니라고 말했을 때, 그녀는 나의 말을 모욕으로 받아들였다. 그녀는 아들의 결점에 관한 지식을 일부러 꾹꾹 눌렀다. 그녀의 아들은 무조건 지적이어야 했다. 만약에 소년이 바보 같다면, 그건 어디까지나 소년의 나쁜 의지와 나쁜 고집 때문이었다. 자연히 그 소년은 합리적인 어머니를 두었더라면 배울 수 있었을 것보다 훨씬 더 적은 것을 배웠다. 사실 소년은 전혀 아무것도 배우지 않았다. 더 중요한 사실은 소년이 어머니의 야망이 몰아붙인 그대로 되었다는 점이다. 말하자면 심술궂고 무엇이든 자기 뜻대로 하는 그런 아이가 된 것이다. 철저히 오해를 받고, 따라서 자신 안에 갇혀 완전히 고립된 채, 소년은 절망감에 빠져 분노의 발작을 일으켰다. 나는 이 소년과 상당히 비슷한 가족 환경에서 자란 14세 된 소년을 하나 더 알고 있다. 이 소년은 화가 폭발한 상태에서 계부를 도끼로 죽였다. 소년은 압박을 지나칠 정도로 심하게 받았다.

정신적 발달이 정지되는 현상은 첫아이에게서, 혹은 성격 차이로 이혼한 부모를 둔 아이에게서 심심찮게 발견된다. 정신적 발달의 정지는 또한 어머니가 임신 중에 얻은 병이나 오래 이어진 산통(産痛), 출산 도중 두개골의 기형이나 출혈로 인해 생길 수도 있다. 만약 그런 아이들이 교육적 강압에 의해 망쳐지지 않았다면, 그들은 보통 시간이 흐름에 따라 정신적 성숙을 찾을 것이다. 당연히 평범한 아이들보다는 시간적으로 늦겠지만, 정신적 발달이 정상을 찾게 되는 것이다.

반사회적 성격 장애를 가진 아이

두 번째 집단은 반사회적 성격 장애를 가진 아이들이다. 도덕적 정신 이상을 앓는 경우라면, 그 장애는 선천적이거나 상처나 질병에 의해 뇌 부위에 생긴 손상 때문이다. 그런 경우엔 치료가 불가능하다. 이따금 그런 아이들은 범죄자가 되며 그들의 내면에 습관성 범죄의 씨앗이 들어 있다.

이 집단의 아이들과 도덕적 발달이 정지된 아이, 즉 병적으로 자기발정적인 유형의 아이를 잘 구별해야 한다. 반사회적 성격 장애를 가진 아이들은 종종 경계해야 할 정도의 이기심과 조숙한 성적 활동을 보인다. 게다가 이 아이들은 진실성이 없고 신뢰할 수 없다. 인간적인 감정과 사랑이 거의 보이지 않는다. 대체로 이 아이들은 합법적인 결혼관계에서 태어난 아이들이 아니거나 입양된 아이들이다. 불행히도 친엄마와 아빠의 정신적 환경에서 따뜻하게 보살핌을 받아본 적이 없는 아이일 가능성이 크다는 뜻이다.

이런 아이들은 모든 아이에게 결정적으로 필요한 무엇인가를 결여한 탓에 고통을 받고 있다. 그 무엇인가는 바로 부모, 특히 엄마의 정신적 보살핌이다. 그 결과, 특히 혼인 관계 이외의 관계에서 태어난 아이들은 언제나 정신적 위험에 노출되고 있다. 그런 아이들이 가장 힘들어 하는 영역이 바로 도덕적인 분야이다. 많은 아이들이 양부모에게 입양된다. 그러나 모든 아이들이 다 입양되지는 못한다. 다른 가정에 입양되지 못하는 아이들은 극도로 자기중심적이고 무모할 만큼 이기적인 태도를 키우게 된다. 이는 친부모가 제공하지 않는 것을 혼자서 얻겠다는 목표가 무의식적으로 작용하기 때문이다. 그런 아이들은 언제나 치료 불가능하지는 않다.

나는 다섯 살 때 네 살이던 여동생을 폭행하고, 아홉 살 때 자기 아버지를 죽이려 들었다가도 열여덟 살에 만족스러울 만큼 정상적인 모습으로 발달한 소년을 본 적이 있다. 치료 불가능한 도덕적 정신 이상이라는 진단을 받았음에도, 이 소년은 정상으로 돌아왔던 것이다. 만약 그런 아이들이 간혹 보이는 고삐 풀린 방탕이 훌륭한 지능과 결합한다면, 그리고 그 아이가 되돌릴 수 없을 만큼 심하게 사회와 단절되어 있지만 않다면, 이런 환자들은 자신의 두뇌를 이용함으로써 범죄적인 경향을 버릴 수 있다. 그럼에도 불구하고, 이성은 병적인 기질을 방어하는 장벽으로는 너무 나약하다는 사실이 관찰되고 있다.

간질을 앓는 아이

|

세 번째 집단은 간질이 있는 아이들이다. 이런 아이들도 불행하게 드물지 않다. 진짜 간질 발작을 확인하기는 꽤 쉽다. 그러나 "소(小)발작 간질"이라 불리는 것은 대단히 모호하고 복잡한 병이다. 소발작 간질의 경우에는 뚜렷한 발작 공격이 전혀 없다. 단지 매우 특이하고 종종 지각조차 되지 않는 의식의 변화가 일어날 뿐이다. 그럼에도 불구하고, 소발작 간질은 간질의 심각한 정신적 장애로 이어진다. 곧잘 흥분하고, 포악해지고, 탐욕스러워지고, 감상적인 모습을 보이고, 정의감에 병적으로 집착하고, 이기적인 모습을 보이고, 관심사가 좁아진다.

여기서 간질의 다양한 형태를 다 나열하는 것은 물론 불가능하다. 그러나 간질의 증상을 쉽게 설명하기 위해서, 나는 어린 소년의 예를 들 것이다. 일곱 살 때쯤부터 이상한 행동을 하기 시작한 소년의 예이다. 주변 사람들의 눈길을 끈 첫 번째 사건은 소년이 돌연 사라진 뒤 지하실이나 다락방 구석에 숨어 있다가 발견된 일이었다. 그 소년에게 왜 갑자기 달아나 숨었는지 이유를 설명하도록 유도하는 것은 불가능한 일이었다. 간혹 소년은 놀던 일을 갑자기 그만두고 엄마의 치마폭에 얼굴을 묻곤 했다. 처음에는 이런 일이 아주 드물게 일어났기 때문에 아무도 소년의 이상한 행동에 관심을 두지 않았다. 그러나 소년이 학교에서도 똑같은 짓을 하기 시작했을 때, 그러니까 갑자기 책상에서 일어나 선생에게 달려 나갔을 때, 그의 가족은 걱정을 하기 시작했다. 그럼에도 어느 누구도 아이가 심각한 병을 앓고 있을 가능성에 대해서는 생각하지 않았다.

이따금 아이는 한창 잘 놀다가도 몇 초씩 멈추곤 했다. 문장을 말하다가도 그런 식으로 멈추는 경우가 있었다. 그럼에도 소년은 그런 일에 대해서는 아무런 설명을 하지 못했으며, 잠깐의 의식 상실이 있었다는 사실조차도 모르는 것 같았다. 소년은 짜증을 잘 내는 불쾌한 성격을 점점 더 강하게 키워가고 있었다. 가끔 분노를 발작적으로 터뜨리기도 했다. 한번은 소년이 여동생에게 가위를 던져 거의 죽일 뻔 하기도 했다. 가위는 여동생의 눈 바로 위의 두개골까지 찔렀으나 목숨에는 지장이 없었다. 부모가 정신과의사의 상담을 받도록 해야겠다는 생각을 떠올리지 못했기 때문에, 그 병은 주위에 알려지지 않은 채 남아 있었다. 소년은 단지 불량 소년으로만 다뤄지고 있었다.

소년이 열두 살이 되었을 때, 간질 발작이 처음으로 사람들에게 관찰되었다. 그때서야 그의 병이 이해되었다. 대단히 어려웠지만, 나는 소년으로부터 여섯 살 때쯤 자신도 모르는 어떤 존재에 대한 공포에 시달리기 시작했다는 사실을 알아냈다. 소년은 혼자 있을 때면 눈에 보이지 않는 누군가가 옆에 있다는 느낌을 받았다. 훗날 소년은 수염을 기른 키 작은 남자를 보기에 이르렀는데, 그때까지 그가 한 번도 본 적이 없는 사람이었다. 그럼에도 소년은 이 남자의 특징을 아주 세세하게 설명할 수 있었다. 이 남자가 불쑥 소년 앞에 나타나서 놀라게 만들었다. 소년이 달아나며 자신을 숨기던 때가 바로 그런 순간이었다. 그 남자가 그렇게 무서운 이유를 찾는 것은 어려운 작업이었다. 소년은 무엇인가에 단단히 흥분해 있었지만 그것을 아주 무서운 비밀로 지키고 있었다. 소년의 신뢰를 얻는 데 몇 시간이나 걸렸다. 소년은 마침내 털어놓았다. "이 사람이 나에게 무시무시한 걸 주려고 했어요. 그게 무엇이었는지는 모르겠어요. 틀림없이 아주 무서운 것이었어요. 그가 점점 더 가까이 다가오면서 계속 그걸 받으라고 했어요. 그러나 나는 너무나 무서워서 언제나 달아나면서 그걸 받지 않았어요." 이런 말을 할 때, 소년은 안색이 창백해지면서 공포로 떨기 시작했다. 마침내 내가 소년을 진정시켰을 때, 소년은 "이 사람은 내가 '죄'를 받게 하려고 애를 썼어요."라고 말했다. 그래서 나는 "어떤 '죄'였는데?"라고 물었다. 그러자 소년이 몸을 벌떡 일으키더니 주변을 의심의 눈길로 둘러본 뒤 속삭였다. "살인이었어요."

내가 앞에서 언급한 바와 같이, 소년은 여덟 살 때 여동생에게 무서운 폭력을 행사했다. 그 후에도 소년에게 공포의 공격은 계속되었지만, 공상은 바뀌었다. 무서운 남자는 다시 나타나지 않았다. 그러나 남자 대신에 수녀의 형상이 나타났다. 수녀는 처음에는 얼굴을 가렸으나 차츰 가리지 않은 상태로 나타났다. 그런데 그 얼굴 표정이 무시무시했다. 죽음처럼 창백한 표정이었다. 아홉 살과 열두 살 사이에 소년은 이 형상 때문에 힘들어했다. 소년의 짜증이 점점 더 심해졌음에도, 격노의 발작은 멈추었다. 그러나 그 대신에 간질의 공격이 분명하게 나타나기 시작했다. 분명, 수녀의 환상은 수염을 기른 남자로 상징되던 범죄적 성향이 명백한 질병으로 바뀌었다는 것을 의미했다.

간혹 이런 환자들의 문제는 기능에 나타나고 있으며 아직 조직적이지는 않다. 그렇기 때문에 심리요법을 이용하여 이런 환자들을 치료하는 것이 가능하다. 내가 이 소년 환자의 증세에 대해 길게 언급하며 설명한 이유도 바로 거기에 있다. 그 설명은 그런 장면이 일어날 때마다 아이의 마음속에서 어떤 일이 벌어지고 있는지를 짐작하게 할 것이다.

정신병을 앓는 아이

|

네 번째 집단은 다양한 정신병을 앓는 아이들이다. 이런 예는 아이들에게 흔하지 않지만, 아이들 가운데서도 훗날 사춘기 이후에 다양한 형태의 정신 분열증을 일으킬 그런 병적인 정신 발달의 첫 단계가 발견된다. 대체로 이 아이들은 아주 이상하고 심지어 기이한 방향으로 행동한다. 이 아이들은 이해하기 어려운 행동을 하고, 가까이하기 어렵고, 극도로 예민하고, 집안에 틀어박혀 지내고, 정서적으로 비정상이고, 아주 사소한 일에도 쉽게 폭발하거나 무기력한 모습을 보인다.

언젠가 나는 열네 살 소년을 진단한 적이 있다. 갑자기 성적 활동이 시작되며 걱정스런 방향으로 다소 조숙한 면을 보인 소년이었다. 소년은 그런 활동 때문에 잠을 방해 받고 전반적으로 건강을 해치고 있었다. 소년이 무도회에서 어떤 소녀에게 함께 춤을 추자고 제안했다가 거절당했을 때, 그 문제가 시작되었다. 소년은 화가 머리끝까지 난 상태에서 집으로 돌아왔다. 소년은 집에 도착한 뒤에 공부를 하려고 했지만, 두려움과 분노, 절망이 뒤섞인 묘한 감정이 일어난 탓에 공부가 불가능하다는 사실을 깨달았다. 이 감정이 그를 점점 더 옥죄어오자, 마침내 그는 정원으로 나가서 거의 무의식적인 상태에서 땅바닥을 굴렀다. 두 시간 정도 지난 뒤, 그 감정은 사라지고 성적 문제가 시작되었다. 이 소년의 가족 중에 정신분열증을 앓은 사람이 몇 명 있었다. 이것은 가족의 좋지 않은 유산을 타고난 아이들에게 전형적으로 나타나는 병적인 정서이다.

신경증을 앓는 아이

다섯 번째 집단은 신경증을 앓는 아이들이다. 물론 어린이 신경증의 모든 증상과 형태를 한 차례의 강의로 설명하는 것은 당연히 불가능한 일이다. 비정상적으로 버릇이 나쁜 행동에서부터 분명한 히스테리 상태에 이르기까지, 다양한 형태가 발견될 수 있다. 증상은 육체적으로 분명히 나타날 수 있다. 예를 들면, 히스테리성 발열이나 비정상적일 만큼 낮은 체온, 경련, 마비, 통증, 소화 장애 등이 나타나는 것이다. 아니면 증상이 정신적이거나 도덕적일 수 있다. 흥분이나 우울증, 거짓말, 성적 도착, 절도 등으로도 나타날 수 있는 것이다.

네 살짜리 소녀가 기억난다. 세상에 태어나고 일 년이 지난 이후로 만성 변비로 고생하던 소녀였다. 이 소녀는 상상 가능한 온갖 종류의 육체적 치료를 다 받은 터였다. 모든 치료가 무용지물이었다. 왜냐하면 의사들이 아이의 삶에서 아주 중요한 한 가지 요소를 간과했기 때문이다. 바로 소녀의 어머니였다. 그 어머니를 보자마자, 나는 그녀가 진정한 원인이라는 것을 깨달았다. 그래서 나는 소녀의 어머니부터 치료하자고 제안하면서 동시에 아이를 포기하라고 조언했다. 다른 사람이 어머니 역할을 대신 맡았다. 그러자 다음날 소녀의 문제는 완전히 사라졌다. 그러고 나서 내가 관찰할 수 있었던 여러 해 동안에 그 문제는 소녀에게 다시 나타나지 않았다. 이런 문제의 해결은 어린이의 경우에는 상당히 간단하다. 어머니로부터 나오던 병적인 영향이 분석을 통해 제거되지 않았다면, 당연히 이 문제도 그리 간단하지 않다. 막내였던 이 소녀는 신경증을 가진 어머니의 애완동물이었던 셈이다. 소녀의 부모는 자신의 모든 공포증을 아이에게 투사하면서 자신의 딸을 온갖 걱정으로 에워쌌다. 그 결과 소녀는 긴장으로부터 절대로 자유로울 수 없었으며, 그런 상태는 소화기관의 수축 운동에 특히 나빴다.

심리학의 응용에 따르는 위험

|

분석 심리학의 원칙들을 적용하길 원하는 선생의 경우에는 어린 시절의 정신 병리학과 거기에 수반되는 위험에 대한 지식부터 먼저 쌓아야 한다는 것이 나의 확신이다. 불행하게도, 정신분석에 관한 책들 중에 그 지식을 얻는 것이 매우 간단하고 또 약간의 노력만 하면 성공이 보장된다는 식의 인상을 주는 책들이 일부 있다. 유능한 정신과의사라면 그런 식의 피상적인 개념에 절대로 동의하지 않을 것이다. 기술을 갖추지 못한 상태에서 무책임하게 아이들을 분석하려 드는 일은 절대로 없어야 한다.

교육자가 현대 심리학이 아이의 마음을 이해하는 데 크게 기여했다는 사실을 아는 것은 아주 소중하다. 그러나 분석 방법을 아이들에게 적용하기를 원하는 사람은 누구나 자신이 다루고자 하는 병적 조건에 대한 지식부터 완벽하게 갖춰야 한다. 책임감 있는 의사를 제외하고는 그 어떤 사람도 특별한 지식과 의학적 조언을 갖추지 않은 상태에서 아이들을 분석하려고 시도해서는 안 된다.

아이들을 분석하는 것은 아주 어렵고 복잡한 과제이다. 그런 경우에 분석 전문가들이 작업하는 조건은 성인을 분석할 때의 조건과 크게 다르다. 아이는 특별한 심리를 갖고 있다. 아이의 육체가 태아기에 어머니의 육체의 일부인 것과 똑같이, 아이의 정신은 몇 년 동안 부모의 정신적 환경의 일부이다. 바로 그 점이 어린이 신경증 환자 중에서 부모의 정신적 조건 때문에 고통받는 환자가 그렇게 많은 이유를 설명해준다. 아이의 정신생활 중에서 아이 자신의 것이라고 할 만한 것은 아주 적다. 대부분의 시간 동안에 아이의 정신생활은 부모의 정신생활에 의지한다. 그런 의존은 정상이다. 그리고 그런 의존을 방해하는 것은 그 아이의 자연스런 정신적 성장을 방해한다. 따라서 성에 관한 사실들을 조숙하게 또 상스럽게 아는 것은 아이와 부모의 관계에 재앙과도 같은 영향을 미칠 수 있다. 만약 부모와 아이의 관계는 반드시 성적이라는 독단적인 주장을 바탕으로 분석을 한다면, 그런 결과를 거의 피하지 못할 것이다.

소위 말하는 오이디푸스 콤플렉스를 '주요 원인'으로 꼽는 것도 마찬가지로 정당하지 못하다. 오이디푸스 콤플렉스는 하나의 증후이다. 어떤 사람 혹은 어떤 물건에 지나치게 강하게 집착하는 것이 "결혼"으로 묘사될 수 있고 또 원시적인 마음이 성적 은유를 이용함으로써 거의 모든 것을 표현할 수 있듯이, 아이의 퇴행적인 경향은 성적인 표현을 빌리면 "어머니를 향한 근친상간의 욕망"으로 묘사될 수 있다. 그러나 그것은 오직 비유적인 표현일 뿐이다. "근친상간"이라는 단어는 분명한 의미를 갖고 있고, 어떤 명확한 대상을 지칭하며, 대체로 심리학적으로 자신의 성욕과 적절한 대상을 연결시킬 능력을 갖추고 있는 성인에게만 적용될 수 있다. 똑같은 단어를 아이가 의식의 발달을 이루며 겪는 어려움에 적용하는 것은 오해를 낳을 소지가 아주 많다.

그렇다고 성적 조숙이 존재하지 않는다는 말은 아니다. 그러나 그런 예들은 분명히 예외적이며 비정상적이다. 의사들이 병리학의 개념을 정상의 영역으로까지 확장하는 것을 정당화할 근거는 아무것도 없다. 얼굴을 붉히는 것을 피부병이라고 부르거나 즐거움을 광기의 발작이라 부르는 것이 허용되지 않는 것과 똑같이, 잔혹성이라고 해서 반드시 사디즘인 것은 아니며 쾌락이라고 해서 반드시 육욕적인 것이 아니며 또 상대방에게 충실하다고 해서 반드시 성적으로 억누르고 있는 것은 아니다.

인간 정신의 역사를 공부하면서, 사람들은 정신의 성장이 의식의 확장과 동시에 이뤄진다는 사실에, 또 앞으로 나아가는 한 걸음은 대단히 고통스럽고 힘든 성취라는 사실에 강한 인상을 받는다. 이런 사실 앞에서 인간에게는 아주 작은 크기일지라도 무의식을 포기하는 것보다 더 불쾌하게 느껴지는 것은 없다고 해도 무방할 것이다. 사람들은 미지의 것에 대해 무한한 공포를 느낀다. 새로운 사상을 소개하려고 노력해본 적이 있는 사람을 아무나 붙잡고 한 번 물어봐라! 아주 성숙한 사람마저도 미지의 것을 두려워한다면, 아이도 또한 새로운 것 앞에서 망설여야 하는 것이 아닌가? 새로운 것에 대한 공포는 원시인의 가장 두드러진 특징 중 하나이다. 이는 아주 자연스런 장애이지만, 부모에 대한 과도한 집착은 부자연스럽고 병적이다. 왜냐하면 미지의 것에 대한 지나친 두려움 자체가 병적이기 때문이다. 따라서 앞으로 나아가기를 망설이는 현상 앞에서 그것이 부모에 대한 성적 의존 때문이라는 식으로 일방적인 결론을 내리지 않도록 조심해야 한다. 종종 그 망설임은 '더욱 멀리 내딛기 위해 한 걸음 뒤로 물러서는 것'에 지나지 않을 수도 있다.

아이들이 성적인 징후를 보이는 예에서도, 달리 말하면 근친상간의 경향이 아주 명백한 상황에서도, 나는 부모의 정신을 면밀히 검토할 것을 권한다. 그럴 경우에 간혹 놀라운 사실들이 발견된다. 아버지가 무의식적으로 자신의 딸을 사랑하기도 하고, 어머니가 무의식적으로 자신의 아들에게 연애 감정을 품기도 한다. 이런 아버지와 어머니는 무의식이라는 가리개 밑으로 자신의 감정을 아이에게 전한다. 그러면 아이도 다시 자신에게 주어진 역할을 무의식적으로 충실하게 행하게 된다. 만약에 부모들의 태도가 무의식적으로 아이들에게 그런 역할을 강요하지 않는다면, 당연히 아이들도 이런 이상하고 부자연스런 역할을 하지 않을 것이다.

신경증 가족

|

여기서 나는 그런 예를 하나 소개할 생각이다. 아이가 넷인 가족이 있었다. 딸이 둘이고, 아들이 둘이었다. 이 네 명의 아이들 모두가 신경증을 앓고 있었다. 소녀들은 사춘기가 시작되기도 전에 신경증 증후를 보였다. 나는 불필요한 세부사항은 피할 것이다. 단지 이 가족의 운명을 대략적으로만 소개할 것이다.

큰 딸은 스무 살 때 출신 가문이 좋고 대학을 졸업한 적당한 젊은이를 사랑하게 되었다. 그러나 결혼은 이런저런 이유로 미뤄졌다. 그러다 마치 최면에라도 걸린 것처럼, 그녀는 자기 아버지의 사무실 직원과 불륜을 시작했다. 그녀는 약혼자를 뜨겁게 사랑하는 것처럼 보였으나 그에게 너무 얌전하게 군 나머지 키스조차도 허용하지 않았다. 그런 그녀가 다른 남자와는 조금의 망설임도 없이 멀리까지 나아갔다. 그녀는 지나칠 정도로 순진하고 아이 같았으며, 처음에는 자신이 하는 행동조차 제대로 의식하지 못했다. 그러다 어느 순간 자신의 모든 행동이 갑자기 자각되었다. 무시무시한 경험이었다. 그녀는 완전히 관계를 단절하고, 몇 년 동안 히스테리로 고통을 받았다. 그녀는 아버지 사무실 직원과의 관계를 끊음과 동시에 아무런 설명도 없이 약혼자와의 관계까지 끊었다.

둘째 딸은 결혼을 했다. 상대는 겉보기에는 전혀 아무런 문제가 없는 것처럼 보였으나 그녀의 정신적 수준보다 낮은 사람이었다. 그녀는 성 불감증을 겪었으며 아이를 갖지 않았다. 일 년도 채 되지 않아서 그녀는 남편 친구와 열정적인 사랑에 빠졌고, 그것이 오랜 기간의 불륜으로 발전했다.

재능을 타고난 젊은이였던 장남은 경력을 선택해야 할 때 처음으로 신경증적 우유부단의 징후를 보였다. 최종적으로 그는 화학을 공부하기로 마음을 정했으나 곧 향수병에 걸려 대학을 포기하고 어머니가 있는 집으로 돌아가 버렸다. 거기서 그는 환각을 자주 경험하는 이상한 정신 상태에 빠졌다. 이 상태가 6주일 뒤 가라앉았을 때, 그는 의학을 전공하기로 결정했다. 그는 최종적으로 시험까지 쳤다. 그 직후 그는 약혼을 했다. 약혼이 기정사실로 받아들여지기도 전에, 그는 자신의 선택이 과연 정당한지 의문을 품기 시작했다. 그러다 불안 상태가 엄습했으며, 약혼은 깨어졌다. 그 직후 그는 정신이 돌아버려 몇 개월 동안 정신병동에 수용되어야 했다.

둘째 아들은 정신쇠약에 걸렸다. 또 평생 동안 총각으로 지내기로 계획한 여성 혐오자였다. 그러면서 그는 자기 어머니에게 병적으로 집착했다.

나는 이 4명의 아이들을 모두 치료해 달라는 부탁을 받았다. 아이들 각자를 검토한 결과, 각자의 역사는 분명히 어머니의 비밀을 가리키고 있었다. 최종적으로 나는 그녀의 이야기를 알게 되었다. 그녀는 재능이 탁월하고 활동적인 여자였다. 젊은 시절에 매우 엄격하고 편협한 교육을 받은 사람이었다. 자기 자신에 대한 더없는 엄격함과 성격의 힘을 바탕으로, 그녀는 평생 동안 자신의 내면에 각인된 원칙에 충실했다. 그러면서 자신에게 예외를 절대로 허용하지 않았다. 그녀는 결혼생활을 오랫동안 한 뒤에 남편의 친구를 알게 되어 그와 사랑에 빠졌다. 이 사랑도 충분히 자신에게 이로울 수 있다는 것이 아주 명백해 보였다. 그러나 그녀의 삶의 원칙은 그런 우발적인 사건을 절대로 용납하지 않았다. 그래서 그런 우발적인 사건은 그녀에게 존재의 권리를 전혀 누리지 못했다. 그녀는 언제나 마치 아무 일도 없는 것처럼 행동했으며, 이 남자가 죽을 때까지 20년 이상 동안 그 관계를 유지하면서도 양쪽 모두 그 문제에 대해서는 한마디도 내뱉지 않았다. 그녀와 남편의 관계는 멀고 또 올발랐다. 훗날 그녀는 주기적으로 우울증을 앓았다.

자연히 그런 불륜의 상태는 가정에 매우 억압적인 분위기를 일으키게 되어 있다. 가정을 배경으로 작용하는 이런 침묵의 사실들만큼 아이들에게 영향을 강하게 미치는 것은 없다. 이 침묵의 사실들은 아이에게 극도의 전염력을 발휘한다. 딸들은 무의식적으로 어머니의 태도를 모방했다. 그런 한편, 아들들은 말하자면 어머니의 무의식적 연인으로 남음으로써 보상을 추구했다. 이 무의식적 사랑은 여자들을 의식적으로 거부하는 것에 의해 과도하게 보상되고 있었다.

누구나 예상할 수 있듯이, 이런 환자들을 실제로 치료하는 일은 절대로 쉽지 않다. 사실 치료는 어머니, 아니 어머니와 아버지의 관계에서부터 시작되어야 했다. 나는 상황과 그 상황이 암시하는 바를 의식적으로 충분히 인식하는 것만이 유익한 결과를 낳을 수 있다고 생각한다. 상황을 의식적으로 인식하게 되면, 설명 불가능한 분위기가 조성되지도 않고 전반적으로 무책임한 현상도 일어나지 않으며 문제를 일으키는 대상을 무시하는 일도 일어나지 않는다. 요약하면, 고통스런 내용물이 억압되지 않게 된다.

이런 식으로 할 경우에 사람이 고통을 더 많이 느낄 수도 있지만, 그 사람은 적어도 의미 있는 방향으로, 그리고 진정한 무엇인가로 인해 고통을 느끼고 있다. 억압은 의식적인 마음에서 걱정을 털어내는 이점을 분명히 안겨준다. 그런 한편으로, 억압은 부자연스런 무엇인가, 즉 신경증으로 인한 간접적 고통을 야기한다. 신경증적 고통은 무의식적 기만이고 또 진짜 고통을 낳기 때문에 도덕적 장점을 전혀 누리지 못한다. 그러나 고통의 억압된 원인은 신경증을 낳는 외에 또 다른 결과를 낳는다. 그 원인이 환경 속으로 스며드는 것이다. 만약에 그 환경 안에 아이들이 있다면, 그 원인은 아이들까지 전염시키게 된다. 이런 식으로 신경증적 상태들은 그리스 신화 속의 아트레우스(Atreus) 집안의 저주처럼 종종 대를 이어 내려간다. 아이들은 자신들이 부모의 마음 상태에 맞춰 본능적으로 택하는 태도를 통해 간접적으로 전염된다. 아니면 아이들은 말로 표현하지 않는 항의를 통해서(이따금

항의가 요란하게 전개되기도 한다) 그 상태에 맞서 싸우거나 그 상태에 굴복하면서 충동적으로 모방하게 될 것이다. 어떠한 경우든 아이들은 자신이 원하는 대로가 아니라 부모들이 원하는 대로 행동하고, 느끼고, 살게 되어 있다. "인상적인" 부모일수록 문제를 자신의 것으로 받아들일 가능성은 더욱 작아진다. 그러면 아이들은 부모들이 살지 않은 삶으로 인해 더 오랫동안 고통을 받아야 할 것이고, 아이들은 부모들이 무의식에 억눌러 두었던 것들을 성취하라는 강요를 더 강하게 받을 것이다.

그것은 부모들이 자신의 아이들에게 해로운 영향을 미치지 않기 위해서 "완벽해져야" 하는 그런 문제가 아니다. 만약에 부모들이 완벽하다면, 그것은 분명 재앙일 것이다. 아이들이 부모 앞에서 도덕적 열등감을 느끼는 외에 다른 대안을 전혀 갖지 못할 것이기 때문이다. 그러나 부모가 완벽해지는 것도 단지 최종적 결산을 3세대까지 미루는 것에 지나지 않는다. 억압된 문제들과 그로 인해 임시적으로 피하게 된 고통은 음흉한 독(毒)을 분비하고, 이 독은 침묵의 두꺼운 벽을 뚫고, 또 기만과 자기도취, 회피라는 지하 무덤을 뚫고 아이의 영혼으로 스며들게 되어 있다. 아이는 부모의 정신적 영향에 무방비로 노출된 상태에서 부모의 자기기만과 불성실, 위선, 소심, 독선, 이기심 등을 모방하게 되어 있다. 밀랍에 도장이 찍히듯이 말이다.

아이를 부자연스런 상처로부터 구할 수 있는 유일한 것은 부모의 노력뿐이다. 부모들은 기만적인 책략을 부리거나 정신적 곤경을 의도적으로 의식하지 않음으로써 피하려 들 것이 아니라 정신적 어려움을 과제로 받아들이고, 자신에게 최대한 정직하고, 자신의 영혼의 어둑한 구석에 빛을 비추어야 한다. 만약에 이런 부모들이 넓은 마음을 가진 사람에게 고백할 수 있다면, 일은 훨씬 더 쉽게 풀릴 것이다. 만약에 어떤 이유로 부모들이 그렇게 하지 못한다면, 그건 분명히 문제를 악화시키게 되겠지만 그래도 크게 걱정할 사항은 아니다. 오히려 그것이 이점으로 작용하는 경우도 종종 있다. 왜냐하면 그 부모들이 도움을 받지 않은 상태에서 가장 힘든 일을 스스로 다루지 않을 수 없게 될 것이기 때문이다.

구세군이나 옥스퍼드 그룹(1921년 영국의 옥스퍼드에서 시작해 전 세계로 전파된 종교적 각성 운동. 1938년 이후로 '도덕재무장운동'(MRA)으로 발전했다/옮긴이)에서처럼, 공개적인 고백은 단순한 영혼에는 대단히 효과적이다. 그러나 모두가 잘 알고 있듯이, 고백도 자기기만으로 이용될 수 있다. 지적이고 교양 있는 사람일수록, 자기 자신을 교묘하게 속일 가능성이 더 크다. 적당히 지적인 사람은 자신에 대해 절대로 성인(聖人)이나 죄인으로 생각해서는 안 된다. 자신을 성인으로 여기거나 죄인으로 여기는 것은 똑같이 의식적인 거짓말일 것이다. 그런 사람은 오히려 자신의 도덕적 자질에 대해 부끄러워하며 침묵을 지키면서 자신의 사악함을 걱정하는 한편으로 자신의 절망적인 상태를 겸손한 마음으로 깊이 들여다보아야 할 것이다.

다시 강조하지만, 그것은 부모가 잘못을 전혀 저지르지 않는가 하는 문제가 아니다. 잘못을 전혀 저지르지 않는 것은 인간적으로 불가능하다. 그것은 부모가 자기 자신을 실제 모습 그대로 인식하고 있는가 하는 문제이다. 점검해야 할 것은 삶이 아니고 무의식이다. 무엇보다도 교육자의 무의식이다. 그러나 그것은 곧 우리 자신의 무의식을 의미한다. 왜냐하면 우리 각자는 좋든 나쁘든 동료 인간의 교육자이기 때문이다. 우리 인간 존재들은 서로 도덕적으로 아주 밀접하게 연결되어 있다. 그러기에 한 사람의 지도자가

지도 받는 여러 사람들을 제대로 이끌 수도 있고, 지도 받는 여러 사람들이 지도자를 잘못 이끌 수도 있는 것이다. 〈1924〉

제2강

프로이트와 아들러

|

우선, 과학적인 심리학은 생리학적 심리학이거나 아니면 개별적 사실들과 기능들을 다룬 관찰과 실험이 무질서하게 축적된 것이었다. 프로이트의 가설은 확실히 편향적이었음에도 불구하고 심리학에 정신의 복잡성을 다루는 쪽으로 나아갈 힘을 부여했다. 그의 연구는 정말로 인간의 정신에 있는 성적 본능의 영향을 다루는 심리학이다. 그러나 섹스의 중요성을 부정할 수 없음에도 불구하고, 섹스가 모든 것이라고 가정해서는 곤란하다. 그런 광범위한 가설은 색안경을 끼는 것이나 마찬가지이다. 그 가설이 미세한 색조의 변화를 다 지워버리기 때문이다. 그래서 모든 것이 똑같이 야한 색조를 띠는 것처럼 보인다.

따라서 프로이트의 최초의 학생인 알프레드 아들러(Alfred Adler)가 똑같이 폭넓게 적용되면서도 완전히 다른 가설을 제시했다는 사실은 의미하는 바가 크다. 프로이트 학파의 사람들은 대체로 아들러의 강점에 대해 언급하지 않는다. 그들이 자신들의 섹스 가설에 광적으로 매달리고 있기 때문이다. 그러나 열광은 언제나 숨겨진 회의(懷疑)에 대한 보상이다. 종교 박해는 언제나 이단이 위협적인 요소가 될 때에만 일어난다. 인간에게는 다른 본능에 의해 균형이 맞춰지지 않는 그런 본능은 절대로 있을 수 없다. 만약에 성적 본능의 고삐 풀린, 그래서 파괴적인 기능을 상쇄시킬 수 있는, 똑같이 중요한 형태의 본능이 없다면, 섹스는 절대로 억제되지 않을 것이다.

정신의 구조는 단극(單極)이 아니다. 섹스가 강압적인 충동으로 사람을 뒤흔들어놓는 것처럼, 그 사람의 내면엔 감정적 폭발에 저항하게 하는 자기주장이라는 자연적인 힘이 있다. 원시인들 사이에서조차도 우리는 섹스뿐만 아니라 다른 본능들에도 엄격한 제한이 가해지고 있다는 사실을 확인한다. 그런 사회에는 십계명이나 교리문답 같은 것은 전혀 필요하지 않다. 섹스의 맹목적 작용에 대한 모든 제한은 자기보존의 본능에서 나오며, 이 자기보존은 따지고 보면 아들러의 자기주장과 비슷하다.

불행하게도, 아들러도 마찬가지로 지나치게 멀리 나아갔으며, 프로이트의 관점을 거의 전부 무시함으로써 편향성과 과장이라는 실수를 똑같이 저지르고 있다. 아들러의 심리학은 인간의 정신에 있는 자기주장적인 경향들에 관한 심리학이다. 나도 편향적인 진실이 단순성이라는 장점을 누린다는 점을 인정한다. 그러나 그 편향적인 진실이 적절한 가설인가 하는 것은 다른 문제이다. 우리는 섹스에 의존하는 것들이 정신에 많다는 것을 볼 줄 알아야 한다. 어떤 때는 정말로 모든 것이 섹스에 의존하는 것처럼 보인다. 그러나 섹스에 의존하는 것이 아주 적을 때도 있다. 그런 때에는 거의 모든 것이 자기보존의 본능 혹은 아들러의 표현을 빌리면 권력 본능에 의존하게 된다. 프로이트와 아들러는 똑같이 한 가지 본능이 지속적으로 작용한다고 가정하는 실수를 저지르고 있다. 물의 수소 원자 2개처럼, 그 본능을 언제나 똑같은 양으로 존재하는 화학성분처럼 여긴 것이다. 만약에 그게 사실이라면, 프로이트에 따르면 사람은 주로 성적일 것이고, 아들러에 따르면 사람은 주로 자기주장만 내세울 것이다. 두 학자에 따르면, 사람은 성적이면서 동시에 자기주장이 강할 수는 없는 것으로 여겨진다.

본능들의 강도가 서로 다 다르다는 점을 우리 모두는 잘 알고 있다. 가끔은 섹스가 지배하고 또 가끔은 자기주장이나 다른 본능이 지배한다. 이것이 바로 프로이트와 아들러가 똑같이 간과한 단순한 사실이다. 섹스가 지배할 때, 모든 것은 성적 목적을 표현하거나 성적 목적에 이바지하기 때문에 성적 특성을 띠게 된다. 굶주림이 지배할 때, 사실상 모든 것은 음식의 차원에서 설명된다. 사람들이 "그 사람에 대해 심각하게 생각하지 마라. 오늘 기분이 좋지 않아서 그러니까."라는 식으로 말하는 이유는 무엇인가? 사람의 심리가 나쁜 기분으로 인해 크게 바뀔 수 있다는 사실을 잘 알고 있기 때문이다. 강력한 본능을 다룰 때, 이 말은 특별히 더 진실이다. 만약 우리가 정신에 관한 문제를 엄격하고 변화 불가능한 하나의 시스템으로 보지 않고 다양한 본능들의 강력한 영향 아래에서 만화경처럼 변화하는 사건들의 유동적인 흐름으로 볼 수 있다면, 프로이트와 아들러는 쉽게 화해할 수 있을 것이다. 따라서 우리는 어떤 사람을 분석할 때 그 사람이 결혼하기 전까지는 프로이트의 이론을 바탕으로 설명하고 그 후에는 아들러의 이론을 바탕으로 설명해야 할 것이다. 어쩌면 이런 식으로 설명하는 것이 상식에 더 부합할 수도 있다.

그러나 그런 결합은 우리를 불편하게 만든다. 단 하나의 단순한 진리가 주는 확실성을 누리지 못하고 난파당한 채 망망대해를 떠도는 것 같은 느낌을 받는 것이다. 정신의 다양한 삶은 편향적인 관점의 강력한 확실성보다 조금 더 불편하더라도 그보다 훨씬 더 큰 진리이다. 정신의 다양한 삶은 심리학의 문제를 절대로 더 쉽게 만들지 않는다. 그러나 그것은 온갖 편향성의 주요 동기인 "오직" 하나뿐이라는 생각의 악몽으로부터 우리를 해방시켜준다.

본능의 실체

|

논의가 본능의 문제를 건드리게 되자마자, 모든 것이 뒤죽박죽 섞이며 엉망이 되고 만다. 본능들을 서로 어떤 식으로 구분할 것인가? 본능은 몇 가지인가? 도대체 본능이란 것은 무엇인가? 이런 질문 앞에서 당신은 즉시 생물학의 영역으로 들어갈 것이고 자신이 더욱 복잡한 상황에 처해 있다는 사실을 깨달을 것이다. 그래서 나는 심리학적인 영역으로만 논의를 제한하자고 제안한다. 본능의 바탕에서 작용하고 있는 생물학적 과정의 본질에 대해서는 어떠한 짐작도 하지 말자는 뜻이다. 언젠가 생물학자와 생리학자들이 반대편에서 미지의 산을 뚫고 들어와 어느 지점에서 심리학자들의 손을 잡는 그런 날이 올 것이다. 그 사이에 우리는 심리학적 사실들 앞에서 약간 더 겸손해지는 지혜를 배워야 할 것이다. 어떤 것들에 대해 너무나 정확하게 안 나

머지 "오직" 섹스에 지나지 않는다거나 "오직" 권력 의지에 지나지 않는다는 식으로 말할 것이 아니라, 우리는 그런 것들을 실제의 모습 그대로 받아들여야 한다.

예를 들어 종교적 경험을 고려해보자. 과학은 "종교적 본능" 같은 것은 절대로 존재하지 않는다고 자신 있게 말할 수 있는가? 종교적 현상은 섹스의 억압에 근거한 부차적 기능에 지나지 않는다고 주장해도 과연 괜찮은가? 그런 어리석은 억압으로부터 자유로운 "정상적인" 사람이나 민족이 있을 수 있는가? 그러나 아무도 종교적 현상으로부터 꽤 자유로운 민족이나 부족을 찾아내지 못한다 하더라도, 나는 종교적 현상은 순수한 것이 아니고 단순히 섹스의 억압일 뿐이라는 주장을 어떻게 정당화할 것인지 그 방법을 알지 못한다. 게다가, 역사는 섹스가 정말로 종교적 경험의 중요한 부분이라는 사실을 보여주는 사례들을 아주 많이 제시하고 있지 않은가? 예술도 마찬가지다. 동물들까지 미학적 및 예술적 본능을 갖고 있음에도 불구하고, 예술도 성적 억압의 결과로 여겨지고 있는 것이다.

섹스의 중요성을 이런 식으로 터무니없이, 또 거의 병적으로 과장하는 것 자체가 현대인의 영적 불균형을 보여주는 한 징후이다. 영적 불균형이 일어나는 주된 이유는 우리 시대가 성욕을 제대로 이해하지 못하고 있기 때문이다. 어떤 본능이 과소평가될 때마다, 반드시 다른 본능이 비정상적으로 과대하게 평가를 받게 되어 있다. 그리고 그 과소평가가 부당할수록, 그에 따른 다른 본능의 과대평가도 그 만큼 더 불건전해진다. 사실, 어떠한 도덕적 비난도 섹스의 중요성을 과장하는 사람들의 외설과 노골적인 상스러움만큼 섹스를 혐오스럽게 만들지 못한다. 성적 해석의 지적 조악함은 섹스에 대한 올바른 평가 자체를 불가능하게 만들고 있다. 따라서 아마도 프로이트 본인의 포부와는 크게 어긋나게도, 그의 뒤를 이어 쏟아져 나온 논문들은 사실상 억압의 작동을 보여주고 있는 것에 지나지 않는다. 프로이트 이전에는 어떠한 것에도 성적이라는 표현이 허용되지 않았으나 지금은 모든 것이 오로지 성적인 것으로만 해석되고 있다.

심리치료에서 섹스에 매달리는 현상이 나타나는 이유는 우선 부모 이미지에 고착하는 것이 그 성격상 성적이라는 가설 때문이고, 두 번째로는 많은 환자들의 경우에 성적이거나 그런 것으로 보이는 공상이 자주 나타난다는 사실 때문이다. 잘 알려진 바와 같이, 프로이트의 이론은 이 모든 것을 성적인 것으로 설명하고 있다. 물론 그 의도는 환자가 소위 말하는 부모 이미지에 대한 "성적" 고착에서 풀려나서 "정상적인" 삶을 시작할 수 있도록 한다는 것이다. 이렇듯 프로이트의 이론은 환자와 똑같은 언어로 말을 하고 있으며, 적절한 경우에는 이것이 큰 이점으로 작용할 수 있다. 그럼에도 이런 식의 접근이 나중에는 불리하게 작용하게 된다. 왜냐하면 성적인 전문 용어와 이데올로기가 서로 결합하여 그 문제를 해결 불가능한 지경으로까지 복잡하게 만들어 버리기 때문이다. 부모는 단순히 언제든 끊어버릴 수 있는 그런 "성적 대상"이나 "쾌락의 대상"이 아니다. 부모는 아이와 함께하는 생명력이거나 생명력을 상징한다. 아이가 굴곡진 운명의 길을 걸을 때 이롭거나 위험한 요소로 아이를 동행하게 되어 있는 그 생명력 말이다. 이 생명력의 영향으로부터는 어른조차도 오직 어느 정도만 달아날 수 있을 뿐이다. 만약 우리가 부모로부터 자신을 떼어놓는 데 성공한다면, 우리가 알든 모르든 상관없이, 아버지와 어머니는 그들과 비슷한 무엇인가로 대체된다. 이 분리는 우리가 다음 단계로 올라설 수 있을 때에만 가능하다. 예를 들어, 아버지의 자리가 지금 의사로 대체될 수 있다. 이런 현상을 프로이트는 "전이"라고 불렀다. 그러나 어머니의 자리는 의사의 지혜가 대신한다. 정말로, 중세에 있었던 이런 전이의 훌륭한 원형을 꼽는다면 '어머니 같은 교회'가 가족을 대체한 현상이 있다. 최근에는 세속적인 충성이 사회의 영적 기관을 대신하게 되었다. 왜냐하면 가족의 영원한 구성원으로 남는 것이 정신적으로 매우 바람직하지 않은 결과를 낳기 때문이다. 가족의 구성원으로 남는 것은 또 그런 이유 때문에 원시적인 사회에서조차도 불가능한 것으로 여겨졌다. 원시사회에 통과의례가 있었던 것도 각 개인이 가족의 울타리를 넘어서도록 하기 위해서였다. 사람은 가족보다 더 큰 공동체를 필요로 한다. 가족의 속박 안에서 사람은 영적으로나 도덕적으로 제대로 성장하지 못할 것이다. 만약에 어떤 사람이 가족의 부담을 지나치게 많이 진다면, 그래서 훗날까지도 부모와의 끈이 지나치게 강하게 된다면, 그 사람은 부모와의 끈을 자신이 부양하는 가족에게로 그대로 옮길 것이다. 그러면 그가 젊은 시절에 숨 막혀 하며 힘들어 했던 바로 그런 정신적 분위기를 고스란히 자신의 아이들에게 물려주게 된다.

세속적인 조직에 대한 그 어떤 정신적 충성도 옛날에 부모에게 할 수 있었던 정신적 및 정서적 요구를 결코 충족시켜주지 못한다. 더욱이 그런 요구를 늘어놓는 구성원을 두고 있는 것은 세속적인 조직에 결코 이롭지 않다. 이를 우리는 정신적으로 성숙하지 못한 사람들이 "아버지 같은 국가"에 거는 지각없는 기대에서 분명히 확인하고 있다. 그런 엉뚱한 욕망이 향하는 곳이 어딘지는 지도자들이 여러 가지 제안을 통해서 집단의 유치한 희망을 교묘하게 악용하면서 아버지의 권력과 권위를 내세우고 있는 그런 국가에 의해 분명히 드러나고 있다. 영적 황폐화와 우민화, 도덕적 퇴보가 영적 및 도덕적 건강을 대체하면서 집단 정신병을 낳았으며, 이는 재앙으로 이어질 수밖에 없다. 만약에 어느 한 가지만을 이상으로 고집한다면, 그 사람은 인간 존재의 생물학적 의미마저도 제대로 성취해내지 못할 것이다. 안목이 좁고 독단적인 합리주의자가 문화의 의미에 대해 어떤 식으로 말하든, 문화를 창조하는 어떤 정신이 있다는 사실은 그대로 진실이다. 이 정신은 살아 있는 정신이며 단순히 합리화만 하는 그런 지성은 아니다. 따라서 이 정신은 이성보다 상위인 종교적 상징을 이용하며, 이 상징이 부족하거나 이해를 받지 못하는 곳에서는 일이 제대로 돌아가지 않게 된다.

인류가 종교적 진리를 바탕으로 스스로 방향을 잡을 줄 아는 능력을 상실하자마자, 사람이 원래 가족과 맺은 생물학적 끈으로부터 자유로워지게 할 수 있는 것은 아무것도 남지 않게 된다. 그러면 사람은 자신의 유아기의 원칙들을 바로잡지 않은 채 그대로 적용하며 세상을 살면서 거기서 자신을 바른 길로 안내하지 않고 오히려 지옥으로 이끌 아버지 같은 존재를 발견하게 된다. 사람이 일용할 양식을 벌고 또 가족을 부양하는 것도 아주 중요할 수 있다. 하지만 그렇게 살 경우에 그 사람은 자신의 삶에 의미를 부여할 수 있는 것은 아무것도 성취하지 못할 것이다. 그 사람은 자신의 아이들마저도 적절히 키우지 못하게 될 것이고, 따라서 생물학적 이상인 종족을 돌보는 일까지 게을리 하게 될 것이다. 순수하게 자연적인 사람과 그의 세속적 존재 그 너머를 가리키는 어떤 영적인 목표는 영혼의 건강에 반드시 필요한 사항이다. 이 영적 목표는 이 세상을 들어 올려서 자연적인 상태를 문화적인 상태로 바꿔놓을 수 있는 그런 '아르키메데스의 점'(Archimedean point: 고대 그리스 철학자 아르키메데스가 고정된 어떤 점이 주어지면 그 점을 받침점으로 삼아 지렛대를 이용하면 지구까지 들어올릴 수 있다고 한 데서 나온 표현/옮긴이)과 같은 것이다.

자연과학과 인문과학으로서의 심리학

|

분석 심리학은 자연적인 인간뿐만 아니라 문화적인 인간도 고려한다. 따라서 인간에 대한 설명은 영적 관점과 생물학적 관점을 동시에 염두에 둬야 한다. 하나의 의료 심리학으로서, 분석 심리학은 전체 인간에 관심을 쏟을 수밖에 없다. 평범한 의사는 자연과학 분야의 교육만 받고 따라서 모든 것을 "자연" 현상으로 보는 데 익숙하다. 그렇기 때문에 의사는 정신 현상을 생물학적 관점에서만 이해하려 할 것이다. 이런 유형의 관찰은 무엇인가 새로운 것을 발견하는 데 중요한 역할을 했으며, 이전까지 닫혀 있던 시야를 활짝 열어주었다. 이런 관찰의 경험적이고 현상학적인 관점 덕에, 우리는 오늘날 사실들을 있는 그대로 알게 되었고 동시에 주변에서 어떤 일이 일어나고 있는지, 또 그 일이 어떤 식으로 일어나는지를 알게 되었다. 미지의 것을 놓고 언제나 어떤 이론을 떠올리고 원칙을 찾으려고만 들던 이전 시대와는 크게 달라진 것이다. 철저히 과학적인 생물학적 탐구가 지니는 가치는 아무리 높이 평가해도 지나침이 없을 것이다. 그런 식의 탐구는 정신과의사들이 사실적인 자료를 보는 눈을 아주 예리하게 다듬어주었고, 서술의 방법도 실제에 아주 근접하도록 해주었다.

그러나 아주 자명해 보이는 이 절차도 엄밀히 따지고 보면 절대로 자명하지 않으며, 오히려 경험의 여러 분야들 중에서 정신의 지각과 관찰만큼 사실을 보는 눈이 근시안적인 곳도 없다. 또 이 특별한 연구 분야만큼 편견과 오해, 가치판단, 특이성, 투사 등이 뻔뻔하게 판을 치는 곳도 달리 없다. 관찰자가 실험을 과감하게 간섭하는 점에 있어서도 심리학보다 더 심한 분야는 없다. 여기서 나는 인간으로서는 사실들을 충분히 검증하는 것이 불가능하다고 말하고 싶은 유혹을 느낀다. 왜냐하면 정신적 경험은 너무나 미묘하고 또 무수히 많은 방해 요소에 노출되고 있기 때문이다.

여기서 반드시 언급해야 할 것이 있다. 자연과학의 다른 모든 분야에서는 물리적 과정이 정신적 과정에 의해 관찰되는 반면, 심리학에서는 정신이 스스로를 관찰하며, 본인의 내면을 살필 때에는 직접적으로 관찰하고, 다른 사람의 내면을 살필 때에는 간접적으로 관찰한다는 점이다. 이 대목에서 뮌히하우젠 남작(Baron Munchausen)의 거짓말 같은 무용담이 떠오르고, 따라서 심리학적 지식이 도대체 가능한 것인지 의문을 품게 된다. 이 문제에 있어서도 의사는 자신이 굳이 철학적 사색을 하지 않아도 정신 안에 있거나 정신을 관통하는 생생한 지식을 누릴 수 있다는 사실에 대해 자연과학에 감사하는 마음을 느낀다. 바꿔 말하면, 비록 정신이 정신(뮌히하우젠 남작 자체가 여기에 해당된다) 너머에 있는 것에 대해서는 아무것도 알지 못할지라도, 두 명의 이방인이 정신의 영역 안에서 만나는 것이 가능하다는 뜻이다. 이 이방인들은 자신의 참모습에 대해서는 절대로 알지 못하고 그저 서로에게 보이는 모습으로만 알고 있을 뿐이다. 다른 자연과학에서는, 어떤 사물의 실체를 묻는 물음에 대한 대답은 문제가 되고 있는 그 사물을 넘어서는 어떤 지식, 즉 그 물리적 과정을 정신적으로 재구성하는 작업을 통해 제시될 수 있다. 하지만 정신적 과정은 무엇 안에서, 혹은 무엇을 통해서 재구성될 수 있는가? 정신 안에서, 정신을 통해서 되풀이될 수밖에 없다. 달리 말하면, 정신에 관한 지식은 어떠한 것도 있을 수 없고 오직 정신 안에만 지식이 있을 뿐이다.

따라서 의료 심리학자는 정신 안에서 정신을 비추고 있음에도 어디까지나 경험적 및 현상적 접근을 통해 일관되게 자연과학의 틀 안에 남는다. 그러나 그와 동시에 의료 심리학자는 원칙적으로 자연과학의 틀을 벗어나기도 한다. 그가 재구성을 다른 매체가 아니라 똑같은 매체 안에서 한다는 점에서 보면 그렇다. 자연과학은 두 개의 세계를, 물리적 세계와 정신적 세계를 결합한다. 심리학은 정신생리학인 한에서만 물리적 세계와 정신적 세계를 결합한다. "순수한" 심리학으로서 심리학의 설명 원칙은 '모르는 것을 더욱 모르는 것으로 설명하는' 것이다. 왜냐하면 심리학은 관찰된 과정을 그 과정 자체가 일어난 똑같은 매개체 안에서만 재구성할 수 있기 때문이다. 그것은 마치 물리학자가 어떠한 이론의 도움도 받지 않는 상태에서 물리적 과정의 온갖 변이를 다 반복해야 하는 것이나 마찬가지이다. 그러나 관찰 가능한 모든 심리적 과정은 기본적으로 하나의 표현이다. 그리고 심리적 과정의 재구성은 그 표현의 한 변형에 지나지 않는다. 만약 그렇지 않다면, 그것은 단지 향상시키거나 실수를 발견하려는 보상적 시도에 지나지 않거나 반론이나 비판에 지나지 않는다. 어느 경우든, 그것은 재구성하려는 그 정신적 과정에 대해 무효를 선언한다는 의미이다. 심리학에 그런 절차를 채택하는 것은 장수도룡뇽을 대홍수 때 빠진 인간으로 해석한 18세기 고생물학 정도만큼만 과학적이다. 꿈 이미지나 정상을 벗어난 생각 등 이해하기 힘든 내용을 다뤄야 하는 상황에 처할 때, 이 문제는 훨씬 더 심각해진다. 이런 경우엔 내용물이 요구하는 관점이 아닌 다른 관점을 이용하여 해석하는 일이 없도록 조심해야 한다.

만약 어떤 사람이 사자에 관한 꿈을 꾼다면, 그에 대한 정확한 해석은 사자의 방향에 있다. 달리 말하면, 이 꿈에 대한 해석은 기본적으로 이 이미지를 '확장하는 것'이 될 것이다. 그 밖의 어떠한 것도 부적절하고 부정확한 해석이 될 것이다. 왜냐하면 "사자"의 이미지는 상당히 명확한 표상이기 때문이다. 프로이트가 꿈이 의미하는 바는 꿈이 말하는 것과 다르다고 단정적으로 주장했을 때, 그의 꿈 해석은 꿈은 저절로 나타나는 현상이라는 주장에 대한 "반론"이며 따라서 맞지 않다. 해석하고자 하는 이미지를 따르면서 나아가는, 과학적으로 책임 있는 해석을 두고 일종의 동어반복이라고 비난해서는 안 된다. 반대로 그 같은 해석은 한 이미지가 일반적으로 유효한 어떤 개념이 될 때까지 그 이미지의 의미를 확장한다. 정신을 수학적으로 이해하는 것이 가능하다면, 그것은 오직 정신의 의미를 대수학적으로 확장해 표현하는 것이 될 것이다. 그런데 구스타프 페히너(Gustav Fechner)의 정신 물리학은 이와 정반대로, 마치 자기 머리보다 더 높이 점프하려는 곡예처럼 보인다.

이런 결정적인 지점에서, 심리학은 자연과학 밖에 선다. 비록 관찰 방법과 사실을 경험적으로 검증하는 방법은 자연과학과 같을지라도, 심리학은 외부에 아르키메데스의 점을 갖지 못했으며 따라서 객관적인 측량의 가능성을 결여하고 있다. 그런 만큼, 심리학은 자연과학과 비교해 불리한 위치에 서 있다. 심리학과 비슷한 처지에 있는 학문이 딱 하나 있다. 원자 물리학이다. 원자 물리학에서도 관찰할 과정이 관찰자에 의해 달라질 수 있다. 물리학은 그 측량을 대상과 관련시켜야 한다. 그래서 물리학에서는 관찰하는 매개체와 관찰되는 대상을 분리시키는 것이 반드시 필요하다. 그 결과 공간과 시간, 인과관계가 상대적이게 된다.

원자 물리학과 심리학의 이런 이상한 조우는 우리 심리학자들에게 아주 소중한 이점을 안겨준다. 적어도 심리학을 위한 아르키메데스의 점은 어떠한 것이어야 되는지에 대한 생각을 어렴풋이나마 하게 만드는 것이다. 원자를 다루는 미시물리학의 세계의 특성 중 일부는 정신세계의 특성과 아주 유사한데, 이 유사성은 물리학자들에게도 강한 인상을 남겼다. 여기서 적어도 정신 과정이 또 다른 매개체 안에서, 즉 말하자면 물질의 미시 물리학의 매개체 안에서 어떤 식으로 "재구성될" 것인지에 대한 암시를 얻을 수 있을 것이다.

분명히 말하지만, 지금 단계에선 어느 누구도 그런 "재구성"이 어떤 식으로 될 것인지에 대해서는 흐릿한 암시조차도 내놓지 못하고 있다. 분명, 재구성 작업은 자연에 의해서만 가능할 것이다. 아니면 재구성 작업이 지속적으로 일어나고 있다고, 즉 정신이 물리적인 세계를 늘 지각하고 있다고 가정할 수 있을 것이다. 비록 문제의 핵심이 흔히 말하듯 현재의 이해력 밖에 놓여 있을지라도, 심리학과 자연과학의 대결이 아주 절망적이지는 않다.

심리학은 또한 인문학의 하나라고 주장할 수 있다. 아니면 심리학을 뜻하는 독일어 단어 'Geisteswissenschaften'의 뜻 그대로 마음의 과학이라고 주장할 수 있다. 만약에 이 단어를 자연과학이 정의하듯이 제한적인 의미로 사용한다면, 모든 마음의 학문은 정신의 영역 안에서 움직이고 또 그 안에 존재의 바탕을 두고 있다. 그런 관점에서 보면, "마음"은 하나의 정신적 현상이다. 그러나 마음의 과학으로서, 심리학은 예외적인 위치를 차지한다. 법과 역사, 철학, 신학 등의 학문은 모두 주제를 갖고 있는 것이 특징이고 주제의 제한을 받는다. 이 주제는 명확히 정신적 영역을 가리키고 있으며, 이 정신적 영역은 현상학적으로 본다면 하나의 정신적 산물이다. 그런 한편, 심리학은 옛날에는 철학의 한 분야로 여겨졌으나 지금은 자연과학으로 받아들여지고 있으며, 심리학의 주제는 정신적 산물이 아니고 자연적 현상, 즉 정신이다. 그러한 것으로서 정신은 유기적인 자연의 근본적인 표현에 속하며, 이 유기적인 자연은 거꾸로 우리의 세상의 반을 형성하며, 나머지 반은 유기적이지 않은 상태로 남는다. 자연의 모든 형성과 마찬가지로, 정신은 하나의 비합리적인 정보이다. 정신은 생명의 특별한 표현처럼 보이고 또 그런 면에서 살아 있는 유기체들과 공통점을 많이 갖고 있는 것처럼 보인다. 살아 있는 유기체들처럼, 정신도 의미 있고 목적 지향적인 구조들을 낳는 것처럼 보인다. 또 정신은 이 구조들의 도움을 받아 지속적으로 스스로를 번식하며 발달한다. 생명이 전체 지구를 식물과 동물의 형태로 가득 채우듯, 정신은 그보다 더 큰 세계를, 말하자면 우주를 인식하는 의식을 창조해낸다.

자연을 주제로 삼는다는 사실과 자연을 연구하는 방법을 고려한다면, 현대의 경험 심리학은 자연과학에 속한다. 그러나 연구 결과를 설명하는 방법을 본다면, 현대의 경험 심리학은 인문과학에 속한다. 이 같은 "모호성" 혹은 "이중성" 때문에, 심리학의 과학적 성격에 대한 의문이 일어났다. 가장 먼저, 이 같은 양면적 가치에 대해, 그 다음에는 심리학의 "자의성"에 대해 의문이 일어난 것이다. 심리학의 자의성과 관련해, 자신의 정신적 과정을 순수하게 자의적인 행위로 보는 사람들이 있다는 사실을 기억해야 한다. 그런 사람들은 순진하게도 자신이 생각하고 느끼고 원하는 모든 것이 자신들의 의지의 산물이고, 따라서 자의적이라고 확신하고 있다. 그들은 자신이 자신의 생각을 생각하고 자신의 소망을 소망하고 있다고 믿는다. 그들에게는 그런 행동을 할 주체가 자기를 제외하고는 전혀 없는 것으로 여겨진다. 그들이 주체(이 경우에는 당연히 자아이다) 없이도 정신적 활동이 수행될 수 있다는 점을 인정하는 것은 명백히 불가능하다. 그들은 정신의 내용물이 스스로의 힘으로 존재한다는 생각 앞에서 머뭇거린다. 그들이 보기엔 정신의 내용물은 어디까지나 그들 자신이 만들어낸 것처럼 생각되기 때문이다. 그들은 또 정신의 내용물은 정신 자체의 산물이거나 자아가 아닌 어떤 의지의 산물이라는 생각 앞에서도 당혹감을 느낀다.

여기서 우리는 자아의 기(氣)를 키워줄 한 가지 착각을 경계해야 한다. 흔히들 많은 사람들은 "꿈을 꿨다"는 식으로 말한다. 꿈은 우리가 꿀 수 있는 것이 아니다. 꿈은 우리가 고의로 만들어 내거나 의지를 갖고 꾸며낼 수 있는 그런 정신적 내용물이 아니다. 독일어에 "Einfall"(생각이 떠오르다)이라는 놀라운 표현이 있지만, 그럼에도 불구하고 거꾸로 "훌륭한 아이디어를 얻은" 사람 중에서 어느 누구도 그 행운을 얻은 것을 자신의 공으로 돌리면서 양심의 가책을 조금도 느끼지 않을 것이다. 마치 그 아이디어가 자신이 직접 만들어낸 것이라도 되는 양 말이다. 그러나 "Einfall"이라는 단어가 분명히 보여주듯이, 그 아이디어는 절대로 그런 식으로 생겨난 것이 아니다.

첫 번째 이유는 주체가 명백히 무능력하기 때문이고, 두 번째 이유는 주체를 초월하는 정신의 명백한 자발성 때문이다. 그래서 프랑스어와 영어뿐만 아니라 독일어도 "아이디어가 나에게 나타났다."는 식으로 표현한다. 이것이 맞는 표현이다. 아이디어가 나타날 때, 행위자는 그 사람 본인이 아니고 아이디어이다. 아이디어가 글자 그대로 지붕을 뚫고 떨어지는 것이다.

객관적인 정신

|

이 예들은 정신의 객관성을 보여준다. 정신은 자연적인 현상이며, 절대로 "자의적"이지 않다. 의지도 마찬가지로 하나의 현상이다. 비록 "자유 의지"는 자연적인 현상이 아닐지라도 말이다. 자유 의지가 자연 현상이 아니라고 보는 이유는 자유 의지 그 자체로 관찰되지 않고 개념이나 견해, 확신 혹은 믿음의 형태를 통해서만 관찰되기 때문이다. 그러므로 의지는 순수한 "마음의 과학"에 속하는 문제이다. 만약에 다른 영역에 대한 침범을 계속하지 않으려면, 심리학은 자연적인 현상학으로 국한시켜야 한다. 그러나 정신적 과정의 "자의성"에 관한 이런 흔한 착각을 통해서 확인할 수 있듯이, 정신의 현상학을 검증하는 것은 절대로 간단한 일이 아니다.

사실, 선행하는 의지의 어떤 행위에 의해 만들어지거나 야기된 정신적 내용물이 존재한다. 그렇기 때문에 이 정신적 내용물은 의도적이고, 목적 지향적인 의식의 행위에 따른 산물로 여겨져야 한다. 그런 점에서 본다면, 정신의 내용물 중 상당 부분은 정신의 산물이다. 그럼에도 의지 자체는 그런 의지를 품는 주체와 마찬가지로 무의식적 배경에 바탕을 두고 있는 하나의 현상이다. 이 무의식적 배경을 고려한다면, 무의식적인 정신이 간헐적으로 작동하는 것이 의식인 것처럼 보인다. 의식의 주체인 자아는 하나의 복합적인 양(量)으로 존재하며, 이 양은 물려받은 성향(성격의 구성요소) 외에 무의식적으로 습득한 인상과 거기에 수반되는 현상으로 이뤄져 있다. 정신 자체는 의식과의 관계에서 보면 의식보다 앞서 존재하고 또 초월적이다. 그래서 우리는 정신을 독일 철학자 칼 폰 프렐(Carl von Prel)처럼 초월적인 주체라고 묘사할 수 있다.

분석 심리학과 다른 심리학의 차이
|

분석 심리학은 개별적인 기능들(감각 기능, 감정 현상, 사고 과정 등)을 분리시키지 않으며, 조사할 목적으로 그 기능들을 실험적인 조건에 노출시킨다는 점에서 실험 심리학과 다르다. 분석 심리학은 하나의 자연적 현상으로, 따라서 하나의 복잡한 구조로서 정신의 전반적 표현에 관심을 대단히 많이 쏟고 있다. 그럼에도 결정적인 검토 단계로 들어가면 분석 심리학도 정신을 보다 간단한 구성요소인 콤플렉스로 나눈다. 그러나 이 구성요소조차도 극히 복잡하며, 기본적으로 불가해하다. 분석 심리학이 그런 미지의 대상을 과감히 다루겠다고 나서는 대담성은 어쩌면 뻔뻔스러울지도 모른다. 우리 의사들은 이해조차 되지 않는 모호한 불만까지도 환자를 위해서 치료를 해줘야 한다. 이런 경우에 간혹 부적절하고 치료적으로 의문스런 수단이 동원되기도 한다. 그러면서 의사들은 스스로 필요한 용기를 불러일으키고 책임을 다했다는 느낌을 받는다. 직업적인 이유로, 의사들은 영혼의

문제들 중에서도 가장 컴컴하고 가장 절망적인 문제를 해결해야 한다. 그러면서 혹시 걸음을 잘못 내딛기라도 하면 그 걸음이 엄청난 부작용을 낳을 수 있다는 점을 늘 의식해야 한다.

분석 심리학과 그 전의 모든 심리학의 차이는 분석 심리학의 경우에는 대단히 어렵고 복잡한 과정을 다루는 것을 조금도 두려워하지 않는다는 점이다. 또 다른 차이는 치료 절차에 있다. 분석 심리학은 정교한 장비를 갖춘 실험실 같은 것을 전혀 갖고 있지 않다. 분석 심리학의 실험실은 이 세상이다. 분석 심리학의 테스트는 인간의 삶에서 매일 실제로 일어나고 있는 사건들에 관심을 두고 있다. 테스트 대상은 우리의 환자와 친척, 친구이며 마지막으로 우리 자신도 포함한다. 운명 자체가 실험자의 역할을 맡는다. 주사바늘을 찌르는 일도 전혀 없고, 인공적인 충격이나 번개 같은 섬광도 전혀 없다. 실험실에서 흔히 보이는 그런 장비는 하나도 없다. 분석 심리학자에게 자료를 제공하는 것은 실제 생활에서 일어나는 희망과 공포, 고통과 쾌감, 실수와 성취이다.

분석 심리학의 목표는 생명을 최대한 정확히 이해하는 것이다. 우리의 영혼 안에 들어 있는 상태 그대로의 생명을 밝혀내는 것이 궁극적 목표이다. 나는 우리가 이해를 통해 배우는 것이 지적 이론으로 굳어지지 않기를 진정으로 바라고 있다. 그 지식들은 대신에 어떤 도구가 될 것이다. 이 도구는 실용적 적용을 통해서 최대한 완벽하게 향상될 것이다. 이 도구의 최고 목적은 인간의 행동을 보다 훌륭하게 적응시키는 것이다. 그 적응은 두 방향으로 이뤄질 것이다(병은 잘못된 적응이다). 인간 존재는 두 개의 전선에서 적응해야 한다. 첫째, 외적 삶, 즉 직업이나 가족, 사회에 적응해야 한다. 둘째는 자기 자신의 본성의 중요한 요구에도 적응해야 한다. 둘 중 어느 하나를 게을리 해도 필연적으로 병이 생기게 되어 있다. 부적응이 어느 단계에 이른 사람들이 결국 병에 걸리게 되고 따라서 인생의 낙오자가 될 것이라는 말은 맞는 말이다. 그럼에도 외부 세계의 요구를 충족시키지 못한다는 한 가지 이유만으로 모든 사람이 다 병을 앓게 되지는 않는다. 그보다는 자신의 외적 적응을 개인적 삶에 이로운 쪽으로 활용하는 방법을 모르거나 적응을 발달로 연결시키는 방법을 모르는 사람들이 병에 잘 걸린다. 외적인 이유로 신경증에 걸리는 사람이 있는가 하면, 내적인 이유로 신경증에 걸리는 사람도 있다. 이처럼 정반대 유형들을 고려하면, 심리학적 공식들이 얼마나 다양해야 하는지 쉽게 짐작할 수 있을 것이다. 분석 심리학은 신경증적 사고와 감정이 다시 삶으로 돌아갈 수 있는 길을 발견할 때까지 그 사고와 감정의 흔적을 되밟으면서 적응을 쉽게 하지 못하는 원인들을 찾는다. 그러므로 분석 심리학은 아주 실용적인 과학이다. 분석 심리학은 조사를 위한 조사를 하지 않고 즉시적인 도움을 주기 위해 조사한다. 분석 심리학은 심지어 학습조차도 그 같은 조사의 부산물이라고 말할 수 있다. 학습을 그 자체로 중요한 목적으로 여기지 않는 것이다. 이것도 "학문적" 과학이 뜻하는 바와 크게 다른 점이다.

분석 심리학의 목표와 깊은 의미는 분명히 치료적일 뿐만 아니라 교육적이기도 하다. 각 개인은 정신적 요소들이 독특하게 결합되어 있는 존재이다. 그렇기 때문에 진실에 대한 조사는 환자마다 달리 이뤄져야 한다. 이유는 각 "환자"가 저마다 다 다른 개인이고, 미리 정해진 공식에서 나오는 그런 존재가 아니기 때문이다. 만약에 개인의 정신을 고정된 어떤 이론을 바탕으로 해석한다면, 개인적으로 그 이론을 아무리 좋아할지라도, 우리는 당연히 그 정신의 의미를 놓치게 되어 있다. 의사에게 이는 각 환자마다 별도의 연구가 요구된다는 뜻이다. 또 선생에겐 학생마다 별도의 연구가 요구된다는 뜻이다.

그렇다고 당신이 매번 조사를 밑바닥에서부터 시작해야 한다는 뜻은 아니다. 당신이 이미 이해하고 있는 것들에 대해서는 굳이 조사할 필요가 없다. 내가 말하는 "이해"는 환자나 학생이 자신들 앞에 제시된 해석에 동의하는 때를 말한다. 환자가 감당하지 못하는 이해는 당신이나 환자에게나 똑같이 좋지 않다. 그런 이해는 아이에게는 꽤 잘 먹힐 수도 있지만 정신적 성숙을 어느 정도 이룬 성인에게는 먹히지 않을 게 틀림없다. 어떤 경우든 환자가 동의하지 않는 사태가 벌어진다면, 의사는 진실을 발견한다는 한 가지 목적을 위해서 그때까지 자신이 제기했던 주장들을 모두 포기할 준비가 되어 있어야 한다. 의사는 거기에 너무도 분명하게 드러나고 있는 무엇인가를 보고 있는데도 환자는 그것을 보지 않으려 하거나 인정할 수 없는 경우도 당연히 있다. 진실이 환자만 아니라 의사도 보지 못할 만큼 숨어 있는 경우가 자주 있기 때문에, 미지의 내용물에 닿기 위한 방법이 다양하게 개발되었다. 여기서 나는 일부러 "억압된"이라는 표현을 쓰지 않고 "미지의"라는 표현을 쓰고 있다. 이유는 어떤 내용물이 알려지지 않을 때마다 당연히 그것이 억압되어 있다고 단정하는 것은 잘못이라는 생각이 들기 때문이다.

정말로 그런 식으로 생각하는 의사는 사전에 모든 것을 다 알고 있다는 분위기를 풍긴다. 그런 태도는 환자를 좌절시키게 되고 따라서 환자가 진실을 고백하지 못하도록 막을 수 있다. 어쨌든 모든 것을 다 아는 듯한 태도는 환자의 자신감을 빼앗아버린다. 그런데 의사의 이런 태도가 환자에게 그다지 불쾌하지 않을 때도 간혹 있다. 환자가 그런 의사 앞에서 자신의 비밀을 조금이라도 더 편한 마음으로 지킬 수 있을 것이기 때문이다. 환자의 입장에서 보면 의사 앞에서 군이 자신의 비밀을 고백하는 것보다는 분석가를 통해서 자신의 비밀을 전해 듣는 것이 훨씬 더 편하기 마련이다. 분석이 이런 식으로 진행되는 상황에서는 어느 쪽도 승자가 되지 못한다. 게다가, 이런 식으로 사전에 문제의 핵심을 알고 있는 듯한 태도는 환자의 마음의 독립을 훼손시킨다. 환자의 마음의 독립이야말로 어떠한 일이 있어도 훼손되어선 안 되는, 가장 소중한 자질이 아닌가. 분석을 하는 상황에서는 환자의 독립을 훼손시키지 않기 위해 최대한 주의를 기울여야 한다. 사람들이 자기 자신을 없애기를 터무니없을 만큼 간절히 바라기 때문이다. 기회가 주어질 때마다 이상한 신들을 찾아다니는 현상에서도 그런 경향이 잘 나타나고 있다.

내면을 조사하는 방법

|

환자의 내면에 있는 미지의 것을 조사하는 방법은 네 가지가 있다.

가장 간단한 첫 번째 방법은 연상 방법이다. 이 방법은 지난 50년 동안 알려져 왔기 때문에, 여기서 세세하게 설명할 필요는 없을 것 같다. 연상 방법의 원리는 연상 실험에 나타나는 장애를 통해서 중요한 콤플렉스를 찾아내는 것이다. 분석 심리학에 대한 소개로, 또 콤플렉스의 증후학에 대한 소개로 이 방법은 모든 초심자들에게 추천된다.

두 번째 방법, 즉 증상 분석은 단지 역사적인 가치만을 지니고 있으며, 그

창시자인 프로이트에 의해 오래 전에 폐기되었다. 이 방법은 최면 암시를 통해서 환자가 어떤 병리학적 증상의 바닥에 자리 잡고 있는 기억들을 다시 떠올리도록 한다. 이 방법은 충격이나 정신적 상처, 정신적 충격이 신경증의 중요한 원인인 환자들에게 효력을 발휘한다. 프로이트가 히스테리에 관한 초기의 충격 이론을 발표할 때 동원했던 것도 이 방법이었다. 그러나 히스테리의 대부분이 정신적 충격에 따른 것이 아니기 때문에, 이 이론은 곧 그 조사 방법과 함께 폐기되었다. 충격에 따른 신경증을 앓는 환자에게는 이 방법이 정신적 충격을 이루는 내용물을 제거함으로써 치료적 효과를 발휘할 수 있다. 제1차 세계대전 동안이나 후에, 이 방법은 전투 신경증과 그와 비슷한 장애를 치료하는 데 유익했다.

　세 번째 방법인 회상 분석(anamnestic analysis)은 조사 방법과 동시에 치료 방법으로서 아주 중요하다. 실제로 보면 회상 분석은 신경증이 발달한 역사를 재구성하거나 조심스럽게 회상하는 것으로 되어 있다. 이런 식으로 끌어낸 자료는 환자가 의사에게 밝히는 사실들과 대체로 순서가 일치한다. 그 과정에 환자는 당연히 많은 세부사항을 제외시키게 되어 있다. 환자 자신에게 중요하지 않게 여겨져서 빠지는 것도 있고, 환자가 잊어버려서 빠지는 것도 있다. 신경증 발달의 과정을 잘 아는 경험 많은 분석가라면 환자가 빈 부분 일부를 메우는 데 도움이 될 질문들을 던질 것이다. 이 절차 자체가 치료적인 가치를 발휘할 때가 자주 있다. 그 이유는 그런 절차를 거치면서 환자가 자신의 신경증의 중요한 원인들을 이해하게 되고, 결과적으로 태도에 결정적인 변화를 이루게 되기 때문이다. 이때 의사는 환자가 의식하지 못하고 있는 중요한 연결을 끌어내기 위해 질문을 던질 뿐만 아니라 힌트와 설명도 제시해야 한다.

스위스 육군 의무대 장교로 근무하는 동안에, 나는 종종 회상 분석을 이용할 기회를 가졌다. 예를 들면, 몸이 아프다고 보고한 19세 신병이 있었다. 그 젊은이는 나를 만나자마자 자신이 신장의 염증 때문에 고통을 받고 있으며 그것이 통증의 원인이라고 밝혔다. 나는 그가 자신의 병을 어떻게 그렇게 정확히 알고 있을까 하고 의아하게 생각했다. 이에 그는 삼촌이 똑같은 문제로 힘들어 하면서 등에 통증을 느꼈다고 말했다. 그러나 진단 결과 그런 병의 흔적은 전혀 잡히지 않았다. 그건 분명히 신경증이었다. 나는 그 신병에게 살아온 내력에 대해 물었다. 중요한 사실은 그 젊은이가 어린 나이에 부모를 잃고 지금까지 앞에서 언급한 삼촌과 함께 살았다는 점이다. 이 삼촌은 그의 양부였으며, 그는 삼촌을 많이 사랑했다. 병을 보고하기 전날, 신병은 삼촌으로부터 편지를 받았는데 신장염으로 다시 누워 지낸다는 내용이었다. 그 편지가 그를 언짢게 만들었고, 그는 편지를 던져버렸다. 그는 그러면서도 자신이 억누르고 있는 감정의 진정한 원인을 깨닫지 못했다. 그는 양부가 죽지 않기를 간절히 바라면서 노심초사했다. 이것이 그가 마음속으로 부모를 잃었을 때의 슬픔을 다시 느끼게 만들었다. 이 같은 사실을 깨닫자마자, 그는 발작적으로 울음을 토해냈다. 그 결과, 그는 이튿날 아침에 다시 훈련에 참가할 수 있게 되었다. 그 신병은 삼촌과 자신을 동일시한 예였으며, 이 동일시는 회상에 의해 확인되었다. 그에게 억눌려 있는 감정이 있다는 사실을 깨달은 것이 치료의 효과를 낳았다.

이와 비슷한 예로 또 다른 신병이 있었다. 나를 보기 전에 이미 몇 주일 동안 위장 문제로 치료를 받고 있던 신병이었다. 나는 이 신병이 신경증을 앓고 있다고 의심했다. 회상 분석을 동원한 결과, 그가 어머니나 다름없는 숙모가 위암 수술을 받아야 한다는 소식을 들었을 때 문제가 시작된 것으로 드러났다. 여기서도 다시 숨겨진 연결을 발견해낸 것이 치료의 효과를 낳았다. 이런 종류의 간단한 예들은 상당히 흔하며 회상 분석으로 치료가 가능하다. 그 전에 의식하지 못하고 있던 어떤 연결을 깨달음으로써 누리는 치료 효과 외에, 의사가 훌륭한 조언을 하거나 용기를 북돋우거나 심지어 질책을 한 결과 누리게 되는 치료 효과도 크다.

이것은 신경증 어린이의 치료에 가장 좋은 방법이다. 아이들을 다룬다면, 꿈을 분석하는 방법을 제대로 적용하지 못한다. 왜냐하면 그 방법이 무의식 깊은 곳까지 파고들기 때문이다. 대부분의 환자를 보면, 단지 일부 장애를 깨끗이 제거하기만 하면 치료된다. 장애를 제거하는 것은 기술적 지식이 많지 않아도 가능하다. 대체로 말해, 아이의 신경증에 부모의 그릇된 태도가 연결되어 있지 않다면, 아이의 신경증은 매우 간단한 문제일 수 있다. 부모의 태도와 연결되어 있는 경우에는, 아이의 신경증은 온갖 치료적 방법을 동원해도 쉽게 나아지지 않을 수 있다.

네 번째 방법은 무의식의 분석이다. 회상 분석이 환자가 알지 못하는 일부 사실들을 드러낼 수 있음에도 불구하고, 그것은 프로이트가 "정신분석"이라고 부를 만한 그런 방법은 아니다. 실제로 보면, 무의식의 분석과 회상 분석 사이에는 뚜렷한 차이가 한 가지 있다. 내가 지적한 바와 같이, 회상 방법은 의식의 내용물이나 재현될 준비가 되어 있는 내용물을 다룬다. 반면에 무의식의 분석은 의식의 자료들이 다 소진된 때에야 비로소 시작된다. 나는 이 네 번째 방법을 "정신분석"이라고 부르지 않는다는 점을 강조하고 싶다.

왜냐하면 정신분석이라는 용어를 전적으로 프로이트 학파의 것으로 남겨 두기 위해서이다. 프로이트 학파는 정신분석에 대해 단지 하나의 기법으로만 생각하지 않는다. 그들은 정신분석을 프로이트의 성 이론과 단단히 연결되어 있고 또 거기에 바탕을 두고 있는 방법으로 여긴다. 프로이트가 정신분석과 자신의 성 이론이 서로 확고하게 결혼했다고 공개적으로 선언했을 때, 나는 그의 일방적인 견해를 더 이상 지지할 수 없었기에 다른 길로 나아가지 않을 수 없었다. 그것은 또한 내가 이 네 번째 방법을 무의식의 분석이라고 부르기를 좋아하는 이유이기도 하다.

내가 앞에서 강조한 바와 같이, 이 방법은 의식의 내용물이 다 소진한 다음에야 적용이 가능하다. 이 말은 곧 의식의 자료들을 적절히 조사했는데도 갈등의 해결책이 나오지 않거나 만족스런 설명이 발견되지 않을 경우에만 무의식의 분석이 가능하다는 뜻이다. 회상 방법은 종종 네 번째 방법의 도입부 역할을 한다. 당신은 환자의 의식적인 마음을 면밀히 조사함으로써 그 환자를 더욱 잘 알게 된다. 그러면 당신은 옛날의 최면술사들이 "라포" (rapport)라고 부른 그런 관계를 확고히 다지게 된다. 이런 개인적 접촉이 대단히 중요하다. 왜냐하면 그것이 무의식을 공격할 안전한 바탕으로 유일하기 때문이다. 이를 간과하는 전문가들이 종종 있다. 이 요소를 간과할 때, 온갖 종류의 실수가 일어날 수 있다. 인간 심리에 대한 경험이 아주 풍부한 분석가조차도 다른 사람의 심리를 제대로 알지 못한다. 그렇기 때문에 분석가는 선의(善意), 즉 환자와의 훌륭한 접촉에 의지하며 뭔가 잘못될 때마다 환자가 분석가에게 그 같은 사실을 털어놓을 것이라고 믿어야 한다.

치료를 시작하는 단계에서부터 오해가 일어나는 경우가 자주 있다. 간혹 의사가 잘못한 일이 전혀 없을 때에도 그런 오해가 생긴다. 신경증의 특성 때문에, 환자는 온갖 종류의 편견을 다 품고 있을 것이다. 이 편견은 종종 환자의 신경증의 직접적 원인이 되기도 하고 신경증이 계속되도록 만들기도 한다. 이 오해들이 말끔히 해소되지 않는다면, 분개의 감정이 남게 된다. 그러면 이 감정은 그 뒤의 모든 노력을 물거품으로 만들어버릴 것이다. 만약 신경증의 본질에 관한 어떤 이론을 강하게 믿는 상태에서 분석을 시작한다면, 당연히 당신은 그 과제를 매우 쉽게 수행할 것이다. 그럼에도 불구하고, 당신은 환자의 진짜 심리를 대충 다루며 환자의 개성을 무시하는 위험을 떠안게 될 것이다. 이론적 고려 때문에 치료 자체가 방해를 받는 예를 나는 아주 많이 보았다. 거의 예외 없이 실패의 원인은 환자와의 접촉이 부족한 데 있다.

뜻밖의 재앙을 막을 수 있는 길은 이 규칙을 꼼꼼하게 지키는 길밖에 없다. 인간적인 접촉과 상호 신뢰의 분위기가 느껴지는 한, 거기엔 위험이 전혀 없다. 환자의 광기나 자살의 협박에 직면할 때조차도, 그런 분위기에는 인간적인 믿음, 즉 서로 이해하고 이해를 받고 있다는 확신이 살아 있다. 그런 인간적인 접촉을 확고히 다지는 것은 결코 쉬운 일이 아니다. 두 사람 모두 편견에서 자유롭고 또 두 사람의 견해를 주의 깊게 서로 비교하지 않는 그런 상태에서는 인간적 접촉이 성취되지 못한다.

양쪽 중 어느 쪽에서든 불신을 갖는다는 것은 나쁜 시작이다. 그렇기 때문에 설득이나 다른 강압적인 방법으로 저항을 강제로 깨뜨리는 것은 좋지 않다. 분석 과정의 일부로 제시하는 의식적인 제안마저도 실수가 될 수 있다. 왜냐하면 환자가 자신의 마음을 스스로 결정한다는 느낌을 어떻든 지켜

나갈 수 있어야 하기 때문이다. 불신이나 저항의 흔적이 조금이라도 발견되기라도 하면, 나는 환자와의 사이에 접촉이 새로 확립될 기회를 주기 위해 그 불신이나 저항을 대단히 진지하게 받아들이려고 노력한다. 환자는 의사와 의식적인 관계를 단단히 형성하고 있다는 느낌을 언제나 받아야 하고, 의사는 환자의 의식 상태를 정확히 알기 위해 그 같은 접촉을 필요로 한다.

의사에겐 매우 현실적인 이유로 환자의 의식에 대한 지식이 반드시 필요하다. 이 지식을 갖추지 못하면, 의사는 환자의 꿈을 정확히 이해하지 못할 것이다. 그러므로 시작 단계뿐만 아니라 분석의 전체 과정에도 둘 사이의 개인적 접촉이 중요한 관찰 대상이 되어야 한다. 왜냐하면 이 접촉만이 결정적인 문제뿐만 아니라 극도로 불쾌하고 놀라운 발견들에 따를 수 있는 충격을 완화시킬 수 있기 때문이다. 그것만이 아니다. 이 접촉은 무엇보다도 환자의 그릇된 태도를 바로잡는 수단이 된다. 이런 접촉이 확고히 이뤄지는 상황에서는 환자도 자신의 뜻과 반대로 설득당하고 있다거나 속고 있다는 느낌을 받지 않을 것이다.

예를 하나 제시하고 싶다. 서른 살 정도 된 남자는 매우 똑똑하고 지적으로 보였다. 그는 나를 찾아와서는 치료를 위해 온 것이 아니라 궁금한 것이 있어서 왔다고 말했다. 그는 두툼한 원고 뭉치를 끄집어냈다. 그가 자신의 삶의 역사를 적고 분석한 글이었다. 그는 자신의 정신적 문제를 강박 신경증이라고 불렀다. 원고를 읽으면서, 나는 그 진단이 꽤 정확하다고 생각했다. 원고는 말하자면 일종의 정신분석적 자서전이었으며, 대단히 지적으로 쓰였고 또 탁월한 통찰력을 보였다. 그것은 폭넓은 독서와 문헌에 대한 연구를 바탕으로 쓴 과학적인 논문이었다. 나는 그에게 그 같은 성취를 이룬

데 대해 축하의 뜻을 전하고 나를 찾은 진짜 이유가 무엇인지를 물었다. 그러자 그가 이렇게 대답했다. "제가 쓴 내용을 읽어보셨습니다. 그렇다면 제가 통찰력을 쏟아 분석을 했는데도 여전히 예전처럼 신경증에 시달리고 있는 이유가 무엇이라고 생각하십니까? 이론적으로 보면, 저는 이미 치료되어 있어야 합니다. 아주 어린 시절의 기억까지 다 생각해냈으니까요. 그렇게까지 했는데도 저는 아직 치료되지 않고 있습니다. 왜 저만 예외일까요? 제가 보지 않고 있거나 지금도 억누르고 있는 것이 무엇인지 좀 알려주시길 바랍니다."

그래서 나는 그의 탁월한 통찰이 그의 신경증을 아직 건드리지 못하고 있는 이유를 모르겠다고 말했다. 그러면서 나는 "당신에 대한 정보가 조금 더 필요한데, 개인적인 질문을 해도 괜찮을까요?"라고 물었다. 이에 그는 "좋습니다."라고 대답했다. 그래서 나는 이렇게 물었다. "자서전을 보니 당신은 종종 겨울은 니스에서 보내고 여름은 생 모리츠에서 보내는 것으로 되어 있더군요. 당신은 부유한 집안의 아들인가 보죠?" 이에 그는 "아, 절대 그렇지 않아요. 부모님은 부자가 아니에요."라고 대답했다. "그렇다면 당신이 돈을 많이 버는가 보죠?" 이 질문에 그는 웃음을 흘리면서 "아, 그렇지도 않아요."라고 대답했다. "그렇다면, 어떻게 그런 식으로 살 수 있죠?" 나는 어색한 표정을 지으며 물었다. 그러자 그는 "그건 중요하지 않아요. 어떤 여자가 있어요. 공립학교 교사로 서른여섯 살인데, 그 여자한테서 돈을 받았습니다."라고 대답하면서 이렇게 덧붙였다. "아시겠지만, 불륜인 셈이지요." 사실 남자보다 몇 살 위인 이 여자는 교사 박봉으로 대단히 검소한 환경에서 살았다. 그녀는 훗날 결혼을 기대하면서 돈을 아껴 쓰며 모았다. 그런데 이 남자는 결혼에 대해서는 조금도 생각하고 있지 않았다. 나는 그에게 물었다. "이 가난한 여자로부터 경제적 도움을 받고 있다는 사실이 당신이 아직 신경증을 치료하지 못하고 있는 주요 원인 중 하나라는 생각이 들지 않습니까?" 그러자 그는 나의 말에 대해 도덕적으로 터무니없는 것을 암시한다는 식으로 비웃었다. 그에 따르면 그 여자의 경제적 지원은 자신이 앓는 신경증의 과학적 구조와는 전혀 아무런 관계가 없다는 것이었다. 그러면서 그는 "더욱이, 이 문제를 놓고 그녀와 논의한 적이 있어요. 두 사람 다 이 문제는 전혀 중요하지 않다는 데 동의했어요."라고 말했다. "그렇다면 당신은 이 상황에 대해 논의했다는 단순한 사실만으로 또 다른 사실, 말하자면 당신이 가난한 여인의 도움을 받았다는 사실까지 지워진다고 생각하는가요?" 이 말에 그는 화를 내며 자리에서 벌떡 일어나 도덕적 편견 운운하면서 사무실을 나가버렸다. 그 사람은 도덕은 신경증과 아무런 관계가 없다고 믿는 그런 사람이었다. 또 어떤 목적을 갖고 짓는 죄는 지적 분석을 통해 그 죄 자체를 지워버릴 수 있기 때문에 전혀 죄가 아니라고 믿는 그런 사람이었다.

분명 나는 이 젊은 신사에게 내가 그에 대해 생각한 바를 말하지 않을 수 없었다. 만약에 우리 두 사람이 이 점에 대해 의견의 일치를 이룰 수 있었다면, 치료가 가능했을 것이다. 그러나 만약 우리가 그가 쉽게 참아내지 못하는 삶의 바탕을 무시한 가운데 분석을 시작했다면, 그 분석은 아무 쓸모가 없을 것이다. 그의 관점은 범죄자들이 삶에 적응하면서 동원하는 그런 관점이었다. 그러나 이 환자는 범죄자가 아니었다. 단지 이성의 힘을 지나치게 믿는 지식인이었을 뿐이다. 이성에 대한 과신 때문에, 그는 심지어 자신이 저지른 잘못까지도 생각에서 지워버릴 수 있다고 생각했다. 나는 지성의 힘과 존엄을 확고히 믿는다. 그러나 조건이 있다. 지성이 아무리 훌륭할지라도 정신적 가치들까지 깨뜨려서는 안 된다. 정신적 가치들은 결코 유치한 저항이 아니다. 이 예는 개인적 접촉이 얼마나 중요한 요소인지를 잘 보여주고 있다.

꿈의 분석

|

분석에서 회상의 단계가 끝나면, 다시 말해 의식 속의 모든 자료, 즉 회상과 질문, 회의(懷疑), 의식적 저항 등을 충분히 다루고 나면, 이젠 무의식을 분석하는 단계로 나아갈 수 있다. 이 단계로 들어섬으로써, 이제 분석은 새로운 영역으로 넘어간다. 생생한 정신적 과정인 꿈에 관심을 쏟게 된다.

꿈은 단순히 기억의 재생도 아니고 경험에서 나오는 것도 아니다. 꿈들은 무의식의 창조적 행위가 위장하지 않은 채 그대로 표출되는 것이다. 프로이트는 꿈을 소원 성취로 보았다. 그러나 꿈을 다루며 경험을 쌓은 결과, 나는 꿈을 보상의 기능으로 생각하게 되었다. 분석 과정에 의식의 자료에 대한 논의가 끝나게 될 때, 그 전까지 무의식에 있던 잠재력이 활성화되기 시작한다. 그러면 이 잠재력이 꿈을 쉽게 엮어낼 것이다. 여기서도 예를 하나 제시하고 싶다.

54세로 비교적 나이가 많지만 젊음을 꽤 잘 간직하고 있던 여성이다. 그녀는 12년 전에 남편이 죽고 나서 1년 뒤 시작된 신경증 때문에 나를 찾았다. 그녀는 다양한 공포증을 겪고 있었다. 당연히 그녀에게는 풀어놓을 이야기가 많았다. 그녀의 삶의 이야기와 관련해서는 남편이 죽은 뒤로 그녀가 홀로 아름다운 시골집에서 살았다는 사실만을 전하는 것으로 끝내고 싶다. 그녀의 외동딸은 결혼해서 외국에서 살고 있었다. 이 환자는 교육을 피상적으로만 받았고, 정신적 지평이 매우 좁았다. 지난 40년 동안 배운 것이 하나도 없는 그런 사람이었다. 그녀의 이상과 확신은 1870년대에나 어울리는 그런 것이었다. 그녀는 충직한 과부였으며, 남편이 없는 환경에서도 자신의 결혼을 최선의 것으로 소중히 여기며 살았다. 그녀는 자신이 공포증을 겪는 원인에 대해 조금도 이해하지 못하고 있었다. 확실히 그것은 도덕의 문제는 아니었다. 그녀가 교회의 훌륭한 신자였기 때문이다. 그런 사람들은 대체로 신경증의 원인이 육체적일 것이라고 믿는다. 공포증이 "심장"이나 "폐" 혹은 "위"와 연결되어 있을 것이라고 생각하는 것이다. 그런데 이상하게도 의사들이 그런 장기에서는 잘못된 구석을 전혀 찾지 못했다. 이제 그녀가 병의 원인으로 짐작할 수 있는 것이 더 이상 없게 되었다. 그래서 나는 환자에게 그녀의 꿈이 공포증의 문제를 밝혀줄 수 있을 것인지 지켜보자고 했다.

그 당시에 그녀의 꿈은 스냅 사진의 성격을 보였다. 연가(戀歌)가 흘러나오는 축음기가 보이거나, 그녀가 이제 막 약혼한 소녀로 나타나거나, 남편이 의사로 나타나는 꿈이었다. 꿈들이 암시하는 바는 꽤 분명했다. 그 문제를 논의하면서, 나는 그런 꿈을 "소원 성취"로 보지 않으려고 무척 노력했다. 이미 그녀가 꿈에 대해 그런 식으로 이야기하는 경향을 강하게 보였기 때문이다. "아, 그 꿈들은 공상에 지나지 않아요. 사람들은 그런 바보 같은 꿈을 간혹 꾸잖아요!" 그녀가 이 문제에 진지하게 관심을 기울이고 이 문제가 그녀에게 정말로 중요하다는 느낌을 갖는 것이 대단히 중요했다. 꿈들은 그녀의 진정한 의도를 내포하고 있었으며, 또 꿈들은 그녀의 편향적인 태도

130

를 보상하기 위해 의식의 다른 내용에 보태져야 했다.

내가 꿈에 대해 보상적이라고 말하는 이유는 꿈이 의식에 없는 관념과 감정, 사고를 포함하고 있기 때문이다. 이 관념과 감정, 사고가 빠져나간 의식의 자리는 빈 공간으로 남고, 이 빈 공간을 불안이 채우게 된다. 그녀는 자신의 꿈의 의미에 대해서 아무것도 알고 싶어 하지 않았다. 왜냐하면 지금 당장 대답할 수 없는 어떤 질문에 대해 생각한다는 것이 그녀에겐 부질없다는 느낌이 들었기 때문이다. 그러나 다른 많은 사람들과 마찬가지로, 그녀는 불쾌한 생각을 억누름으로써 정신에 진공 같은 것을 만들어내고 있다는 사실을 깨닫지 못하고 있었다. 그런데 이 진공은 언제나처럼 점진적으로 불안으로 채워지게 된다. 만약 그녀가 자신의 생각을 의식적으로 조금 더 깊이 파고들었더라면, 그녀는 자신에게 부족한 것이 무엇인지를 알았을 것이며 따라서 그녀는 의식적인 고통 대신에 불안 상태를 겪지도 않았을 것이다.

그렇다면 의사는 환자의 의식적 관점에 대해 반드시 알아야 한다. 꿈의 보상적인 의도를 정확히 이해할 바탕을 확보하기 위해서는 의사가 환자의 의식에 대해 정확히 알아야 하는 것이다.

경험에 따르면, 꿈의 의미와 내용은 그 사람의 의식적인 태도와 밀접히 연결되어 있다. 되풀이해서 나타나는 꿈은 똑같이 되풀이해서 나타나는 의식적인 태도에 해당한다. 앞에서 소개한 예를 보면, 꿈들이 의미하는 바가 쉽게 드러난다. 그러나 이제 막 약혼을 한 젊은 소녀가 그런 꿈을 꾸었다고 가정해보자. 그 꿈의 의미는 50대 여자가 꾸는 똑같은 꿈의 의미와 다를 것이다. 그러므로 분석가는 환자의 의식적인 상황에 대해 잘 알고 있어야 한다. 왜냐하면 똑같은 꿈 모티프가 이 경우에는 이런 것을 의미하다가 다른 경우에는 그와 정반대의 것을 의미할 수 있기 때문이다. 꿈을 꾼 사람을 개인적으로 잘 알지 못하는 상태에서 꿈을 해석하는 것은 사실상 불가능하며 바람직하지도 않다.

그러나 간혹 아주 분명하게 이해되는 꿈을 접하는 경우도 있다. 특히 심리학에 대해 아무것도 모르는 사람에게 그런 꿈이 잘 나타난다. 이런 꿈의 경우에는 해석을 위해 꿈을 꾼 사람을 특별히 개인적으로 알아야 할 필요는 없다.

언젠가 기차 여행을 하던 중에 식당차 안에서 이방인 두 사람과 자리를 함께한 적이 있다. 한 사람은 잘 생긴 노신사였고, 다른 한 사람은 지적인 얼굴의 중년 남자였다. 나는 그들의 대화를 통해서 두 사람이 군인이라는 사실을 알 수 있었다. 짐작컨대 둘은 늙은 장군과 부관 사이인 것 같았다. 늙은 신사가 오랫동안 침묵을 지키던 끝에 동료에게 불쑥 말을 걸었다. "자네는 꿈이 참 이상하다 싶은 때가 간혹 있지 않은가? 지난밤에 정말 이상한 꿈을 꾸었어. 내가 젊은 장교 여러 명과 열병을 하고 있는 것이 아니겠어? 사령관이 우리를 사열하고 있었고, 사령관이 마침내 나에게까지 왔어. 그런데 사령관이 전문적인 질문을 던지지 않고 정말 엉뚱하게도 미(美)의 정의가 뭐냐고 묻더군. 나는 만족스런 대답을 찾으려고 머리를 굴렸지만 허사였어. 창피해 죽는 줄 알았네. 그러는 사이에 사령관은 내 옆에 있던 아주 젊은 소령에게 가서 똑같은 질문을 던지더군. 그러자 이 친구는 정말 멋진 대답을 내놓던데. 내가 생각해 낼 수 있었더라면 얼마나 좋았을까 하는 맘이 들 정도로 훌륭한 대답이었어. 그때 받은 충격이 얼마나 컸던지, 그 순간 잠이 깨어지더군."

그런 다음에 노신사는 갑자기 생판 처음 보는 내 쪽으로 시선을 돌리며 "당신은 꿈이 의미를 지닌다고 생각합니까?"라고 물었다. 그래서 나는 "의미가 있는 꿈도 분명 있지요."라고 대답했다. 그러자 그는 얼굴을 다소 찌푸리면서 "그러면 제가 꾼 꿈은 무슨 의미인 것 같습니까?"라고 물었다. 그래서 나는 "그 젊은 소령에게 뭔가 특별한 것이 있었습니까? 어떤 모습이던가요?"라고 되물었다. "그 사람은 내가 젊은 소령이었을 때의 모습과 비슷했습니다." "그렇다면 당신이 젊은 소령 시절에 할 수 있었던 무엇인가를 잊거나 하지 못한 것 같군요. 분명히 그 꿈은 당신에게 그것에 관심을 기울일 것을 요구하고 있습니다." 그는 한 동안 생각에 잠기더니 갑자기 소리를 질렀다. "맞아. 당신의 해석이 정확해요. 젊은 소령일 때, 나는 그림에 관심이 있었지요. 그러나 훗날 이 관심은 일상의 잡다한 일에 묻혀버리고 말았어요." 그러다 그는 다시 침묵에 빠졌으며, 그 후로 그의 입에서는 말은 한마디도 나오지 않았다.

저녁식사 후, 나는 노신사의 부관이라고 생각했던 그 사람과 대화할 기회를 가졌다. 그는 노신사의 계급에 대한 나의 짐작이 맞았다고 확인하면서 내가 그의 아픈 곳을 찔렀다는 이야기를 들려주었다. 왜냐하면 그 장군은 자신과는 아무런 상관이 없는 사소한 일까지도 간섭하고 나서는 엄격한 사람으로 알려져 있고 또 두려움의 대상이 되고 있었기 때문이다.

이 신사의 전반적인 태도를 볼 때, 그가 단순한 일상에 빠져서 무료하게 지내지 않고 외적 관심을 몇 가지 가졌더라면, 그의 행복은 크게 높아졌을 것이다.

분석이 더 깊이 진행되었더라면, 나는 그에게 꿈의 관점을 받아들이는 것이 바람직하다는 점을 보여줄 수 있었을 것이다. 그러면 그는 자신의 편향적인 성향을 깨닫고 바로잡을 수 있었을 것이다. 당신이 모든 이론적 가설을 멀리할 수 있다면, 꿈은 이런 측면에서 대단히 소중한 가치를 지닌다. 내가 이론적인 가설을 품지 말라는 점을 재차 강조하는 이유는 그 가설들이 단지 환자의 내면에서 불필요한 저항만 불러일으키기 때문이다. 그런 이론적인 가설 하나가 바로 꿈들은 언제나 억압된 소원의 성취일 뿐이라는 견해이다. 이 견해에 따르면, 이 소원 성취도 대부분 성적인 성격을 지닌다. 실제로 보면 분석을 하는 동안에 어떠한 가설도 갖지 않는 것이 훨씬 더 바람직하다. 심지어 꿈은 반드시 보상적이라는 생각마저도 갖지 말아야 한다. 가설이 적으면 적을수록, 당신이 꿈이나 꿈을 꾼 사람이 하는 말을 해석할 여지는 그만큼 더 넓어진다. 당연히 꿈의 의미에도 더 쉽게 도달할 수 있다. 굶주림이나 열, 불안을 포함한 신체와 관련 있는 꿈들이 있는 것과 똑같이, 성적인 꿈도 있다. 이런 종류의 꿈들은 아주 분명하며, 그 무의식적 바탕을 발견하는 데는 정교한 해석 작업이 전혀 필요하지 않다.

　그래서 나는 여기서 오랜 경험을 바탕으로 꿈은 그것이 의미하는 바를 정확히 표현한다는 원칙으로 나아갈 것이다. 그렇다면 명백한 꿈의 이미지에 표현되지 않은 어떤 의미를 끌어내는 해석은 어떤 것이든 틀린 해석이 된다. 꿈은 의도적인 구성도 아니고 자의적인 구성도 아니다. 꿈은 자연적인 현상으로, 꿈이 의도하는 것 그 이상도 아니고 그 이하도 아니다. 꿈은 속이지도 않고 거짓말을 하지도 않으며 왜곡하거나 위장하지도 않는다. 꿈은 순진하게도 자신의 모습을, 자신이 의미하는 것을 그대로 드러낸다. 꿈이 우리를 짜증나게 만들고 오도하는 것은 오직 우리가 그것을 이해하지 못할 때

뿐이다. 꿈은 무엇인가를 숨기기 위해 농간을 부리는 일도 전혀 없다. 꿈은 다만 그 내용을 꿈의 방식대로 최대한 솔직하게 우리에게 알려준다. 우리는 또한 꿈이 그렇게 이상하고 어렵게 보이도록 만드는 것이 무엇인지를 볼 수 있다. 왜냐하면 경험을 통해서 꿈들이 예외 없이 자아가 모르고 있거나 이해하지 못하는 무엇인가를 표현하려고 하는 것이 확인되기 때문이다. 꿈이 스스로를 조금 더 평범하게 표현하지 못하는 그 무능력은 의식적인 마음이 문제가 되고 있는 그것을 이해하지 못하는 그 무능력과 비슷하다.

여기서 예를 들어 보자. 만약에 앞에서 이야기한 그 장군이 틀림없이 자신을 피곤하게 만들었을 잡다한 일들을 옆으로 밀어놓은 상태에서 자신이 병사들의 배낭을 직접 뒤지며 검사하도록 만드는 것이 무엇인지에 대해 생각했다면, 그는 자신이 짜증과 좋지 않은 기분을 느끼는 이유를 발견했을 것이며 따라서 일면식도 없는 나의 순진한 해석에 한 방 얻어맞는 일도 겪지 않았을 것이다. 깊이 생각하는 시간을 조금만 가졌더라면, 그는 그 꿈을 직접 이해할 수도 있었을 것이다. 그 꿈이 아주 단순하고 명료했기 때문이다. 그러나 거기엔 그의 약점을 건드리는 고약한 측면이 있었다. 정말로 꿈에서 말을 하고 있었던 것은 바로 이 약점이다.

무의식의 열쇠

|

꿈이 종종 심리학자에게도 대단히 어려운 문제라는 점은 부정할 수 없다. 꿈이 너무나 어렵기 때문에, 많은 심리학자들은 아예 꿈을 무시하는 쪽을 택한다. 그러면서 꿈은 터무니없다는 편견을 그대로 받아들인다. 그러나 광

물학자가 엉터리 조언을 받아들여서 쓸모없는 조약돌처럼 보인다는 이유로 자신의 견본을 버릴 수 있는 것처럼, 심리학자와 의사도 편향을 갖고 있거나 무의식의 외침을 무시할 만큼 무지할 경우에 고객의 정신생활을 깊이 들여다볼 기회를 스스로 버리게 된다. 그럴 경우에 꿈이 심리학자와 의사에게 안기는 과학적 과제를 풀지 못하게 된다는 사실은 말할 필요조차 없다.

꿈이 병적인 현상이 아니라 상당히 정상적인 현상이기 때문에, 꿈 심리학은 의사의 특권이 아니라 대체로 심리학자의 특권이다. 그러나 실제로 보면, 꿈에 관심을 가져야 하는 사람은 주로 의사이다. 꿈의 해석이 의사에게 무의식을 열 수 있는 열쇠를 제공하기 때문이다. 이 열쇠는 신경 및 정신 장애를 치료해야 하는 의사에게 특히 더 필요하다.

아픈 사람은 자연히 건강한 사람에 비해 자신의 무의식을 검사해야 할 동기를 더 강하게 느낀다. 그래서 아픈 사람은 다른 사람들에게 없는 한 가지 이점을 누리게 된다. 정상적인 성인이 자신의 교육 중 중요한 부분이 간과되고 있다는 사실을 발견하고 자기 자신에 대한 깊은 통찰을 얻거나 심리적 균형을 얻기 위해 더 많은 시간과 돈을 들이는 경우는 매우 드물다. 실은 오늘날 교육 수준이 높은 사람들에게 자신에 대한 통찰이 크게 부족하다. 그러다 보니 가끔 지식인과 신경증 환자를 구별하는 것이 대단히 어려울 때가 있다. 신경증 환자 같이 치료를 분명히 필요로 하는 사람들 외에도, 노련한 심리학자로부터 중요한 도움을 받을 필요가 있는 사람은 아주 많다.

꿈 해석에 의한 치료는 대단히 교육적인 활동이다. 이런 활동의 기본적인 원칙과 결론은 우리 시대의 악을 치료하는 데 엄청난 도움을 줄 것이다. 예를 들어, 만약에 인구 중에서 아주 낮은 비율만이라도 자신에게 고통을 안겨주는 원인의 대부분이 자기 자신에게 있다는 사실을 깨닫게 된다면, 그것이 사회를 얼마나 더 밝게 만들겠는가?

공상

|

무의식의 분석에서 다뤄야 하는 자료로 꿈만 있는 것은 아니다. 공상으로 알려진 무의식의 산물도 있다. 이 공상들은 일종의 몽상이거나 환상이나 영감이다. 당신은 꿈과 똑같은 방법으로 이런 것들을 분석할 수 있다.

병의 본질에 따라서 적용할 수 있는 중요한 해석 방법이 두 가지 있다. 첫번째 방법은 소위 말하는 환원 방법이다. 이 방법의 주요 목표는 꿈의 밑바닥에서 작용하고 있는 본능적 충동을 발견하는 것이다. 한 예로 앞에서 소개했던 50대 여성의 꿈을 보자. 그녀의 경우엔 틀림없이 그녀가 본능적인 사실들을 직시하고 또 이해하는 것이 가장 중요하다. 그러나 늙은 장군의 경우에는 억압된 생물학적 본능들에 대해 논의하는 것 자체가 다소 인위적이며, 그가 미학적 본능을 억누르고 있을 가능성은 아주 낮다. 그보다는 그는 습관의 힘 때문에 그런 관심사로부터 멀어졌다.

늙은 장군의 경우에 꿈 해석은 해석상의 어떤 목표를 갖게 될 것이다. 왜냐하면 우리가 그의 의식적 태도를 찾아나가면서 거기에 무엇인가를 더하려고 노력해야 하기 때문이다. 이 늙은 장군이 일상적인 자잘한 일에 매몰되는 것은 우리의 내면에 원래부터 있는 사악한 기질의 특징인 게으름과 타성에 해당한다. 그의 꿈은 그가 그런 게으름과 타성에서 벗어나도록 겁을 주고 있었다. 그러나 50대 부인의 경우엔 에로틱한 요소를 이해하게 되면 원초적인 여성적 본성을 의식적으로 인정하게 될 것이다. 그녀에겐 이 본성이 순수와 훌륭한 태도에 대한 착각보다 더 중요한 것으로 드러날 것이다. 따라서 우리는 착각이나 허구, 과장된 태도가 문제로 작용하는 모든 환자들에게 환원적인 관점을 적용한다.

다른 한편으론, 다음과 같은 환자들에겐 구성적인 관점을 고려해야 한다. 의식적인 태도가 다소 정상이지만 발달과 개선의 가능성이 아직 더 있는 환자들이나, 아니면 발달 가능성을 가진 무의식적 경향들이 오해를 받고 있으면서 의식적인 마음에 의해 짓눌려 있는 그런 환자들이 바로 구성적인 관점을 적용해야 하는 예들이다.

환원적인 관점은 프로이트의 해석에 두드러지는 특징이다. 이 관점은 언제나 원초적이고 기본적인 것으로 거슬러 올라간다. 그런 한편 구성적인 관점은 종합하고, 구축하고, 시선을 앞쪽으로 돌린다. 구성적인 관점은 환원적인 관점, 즉 언제나 병적인 요소를 찾고 따라서 복잡한 무엇인가를 간단한 무엇인가로 쪼개려 노력하는 관점에 비해 덜 비관적이다. 치료 과정에 병적인 구조를 파괴하는 것도 경우에 따라서 필요할 수 있다. 그러나 치료는 그런 것을 파괴하는 것 못지않게 아니 그 이상으로 건강하고 지킬 가치가 있는 것을 강화하고 보호하는 일에 있다. 지킬 것을 강화하다 보면 병적인 요소가 발을 붙일 틈이 없어지게 마련이다.

당신은 원하기만 한다면 꿈만 아니라 병의 모든 증상이나 삶의 모든 특징이나 표현까지 환원적 관점에서 분석하면서 부정적인 판단에 도달할 수 있다. 만약에 조사 과정에 충분히 깊이 파고들어간다면, 우리 모두가 도둑과 살인자의 후예인 것으로 드러날 것이다. 그리고 겸양이 영적 자만에 뿌리를 박고 있고, 모든 미덕이 그에 상응하는 악덕에 뿌리를 박고 있다는 점을 보여주는 것은 아주 쉬운 일이다. 분석가가 어떤 관점을 선택할 것인지는 그의 통찰과 경험에 달려 있다. 분석가는 환자의 성격과 의식의 상황에 대한 지식을 바탕으로 이 환자에게는 이 방법을, 저 환자에게는 저 방법을 적용하면서 최선의 노력을 기울이게 될 것이다.

이 맥락에서 꿈과 공상의 상징에 관해 몇 마디를 하는 것도 어색하지 않을 것이다. 상징은 오늘날 하나의 학문으로 대접받고 있으며 다소 공상적인 성적 해석만으로는 더 이상 만족할 수 없게 되었다. 다른 곳에서 나는 상징을 유일하게 가능한 과학적 바탕 위에, 말하자면 비교 연구의 바탕 위에 올려놓으려고 시도했다. 이 방법은 대단히 의미 있는 결과를 낳은 것 같다.

꿈 상징은 무엇보다 개인적인 성격을 지니며, 이 성격은 꿈을 꾼 사람의 연상에 의해 밝혀질 수 있다. 꿈을 꾼 사람의 이해 능력을 벗어난 해석은 바람직하지 않다. 어떤 꿈이 그것을 꾼 사람에게 개인적으로 지니는 정확한 의미를 확실히 찾아내기 위해서는 꿈을 꾼 사람의 협력이 절대적으로 필요하다. 꿈 이미지는 다면적이다. 그렇기 때문에 같은 꿈 이미지도 꿈에 따라 그 의미가 달라진다. 비교적 일관된 의미를 갖는 이미지는 소위 말하는 원형적인 이미지뿐이다.

꿈을 실제로 분석하려면, 한편으론 어떤 특별한 성향과 직관적인 이해가 필요하고 다른 한편으론 상징의 역사에 대한 지식이 상당히 많이 필요하다. 심리학의 모든 실질적인 작업에서처럼, 꿈의 분석도 지적 능력만으로는 충분하지 않다. 꿈을 분석하려는 사람은 감각이 있어야 한다. 왜냐하면 감각이 무딜 경우에 꿈에서 대단히 중요한 감정의 가치들이 간과될 것이기 때문이다. 이런 자질을 갖추지 않은 상황이라면, 꿈 분석은 불가능하다. 꿈은 그 사람 전체에 의해 꾸어지는 것이기 때문에, 꿈을 해석하려고 노력하는 사람도 당연히 하나의 온전한 인간으로서 거기에 참여해야 한다. 어느 연금술사는 "기술은 그 사람의 전부를 요구한다."고 말한다. 이해력과 지식도 반드시 있어야 한다. 그러나 이해력과 지식이 감정보다 위에 서서는 안 된다. 그러나 감정은 감상에 굴복해서는 안 된다. 최종적으로, 꿈 해석은 진단이나 수술처럼 하나의 기술이고, 치료이며 어렵다. 또 재능과 운명을 타고난 사람만이 배울 수 있는 그런 분야이다. 〈1924〉

제3강

무의식의 경향들

|

꿈의 분석과 해석을 통해서 우리는 무의식의 경향들을 이해하려고 노력한다. "무의식의 경향"이라고 하니, 무의식이 마치 그 자체로 의지 같은 것을 가진 의식적인 존재처럼 들린다. 그러나 과학적 관점에서 보면, 무의식은 단지 어떤 정신적 현상의 한 특성에 지나지 않는다. 심지어 어떤 환경에서나 무의식적인 특성을 갖는 그런 명확한 유형의 정신적 현상이 있다는 말조차 불가능하다. 무엇이든 무의식적일 수 있거나 무의식이 된다. 당신이 잊는 것이면 무엇이든, 혹은 당신이 잊어버릴 정도로까지 관심을 주지 않는 것이면 무엇이든 무의식으로 빠져든다. 요약하면, 에너지의 긴장이 어느 선 밑으로 떨어진 모든 것은 잠재의식이 된다. 만약에 잃어버린 당신의 기억에다가 수많은 잠재의식적 지각과 사고와 감정을 더한다면, 무의식의 위쪽

층을 이루고 있는 것이 어떤 것인지 대충 짐작될 것이다.

이러한 것이 실질적 분석의 첫 부분에서 다뤄야 하는 자료들이다. 이 무의식적 내용물 중 일부는 의식적인 마음에게 강하게 억압되는 특성을 갖고 있다. 어떤 의식적인 내용물로부터 다소 고의로 관심을 거둬들이거나 그 의식적인 내용물에 능동적으로 저항하면, 그것은 결국엔 의식에서 추방되고 만다. 지속적인 저항의 분위기는 이 내용물을 인위적으로 잠재의식의 문턱 아래에 묶어놓는다. 이런 일이 히스테리로 힘들어 하는 사람의 내면에서 정기적으로 일어난다. 이것은 이 병의 가장 두드러진 특징인 정신분열의 시초이다.

억압이 비교적 정상인 사람들의 내면에서도 일어날 수 있음에도 불구하고, 억압된 기억이 완전히 상실되는 것은 병적인 증후이다. 그러나 억압과 억제를 명확히 구분할 필요가 있다. 다른 무엇인가에 집중하기 위해 당신의 관심을 그때까지 쏟던 것에서부터 다른 곳으로 옮기기를 원할 때면, 당신은 그 전에 의식에 존재하던 내용물을 억제해야 한다. 당신이 그 의식의 내용물을 무시할 수 없을 경우에는 관심의 대상을 바꾸지 못하기 때문이다. 정상적이라면, 당신은 억제한 그 내용물로 언제든 돌아갈 수 있다. 그 내용물이 언제든 회복 가능한 것이기 때문이다.

그러나 만약에 그 의식의 내용물이 회복에 저항한다면, 그것은 억압의 한 예가 된다. 그런 경우에는 그 내용물을 잊기를 원하는 이해관계가 다른 어딘가에 있음에 틀림없다. 억제는 망각을 야기하지 않지만, 억압은 확실히 망각을 야기할 수 있다. 물론 망각에도 억압과 전혀 아무런 관계없이 이뤄지는 정상적인 것이 있다. 억압은 기억의 인위적인 상실이고 자기암시에 따른 기억상실증이다. 나의 경험을 근거로 말하자면, 무의식은 전적으로 혹은 대부분 억압된 자료로 이뤄져 있다고 주장하는 것은 정당하지 못하다.

억압은 예외적이고 비정상적인 과정이다. 이를 뒷받침하는 가장 놀라운 증거는 감정이 실린 내용물의 상실이다. 얼핏 생각하기에는, 감정이 실려 있기 때문에 이런 내용물은 의식에 지속적으로 남아 있으면서 언제든 쉽게 되살릴 수 있을 것처럼 보인다. 억압은 그 효과 면에서 보면 뇌진탕을 비롯한 뇌 손상에 의해 야기되는 기억 상실과 아주 비슷하다. 기억 상실이 똑같이 아주 두드러지게 나타나는 것이다. 그러나 뇌 손상에 의한 기억 상실의 경우에는 일정 기간에 있었던 모든 기억이 송두리째 사라지는 반면, 억압은 소위 말하는 '체계적 기억상실증'(systematic amnesia)이라 불리는 현상을 낳는다. 이 경우에는 오직 특별한 기억이나 관념의 집단만 기억되지 않는 것이다. 이 경우에 어떤 태도 혹은 경향이 그 사람의 의식에서 탐지될 수 있다. 억압된 기억을 어떤 일이 있어도 떠올리지 않으려는 의도가 드러나는 것이다. 그럴 만한 이유가 충분히 있다. 그 기억이 고통스럽거나 불쾌하기 때문이다. 바로 여기서 억압의 개념이 확실히 잡힐 것이다.

이 같은 현상은 자극의 요소를 가진 단어들이 감정이 실린 콤플렉스를 건드리곤 하는 연상 실험에서 아주 쉽게 관찰될 수 있다. 감정이 실린 콤플렉스가 건드려질 때, 기억의 실패 혹은 왜곡(건망증 혹은 기억착오)이 자주 일어난다. 일반적으로 보면, 콤플렉스는 그 사람이 잊기를 원하거나 떠올리고 싶어 하지 않는 불쾌한 일들과 관계가 있다. 콤플렉스 자체가 대체로 고통스런 경험과 인상의 결과물이다.

불행하게도, 이 원칙에도 한계가 있다. 중요한 내용물조차도 억압의 흔적이 전혀 없는 상황에서 의식에서 사라지는 일이 간혹 일어난다. 내용물이 저절로 사라지는 것이다. 상실을 의도하거나 상실을 좋아할 그런 의식적인 이해관계와 아무런 상관없이 그냥 사라지면서 관련된 사람들을 절망하게 만들기도 한다. 지금 여기서 논하고 있는 것은 정상적인 망각은 아니다. 정상적인 망각은 에너지 압력이 자연스럽게 낮아지는 것에 지나지 않는다. 그보다는 어떤 동기나 단어, 이미지, 사람이 전혀 아무런 흔적을 남기지 않고 기억에서 사라졌다가 나중에 중요한 어떤 시점에 다시 나타나는 그런 기억 상실이 여기서 논의의 대상이 되고 있다. 이것들이 바로 잠복 기억이라 불리는 예들이다.

내가 직접 경험한 예를 보자. 어떤 작가를 만났던 기억이 있다. 이 작가는 훗날 자신의 자서전에서 우리 둘이 나눈 대화에 대해 상세하게 묘사했다. 그러나 핵심, 즉 내가 어떤 정신적 장애의 기원에 대해 읽어 준 짤막한 논문에 대한 내용은 쏙 빠져 있었다. 이 기억은 그의 기억의 범위에 들어 있지 않았던 것이다. 그러나 이 주제에 대해 쓴 그의 다른 책에는 이 기억이 고스란히 나타났다. 왜 이런 현상이 나타날까? 우리 인간은 과거뿐만 아니라 미래에 의해서도 조정되기 때문이다. 이 미래는 우리의 내면에 오래 전에 미리 윤곽이 그려져 있다가 점진적으로 우리에게서 발전해 나온다. 처음에 자신의 내면에서 풍부한 잠재력을 보지 못했던 창의적인 사람들의 예를 보면, 사람이 미래에 의해서도 조정된다는 말이 그럴 듯하게 들린다. 이 사람들이 잠재력을 발견하지 못해도, 그 잠재력은 그의 내면에 그대로 남아 있다. 그러기에 이런 무의식적 태도가 "우연한" 발언이나 사건에 의해 일깨워지는 일이 쉽게 일어날 것이다. 의식적인 마음은 어떤 일이 벌어지고 있는지에 대해 정확히 알지도 못하고 있는 상황에서 말이다. 상대적으로 긴 잠복 기간이 지난 뒤에야, 결과가 부화되어 나온다. 중요한 원인이나 자극물은 종종 영원히 무의식에 잠긴 상태로 남는다. 아직 의식이 되지 못한 어떤 내용물은 일반적인 콤플렉스와 똑같이 작용한다. 그 내용물은 의식적인 마음에 빛을 비추고, 그것과 연결된 의식적인 내용물을 강하게 활성화시킨다. 그러면 이 의식적인 내용물은 더욱더 강하게 의식 안에 남거나 아니면 정반대로 갑자기 사라지게 된다. 이때는 앞에서 설명한 억압 때문에 사라지는 것이 아니라 아래로부터의 끌림 때문에 사라진다.

의식 안에 식(蝕) 혹은 공백이랄 수 있는 것이 존재한다는 사실을 확인함으로써 지금까지 무의식이었던 내용물을 발견해내기도 한다. 그러므로 당신이 무엇인가를 잊었다거나 보지 못했다는 느낌이 막연히 들 때에는 그걸더 유심히 직시할 필요가 있다. 만약에 무의식이 주로 억압으로 이뤄져 있다고 생각한다면, 당연히 당신은 무의식 안에서 어떠한 창조적 활동도 상상하지 못한다. 또 논리적으로, 공백은 억압에 따른 부차적인 결과에 지나지 않는다는 식의 결론을 내리게 될 것이다. 그러면 당신은 가파른 경사면 위에 올라 선 자신을 발견하게 될 것이다. 이젠 억압을 통한 설명이 과도하게 이용될 것이고, 따라서 창의적인 요소는 철저히 무시당하게 될 것이다. 인과론이 터무니없이 과장되고, 문화의 창조는 신뢰하기 힘든 하나의 대체 행위로 해석될 것이다.

이런 관점은 고약하게 구는 선에서 그치지 않고 문화에 담겨 있는 모든선(善)을 낮게 평가한다. 그렇게 되면 마치 문화는 단지 유치함과 야만, 원시성이 지켜지던 천국을 상실한 데 대한 한탄처럼 보인다. 어두운 과거 속의 사악한 가부장이 거세의 고통에서 유아적 즐거움을 느끼지 못하도록 금지시켰다는 병적인 주장이 제기되기도 한다. 이는 우리 시대의 문화에 대한 "불만"이라는 그럴 듯한 설명으로 이어지고, 사람은 마땅히 누렸어야 하는 낙원을 잃어버린 데 대해 영원히 후회하게 된다. 나는 이 "불만"이 매우 개인적인 동기 때문이 아닌가 하고 의심해 본다. 또한 사람은 이론을 갖고 자신의 눈을 쉽게 속일 수 있다. 억압된 유아기 성욕이라는 이론이나 유아기의 정신적 외상이라는 이론은 치료에서 신경증의 실제 원인, 즉 태만과 부주의, 냉담, 탐욕, 악의, 그리고 잡다한 이기심에 관심을 기울이지 않는 구실로 수도 없이 이용되었다. 그런데 이런 원인을 설명하는 데는 성적 억압 따위의 복잡한 이론은 전혀 필요하지 않다.

우리 모두가 반드시 알아야 할 것이 있다. 신경증 환자뿐만 아니라 모든 사람이 자신의 내면에서 문제의 원인을 찾지 않고 오히려 그 원인을 시간적으로나 공간적으로나 자신으로부터 가능한 한 멀리 밀어놓기를 선호한다는 점이다. 그렇게 하지 않을 경우에, 사람은 더 나은 쪽으로 변화해야 하는 '위험'을 감수해야 할 것이다. 몹시 귀찮은 이 위험과 비교할 때, 그 탓을 다른 사람에게로 돌리는 것이 훨씬 더 유리해 보인다. 혹은 그 잘못이 명확하게 자신에게 있을 경우에는 그것이 유아기 초기에 저절로 생겨났다고 주장하는 것이 더 유리해 보인다. 당연히 사람들은 그 잘못이 어린 시절에 어떻게 일어나게 되었는지를 제대로 기억하지 못한다. 그러나 누군가가 그걸 정확히 기억한다면, 그 즉시 신경증은 사라질 것이다. 그것을 기억하려고 애를 쓰는 모습은 신경증을 치료하기 위해 열심히 노력하는 것처럼 비치며 더 나아가서 주변 사람들의 주의를 끌게 된다. 이런 관점에서 보면, 가능한 한 오랫동안 정신적 외상을 찾는 것이 아주 바람직해 보일 수 있다.

이 같은 주장은 기존의 태도에 어떠한 수정도 요구하지 않으며 현재의 문제에 대한 논의도 전혀 요구하지 않기 때문에 신경증 환자로부터 환영을 받는다. 물론 많은 신경증이 어린 시절의 충격적인 경험으로 인해 시작되고, 또 무책임하게 지낼 수 있는 유아기에 대한 향수 어린 동경이 일부 환자들에게 매일 유혹으로 작용한다는 주장에 대해 어떠한 의문도 제기하지 못한다. 그러나 설령 그렇다 하더라도, 예를 들어 히스테리 환자가 정신적 충격이 없는 경우엔 그런 경험을 꾸며낼 준비가 언제든 되어 있다는 사실은 그대로 진실이다. 그렇게 되면 환자는 자기 자신과 의사를 속이게 될 것이다. 게다가 똑같은 경험이 어떤 아이에게는 정신적 외상으로 작용하고 어떤 아이에게는 그렇지 않은 이유도 설명되어야 한다.

순진함은 심리요법에 설 땅이 없다. 의사는 교육자와 마찬가지로 자신이 의식적으로나 무의식적으로 환자에게만 아니라 자기 자신에게조차 속을 가능성이 있다는 점을 늘 염두에 둬야 한다. 착각에 빠져 좋은 쪽으로나 나쁜 쪽으로 허구적인 자신의 모습을 믿으며 살려는 경향은 누를 수 없을 만큼 강하다. 신경증 환자는 자기 자신의 착각에 희생된 사람이다. 그러나 기만을 당하는 사람은 누구나 본인도 속이고 있다. 그렇게 되면 모든 것이 은폐와 핑계의 목적에 이용될 수 있다. 정신과의사는 자신이 어떤 이론이나 어떤 분명한 방법을 믿는 이상 일부 환자들에게, 말하자면 그 이론의 덫 뒤로 자신을 숨길 안전한 곳을 찾을 수 있을 만큼 똑똑한 환자들에게 우롱당할 가능성이 있다는 점을 알아야 한다. 이런 경우엔 아무리 노련한 정신과의사일지라도 환자가 숨은 곳을 절대로 찾아내지 못할 것이다.

신경증에 관한 모든 이론과 치료법은 일단 의문스럽다. 그래서 나는 사업적인 의사들이나 화려한 컨설턴트들이 아들러 이론이나 퀸켈(Fritz Künkel) 이론, 프로이트 이론, 심지어 융의 이론에 따라 환자를 치료한다고 단언적으로 말할 때면 우쭐함을 느끼면서도 유일하게 유익한 치료법은 절대로 있을 수 없다고 생각한다. 설령 그런 치료법이 있다 하더라도, 그 치료법을 동원하는 사람은 가장 확실하게 실패할 길을 걷고 있을 것이다. 미스터 X를 치료할 때, 나는 당연히 X 치료법을 이용해야 하고, 미시즈 Z를 치료할 때에는 Z 치료법을 동원해야 한다. 이는 곧 치료법은 그 환자의 성격에 따라서 결정된다는 뜻이다. 모든 심리학적 경험과 관점은 어느 이론에서 나온 것이든 상관없이 적절한 환자에게 적용되기만 하면 효력을 발휘할 것이다.

프로이트나 아들러의 이론 같은 교의적인 이론은 한편에는 기술적인 원칙으로, 다른 한편에는 창설자가 즐기는 관념들로 이뤄져 있다. 무의식적으로 질병을 파라켈수스(Paracelsus(1493-1541): 르네상스 시대에 활동한 독일 의사이자 식물학자. 고문서에 의지할 것이 아니라 자연을 관찰해야 한다고 역설했다/옮긴이)가 말한 의미에서의 명백한 "실체"로 보는 낡은 병리학의 주문(呪文) 아래에서, 프로이트와 아들러는 신경증을 마치 그림 그리듯 세밀하게 묘사하는 것이 가능하다고 생각했다. 마찬가지로 의사들은 지금도 신경증의 핵심을 포착해 간단한 공식으로 표현할 수 있기를 바라고 있다. 그런 노력도 어느 정도 보람을 안겨주겠지만 신경증의 주변적인 특성들을 전면으로 부각시키고 그리하여 근본적인 측면, 말하자면 이 병은 언제나 대단히 개인적인 현상이라는 사실을 가리는 결과를 낳고 있다.

신경증을 진정으로 치료하는 효과적인 방법은 언제나 개인적이다. 바로 이런 이유 때문에 어떤 구체적인 이론이나 방법을 엄격하게 적용하는 것은 기본적으로 잘못으로 여겨져야 한다. 아픈 사람의 숫자만큼이나 병의 숫자가 많은 분야가 있다면, 그것은 아마 신경증일 것이다. 신경증 치료에서 우리는 대단히 개인적인 풍경을 만난다. 그것만이 아니다. 우리는 신경증 환자의 내면에서 환자가 한 사람의 개인으로서 갖는 특징적인 성격의 내용물이나 구성요소들을 자주 발견한다.

신경증이 대단히 개인적이기 때문에, 그것을 이론적으로 공식화하는 일은 불가능할 만큼 어려운 작업이다. 이는 이론적인 공식화가 어디까지나 집단적인 특성, 즉 많은 개인에게 공통적으로 나타나는 것에 대해서만 언급할 수 있기 때문이다. 그러나 그것은 신경증이라는 병에는 별로 중요하지 않으며, 어떻게 보면 신경증과는 완전히 무관하다. 이 같은 어려움 외에, 고려해야 할 것이 또 있다. 거의 모든 심리학적 원리나 정신에 관한 진리는 절대적으로 진실한 것이 되기 위해선 거꾸로도 적용될 수 있어야 한다는 사실이다. 이를테면 어떤 사람이 신경증인 것은 억압을 갖고 있거나 억압을 갖고 있지 않기 때문이다. 또 머리가 유치한 성적 공상으로 가득하거나 그런 공상을 전혀 갖고 있지 않기 때문이거나, 어린 아이처럼 주변 환경에 적응하지 못하거나 환경에 지나치게 적응하기 때문이거나. 쾌락 원칙에 따라 살거나 그 원칙에 따라 살지 않기 때문이거나, 지나치게 무의식적이거나 지나치게 의식적이기 때문이거나, 이기적이거나 자아로서의 존재가 지나치게 약하기 때문이다. 이런 역설을 나열하자면 아마 끝이 없을 것이다. 이 역설들은 심리학에서 이론을 세우는 것이 얼마나 어렵고 또 허망한 짓인지를 잘 보여준다.

나 자신은 분열과 갈등, 콤플렉스, 억압, '정신적 수준의 저하' 같은 몇 가지 개념을 제외하곤 신경증에 관한 통일된 이론을 오래 전에 이미 버렸다. 달리 말하면, 모든 신경증은 분열과 갈등을 특징적으로 보이고, 콤플렉스를 내포하고 있으며, 억압과 '정신적 수준의 저하'를 보인다는 뜻이다. 나의 경험에는 이 원칙들도 거꾸로 적용되지 않는다. 아주 흔한 현상인 억압에서조차도, 이와 반대되는 원칙이 이미 작동하고 있다. "신경증의 주요 기제는 억압에 있다"는 원리가 뒤집어지기 때문이다. 우리는 종종 신경증에서 억압의 정반대를 발견한다. 원시인들 사이에 자주 관찰되는 "영혼의 상실"과 비슷한, 어떤 내용물의 제거 혹은 '납치' 같은 것이 자주 일어나고 있는 것이다. "영혼의 상실"은 억압 때문이 아니라 분명히 일종의 발작 같은 것으로 인해 일어나며 따라서 마술로 설명된다. 원래 주술의 영역에 속하는 이 현상은 소위 문명인들의 내면에서도 결코 사라지지 않았다.

　그러므로 신경증에 관한 일반적인 이론을 만들려는 노력은 섣부른 짓이다. 왜냐하면 지금까지 파악해낸 사실들조차도 아직 완벽과 거리가 한참 멀기 때문이다. 무의식 영역의 비교 연구는 이제 막 시작한 단계이다.

　섣불리 만들어진 이론들은 그 자체에 위험을 안고 있다. 한 예로 억압 이론이 창조의 과정으로까지 확대되었고, 따라서 문화의 창조가 단순한 대용품으로 두 번째 자리로 밀려나게 되었다. 동시에 창조적 기능의 완전성과 건강성이 어느 정도 신경증을 띠는 것으로 여겨지게 되었다. 물론 이 신경증은 많은 경우 틀림없이 억압의 산물이다. 이런 식으로 창의성이 병적 상태와 구분되지 않게 되었으며, 창의적인 개인은 즉각 어떤 병을 앓는 것이 아닌가 하는 의심을 받게 되었다. 그런 반면에 신경증 환자는 최근에 자신의 신경증이 하나의 예술이거나 적어도 예술의 원천이라고 믿기 시작했다.

그러나 이런 자칭의 예술가들은 한 가지 특징적인 증후를 보인다. 심리학을 마치 역병 대하듯 피한다는 점이다. 이는 심리학이라는 괴물이 소위 말하는 그들의 예술적 능력을 집어삼켜버릴 것이라는 두려움 때문이다. 마치 심리학자들의 군단이 어떤 신의 권력에 맞서 무엇이든 할 수 있다는 듯이!

진정한 생산성은 결코 마르지 않는 샘이다. 모차르트(Wolfgang Amadeus Mozart)나 베토벤(Ludwig van Beethoven)이 창작을 하지 못하게 막을 수 있었던 기만이 있었던가? 창의력은 그것을 소유한 사람보다 더 강하다. 그렇지 않다면, 그 창의력은 허약하고 오직 호의적인 조건이 갖춰질 때에만 재능을 꽃피울 뿐 그 이상은 절대로 아니다. 그런 한편, 창의력이 신경증이라면, 그 망상은 단 한마디의 말이나 단 한 차례의 눈길 앞에서도 연기처럼 사라지고 말 것이다. 그렇게 되면 시인으로 통했던 사람은 더 이상 글을 쓰지 못하게 될 것이고, 화가로 여겨졌던 사람의 아이디어는 갈수록 적어지고 황량해질 것이다. 그러면 이 모든 것은 심리학의 탓으로 돌려진다. 만약에 심리에 관한 어떤 지식이 병을 치료하는 효과를 발휘한다면, 그리고 그 지식이 동시대의 예술에 그런 문제를 안기고 있는 신경증적 경향에 종지부를 찍을 수 있다면, 나는 당연히 기뻐할 것이다. 질병이 창의적인 작품을 낳은 적은 지금까지 한 번도 없었다. 반대로, 질병은 창작의 가장 큰 장애물이다. 억압의 타파는 절대로 진정한 창의성을 파괴하지 낳는다. 어떠한 분석도 무의식을 고갈시키지 못하는 것과 똑같은 이치다.

개인 무의식, 집단 무의식

|

무의식은 의식의 영원한 어머니이다. 의식은 어린 시절에 무의식에서 자라난다. 인간이 사람이 되던 원시시대에도 그랬다. 나는 의식이 어떻게 무의식에서 생겨나는가 하는 질문을 자주 받는다. 이 질문에 대한 대답을 제시할 수 있는 유일한 방법은 현재의 경험을 바탕으로 과거의 심연에 숨어 있는, 과학의 범위를 벗어나 있는 사건들을 추론해내는 것이다. 그런 추론이 허용되는지 여부에 대해서는 명확히 알지 못하지만, 아득히 먼 옛날에조차도 의식은 지금과 똑같은 방식으로 생겨났을 것이라고 짐작하는 것이 합리적이다.

의식이 생겨나는 길은 두 가지가 있다. 하나는 감정적 긴장이 극에 달하는 순간이다. 리하르트 바그너(Richard Wagner)의 오페라 '파르지팔' (Parsifal) 중 주인공이 엄청난 유혹의 순간에 돌연 암포르타스의 상처의 의미를 깨닫는 장면과 비슷하다. 또 다른 길은 명상의 상태이다. 이 상태에 있으면, 생각들이 마음 앞에 꿈 이미지처럼 지나간다. 그러다 갑자기, 겉보기에 서로 별개인 생각들 사이에 번개처럼 어떤 연결이 일어나며, 이것은 잠재해 있던 긴장을 방출시키는 효과를 낳는다. 그런 순간은 종종 계시처럼 일어난다. 어느 경우를 보든, 의식을 낳는 것은 외적인 것이든 내적인 것이든 에너지 압력의 방출인 것 같다. 유아기 초기의 기억들 모두는 아니더라도 그 중 많은 것들은 이처럼 의식이 돌연 번개처럼 비춘 흔적을 갖고 있다.

역사의 여명기부터 내려오는 기록처럼, 그 흔적들 중 일부는 정말로 일어난 사건들의 잔재이고, 다른 것은 그야말로 신화이다. 달리 말하면, 일부 흔적은 그 기원이 객관적이고, 다른 흔적은 그 기원이 주관적이라는 뜻이다. 후자의 흔적은 종종 대단히 상징적이며 개인의 정신생활에 매우 중요하다. 인생 초기에 얻는 인상들 대부분은 곧 망각되면서 내가 '개인 무의식'이라고 부르는 유아기 층을 형성하게 된다. 무의식을 이처럼 2개의 부분으로 구분하는 데는 그만한 이유가 있다. 개인 무의식은 그 개인에 의해서 의식적으로나 무의식적으로 습득되었다가 잊히거나 억압되거나 다른 이유로 잠재의식에 남게 된 모든 것을 포함한다. 이 자료는 틀림없이 개인적인 특징을 갖고 있다. 그러나 개인적 특징을 거의 갖고 있지 않은 자료도 발견될 수 있다. 이런 자료는 그 사람 본인에게도 굉장히 낯설어 보인다. 그런 내용물은 종종 정신 이상에서 발견되는데, 이 내용물은 환자의 혼란과 방향감각 상실에 적지 않은 원인이 된다.

정상적인 사람들의 꿈에도 이런 이상한 내용물이 이따금 나타날 것이다. 신경증 환자를 분석하여 그의 무의식적 자료와 정신분열증을 앓는 사람의 무의식적 자료를 비교해보라. 그러면 당신은 즉시 놀라운 차이를 확인하게 될 것이다. 신경증 환자의 경우엔, 분석에서 나온 자료가 주로 그 사람 개인에 기원을 두고 있는 것으로 확인된다. 신경증 환자의 생각과 감정은 자신의 가족과 사회적 영역을 중심으로 돌아가지만, 정신 이상의 경우에는 개인의 영역이 종종 집단의 표상으로 넘쳐날 것이다. 광인은 신의 목소리를 듣는다. 또 환상 속에서 우주의 격변 같은 것도 본다. 마치 지금까지 숨겨져 있던 관념과 감정의 세계에서 그 가림막이 떨어져 나간 것처럼 보인다. 광인은 갑자기 정령이나 악마, 마법사, 주술적 박해 같은 것에 대해 말하기 시작한다. 광인이 보고 있는 세상이 어떤 것인지를 짐작하기는 어렵지 않다. 그것은 원시의 세상이다. 말하자면 모든 것이 잘 돌아가는 한에는 깊이 무의식으로 남아 있지만, 뭔가 재난이 의식적인 마음에 닥치면 표면으로 올라오는 그런 세상 말이다. 정신에 있는 이런 비개인적인 층을 나는 '집단 무의식'이라고 부른다. 여기서 '집단'이라는 표현을 쓰는 이유는 그것이 개인적으로 습득하는 것이 아니고 선조로부터 물려받은 뇌 구조의 기능에서 나오는 것이기 때문이다. 이 뇌 구조는 넓게 보면 모든 인간에게 다 똑같으며, 일부 측면에서는 포유류 동물에게도 적용된다. 물려받은 뇌는 우리 조상들의 삶의 산물이다. 그것은 구조적 퇴적, 즉 우리 조상들의 삶에서 무수히 반복된 정신 활동으로 구성되어 있다. 거꾸로 보면, 조상들에게 물려받은 뇌는 기존에 늘 존재하는 유형이고, 행동을 주도하는 작자이다. 나로서는 어느 것이 먼저인지, 닭이 먼저인지 달걀이 먼저인지 잘 모르겠다.

우리의 개인적 의식은 집단 무의식 위에 서 있는 상부 구조이며, 개인적 의식은 이 집단 무의식의 존재에 대해 대부분 자각하지 못하고 있다. 집단 무의식은 오직 가끔씩만 우리의 꿈에 영향을 미친다. 이런 일이 일어날 때마다, 집단 무의식은 이상하고 멋진 꿈을 엮어낸다. 이때 꿈은 너무나 아름다운 것도 있고 악마 같은 공포를 일으키는 것도 있다. 아니면 수수께끼 같은 지혜를 보여주는 꿈도 있는데, 일부 원시인들은 이것을 "큰 꿈"이라고 부른다. 마치 그 꿈이 소중한 비밀을 담고 있는 것처럼, 사람들은 종종 그런 꿈을 숨긴다. 그런데 사람들이 그걸 소중히 여기는 것은 옳은 일이다. 이런 종류의 꿈은 그 사람의 정신적 균형에 대단히 중요하다. 그 꿈은 종종 그 사람의 정신적 지평을 크게 벗어나면서 몇 년 동안 영적 랜드마크처럼 우뚝 서 있게 된다. 그 꿈이 절대로 이해되지 않을 때조차도 그런 식으로 중요하게 여겨지는 것이다. 그런 꿈을 환원적으로 해석하는 것은 절망적인 노력이다. 꿈의 진정한 가치와 의미가 꿈 안에 담겨 있기 때문이다. 그 꿈들은 어떠한 합리화도 거부하는 영적인 경험들이다.

이 말의 뜻을 쉽게 보여주기 위해, 여기서 젊은 신학도가 꾼 꿈을 소개하고 싶다. 이 꿈을 꾼 사람은 나와는 개인적으로 모르는 사람이다. 그래서 나의 개인적 영향이 배제되어 있다. 그는 "하얀 마술사"라 불리는 어떤 숭고한 신관(神官) 앞에 서 있었다. 이 신관은 "하얀 마술사"라 불리는데도 기다란 검정 옷을 걸치고 있다. 이 마술사는 "그러니 우리에겐 검은 마술사의 도움이 필요하느니라."라는 말로 긴 강론을 이제 막 끝낸 터였다. 그때 문이 열리고 다른 늙은이가 들어왔다. "검은 마술사"라 불리었는데도, 그 사람은 하얀 옷을 걸치고 있었다. 그도 마찬가지로 고귀하고 숭고해 보였다. 검은 마술사는 분명히 하얀 마술사와 말을 하길 원했으나 이 꿈을 꾼 사람이 앞에 있었기에 망설이는 눈치였다. 그러자 하얀 마술사가 꿈을 꾼 사람을 가리키면서 "말해도 괜찮아요. 저 친구는 순진하니까."라고 말했다. 이어 검은 마술사가 이상한 이야기를 풀어놓기 시작했다. 잃어버린 낙원의 열쇠를 어찌어찌해서 찾았는데 그걸 사용하는 방법을 모르겠다는 말이었다. 그가 하얀 마술사를 찾은 것은 열쇠의 비밀에 대한 설명을 듣기 위해서였다. 그가 하얀 마술사에게 들려준 이야기에 따르면, 그가 사는 나라의 국왕은 자신을 위한 기념물을 찾고 있었다. 그래서 그의 신하들은 처녀의 시신을 담고 있는 오래된 석관을 열 기회를 얻게 되었다. 왕이 석관을 열고 거기에 있던 뼈를 간추려 멀리 던진 다음에 훗날 사용하기 위해 관을 다시 묻었다. 그러나 뼈들이 햇빛을 받자마자 뼈의 주인인 처녀가 검정말로 변해서 사막 쪽으로 내달렸다. 그러자 검은 마술사가 그 말을 뒤쫓아 사막을 가로질러 그 너머까지 달려갔다. 그곳에서 영고성쇠를 겪은 뒤 그는 잃어버린 낙원의 열쇠를 발견했다. 그것이 그 신학도가 들려준 이야기의 끝이었고 불행하게도 그 꿈의 끝이었다.

이 같은 꿈이 일반적이고 개인적인 꿈과 "큰 꿈"의 차이를 명확히 보여준다고 나는 생각한다. 열린 마음을 가진 사람이면 누구나 이 꿈의 중요성을 느낄 뿐만 아니라 그런 꿈은 우리가 매일 밤 꾸는 꿈과 "다른 차원"에서 온다는 나의 의견에 동의할 것이다. 여기서 우리는 대단히 중요한 문제들을 건드리고 있다. 이 주제를 조금 파고드는 것도 재미있을 것이다. 앞에 소개한 꿈은 개인의 무의식의 아래쪽 층들의 활동을 보여줄 것이다. 이 꿈을 꾼 사람이 젊은 신학도라는 사실을 고려한다면, 이 꿈은 아주 특별한 의미로 다가온다. 이 신학도에게 선과 악의 상대성이 아주 인상적인 방식으로 제시되고 있다. 따라서 그런 측면에서 그를 분석하는 것도 바람직할 것이며, 신학도가 심리학적인 이 문제에 어떤 식으로 대답하고 있는지를 알아보는 것도 아주 흥미로운 일일 것이다. 또한 심리학자로서는 신학도가 선과 악을 분명히 구분함에도 불구하고 자신의 무의식이 선과 악의 동일성을 인정하고 있다는 사실 앞에서 어떤 식으로 타협할 것인지를 보는 것도 재미있을 것이다. 젊은 신학도가 그처럼 이단적인 것을 의식적으로 생각했을 가능성은 거의 없다. 그렇다면 그런 생각을 하는 존재는 누구인가? 이 질문을 깊이 고려한다면, 신화적인 모티프가 등장하는 꿈이 적지 않고 또 이 모티프가 꿈을 꾼 사람에게는 전혀 인식되지 않는다는 것이 확인될 것이다.

여기서 그런 꿈의 재료는 어디서 오는가 하는 의문이 일어난다. 왜냐하면 꿈을 꾼 사람은 의식의 삶에서는 그런 것을 어디에서도 만나지 않았기 때문이다. 또 그런 생각들을, 말하자면 꿈을 꾼 사람의 정신적 지평을 벗어난 생각들을 생각하고 또 그 생각들에 그런 이미지의 옷을 입히는 존재는 누구혹은 무엇인가 하는 의문도 생긴다. 이 비유로부터 나는 신화를 낳았던 고대인의 정신과 똑같이 기능하는 무의식의 층이 있다는 결론을 끌어냈다.

이런 신화적 유사성이 나타나는 꿈들은 드물지 않지만, 그래도 집단 무의식이 등장하는 것은 오직 특별한 조건에서만 일어나는 특별한 일이다. 집단 무의식은 인생의 중요한 전환점에 꾸어지는 꿈에 나타난다. 어른이 되어서까지도 기억되는 어린 시절의 꿈이 있다면, 거기에 아주 놀라운 신화적인 상징이 종종 들어 있다. 우리는 또한 시와 그림에서도 근본적인 이미지들을 발견한다. 그런 한편 종교적인 경험과 교리는 원형적인 이야기의 보고(寶庫)이다.

집단 무의식은 아이들을 치료할 때에는 좀처럼 나타나지 않는 문제이다. 아이들의 문제는 주로 자신을 주변 환경에 적응시키는 것과 관련 있다. 정말로, 아이들과 원시적인 무의식의 연결은 단절되어야 한다. 왜냐하면 원시적 무의식이 계속 존재할 경우에 아이가 의식의 발달을 이루는 데 방해를받을 것이기 때문이다. 아이들에게는 의식의 발달이 다른 어떤 것보다 더중요하다.

그러나 중년을 넘긴 사람들의 심리에 대해 논한다면, 나는 집단 무의식의의미에 대해 많은 이야기를 해야 한다. 우리의 심리는 그 순간에 우리를 지배하고 있는 본능적 충동이나 콤플렉스에 따라서도 달라질 뿐만 아니라 삶의 단계에 따라서도 달라진다는 점을 언제나 기억해야 한다. 따라서 성인의 심리학을 아이에게 적용하지 않도록 조심해야 한다. 아이를 성인처럼 다뤄서는 안 된다. 무엇보다, 아이를 다루는 일은 절대로 성인을 다루는 일처럼 체계적일 수 없다. 아이들을 대상으로 꿈을 체계적으로 분석하는 일은 거의 불가능하다. 왜냐하면 아이들에게 무의식을 불필요하게 강조해서는 안 되기 때문이다. 어른에게 이로운 심리적 세부사항을 들출 경우에, 아이들의 내면에서 아주 쉽게 불건전한 호기심이 일어나거나 비정상적으로 조숙해지거나 자아의식이 생길 수 있다. 힘든 아이들을 다뤄야 하는 상황이라면, 심리학에 관한 지식은 그냥 혼자 간직하는 것이 바람직할 것이다. 아이들이 가장 절실히 필요로 하는 것은 단순성과 상식이기 때문이다. 당신의 분석 지식은 무엇보다도 먼저 교육자인 당신 자신의 태도를 바로잡는 데 도움이 되어야 한다. 왜냐하면 아이들은 선생의 개인적 결점을 너무나 정확히 탐지하는 놀라운 본능을 갖고 있기 때문이다. 아이들은 진실한 것과 거짓된 것을 우리 어른이 생각하는 것보다 훨씬 더 잘 구분한다. 그러므로 선생은 자기 자신의 정신적 조건을 잘 살펴야 한다. 그렇게 해야만 선생은 자신에게 맡겨진 아이들이 삐딱하게 나갈 때 문제의 원인을 재빨리 파악할 수 있을 것이다. 선생 자신이 그 악행의 무의식적 원인일 수도 있다.

당연히 우리는 이 문제에서 지나치게 순진해서는 안 된다. 권위자는 자신이 원하는 대로 행동할 권리를 갖는다는 믿음을 은밀히 품고 있는 사람들이 있다. 당연히 선생과 의사도 예외가 아니다. 이런 믿음을 가진 사람들은 권위자의 행동에 적응하는 것이 아이의 의무라고 생각한다. 이유는 조만간 아이들이 현실에 적응해야 할 터인데 그 현실이 아이에게 권위자보다 결코 더 호의적이지 않을 것이라고 생각하기 때문이다. 그런 사람들은 마음속으로 유일하게 중요한 것은 물질적인 성공이고 또 유일하게 효과적인 도덕적 억제는 형법으로 무장한 경찰이라는 확신을 품고 있다.

이 세상의 권력에 무조건 적응하는 것이 최고의 원칙으로 받아들여지는 곳이라면, 권위자에게서 도덕적인 책임으로 심리학적 통찰을 기대하는 것은 당연히 헛된 일이다. 그러나 민주적인 세계관을 주장하는 사람이라면 누구나 그런 권위적인 태도를 인정할 수 없다. 교육자가 언제나 교육을 시키는 사람이고, 아이는 언제나 교육을 받는 사람이라는 말은 맞지 않다. 교육자 역시 잘못을 저지를 수 있는 인간 존재이며, 교육자가 교육시키는 아이는 그 교육자의 잘못을 그대로 반영할 것이다. 그러므로 교육자는 자신의 주관적인 관점에 대해, 특히 자신의 결점에 대해 최대한 명확하게 알아야 한다.

신경증을 가진 아이들의 심리를 일반적인 용어로 설명하는 것은 대단히 부적절하다. 왜냐하면 아이들의 신경증에도 어른들의 신경증과 마찬가지로 개별적인 특성이 워낙 두드러지기 때문이다. 성인들의 신경증에서처럼, 아이들의 신경증도 개별적인 특이성을 고려한다면 진단과 분류가 별다른 의미를 지니지 않는다. 그래서 나는 전반적인 설명 대신에 몇 가지 예를 제시하고 싶다. 이 예들은 나의 제자로 미국 뉴욕의 세인트 아가타 스쿨의 상담 심리학자를 지낸 프랜시스 위키스(Frances G. Wickes)를 통해 얻은 것들이다.

어린이 신경증의 예들

|

첫 번째 예는 일곱 살 소년이다. 이 소년은 정신적 결함이 있는 것으로 진단을 받았다. 소년은 걸음걸이가 자연스럽지 못하고, 한쪽 눈이 사시이고, 언어 장애가 있었다. 또 소년은 갑자기 성질을 내는 경향이 있고, 간혹 그런 성격을 이기지 못해 물건을 던지거나 가족을 죽이겠다고 위협하면서 집안을 혼란에 빠뜨렸다. 소년은 사람들을 집적거리고 과시하기를 좋아했다. 학교에서는 다른 아이들을 괴롭혔다. 소년은 글을 읽지도 못했고, 수업 시간에 제 자리를 지키지도 않았다. 6개월 정도 학교에 다닌 뒤에는 분노를 터뜨리는 일이 하루에도 서너 번이나 될 만큼 잦아졌다. 소년은 맏이였으며, 다섯 살 반까지는 행복하고 다정한 아이였으나 세 살과 네 살 사이에 밤에 무서움을 타기 시작했다. 말을 배우는 데도 늦었다. 진단 결과 혀가 붙은 것으로 확인되어 수술이 이뤄졌다. 그렇게까지 했는데도 소년은 다섯 살 반의 나이가 되어도 발음을 똑똑하게 하지 못했다. 그때 혀의 인대가 제대로 끊어지지 않은 것으로 확인되어 이 부분을 다시 치료했다.

소년이 다섯 살일 때, 남동생이 태어났다. 처음에는 소년도 동생이 생겼다는 사실에 기뻐했으나 동생이 점점 더 커가자 동생을 미워하는 모습을 보였다. 어린 동생이 유달리 일찍 걷기 시작하자, 소년은 거친 기질을 보이기 시작했다. 소년은 앙심을 품곤 했으며, 그런 한편으로 애정과 후회의 감정을 비치기도 했다. 소년의 분노가 아주 사소한 일에도 폭발했기 때문에, 주변의 어느 누구도 그것이 질투일 수 있다는 생각을 하지 않았다. 분노가 커감에 따라, 밤의 공포는 그 만큼 약해졌다. 지능 테스트는 소년의 사고 능력이 아주 특출하다는 점을 보여주었다. 그는 모든 성공에 기뻐하고 주변 사람들의 격려가 있을 때에는 다정했지만 실패는 그냥 참아내지 못하며 곧잘 화를 냈다.

부모는 소년의 분노에 대해 소년이 자신의 무능을 깨닫자마자 일으키는 보상적인 권력의 표출로 해석했다. 소년이 자신이 할 수 없는 것을 남동생이 해내면서 칭찬을 받는다는 사실을 처음으로 확인하고, 이어서 학교에서 동일하지 않은 조건에서 다른 아이들과 경쟁을 해야 한다는 사실을 깨달았을 때, 그 경험은 소년에겐 정말 힘든 시간이었다. 소년이 외동의 위치에 있는 동안에, 부모는 소년의 장애 때문에 소년에게 특별히 많은 관심을 쏟았다. 그때 소년은 행복했다. 그러나 불평등한 조건에서 자신의 입장을 지켜야 하는 상황에 처하게 되자, 소년은 쇠사슬을 끊으려 드는 야생 동물처럼 변했다. 어머니의 표현대로 "일이 약간이라도 뒤틀리기라도 하면" 일어나는 분노가 남동생이 손님들 앞에서 재롱을 부릴 때와 연결되는 경우가 종종 있었다.

소년은 곧 심리학자와 매우 좋은 관계를 형성했다. 소년은 심리학자를 "친구"라고 불렀다. 소년은 화를 내지 않고 심리학자에게 말하기 시작했다. 소년은 자신의 꿈에 대해서는 말하지 않았다. 대신에 모든 사람을 죽이겠다거나 큰 칼로 사람들의 머리를 자른다는 내용의 허황한 공상에 빠져 있었다. 어느 날 소년이 그런 이야기를 하던 도중에 불쑥 말을 자르더니 "이것들이 내가 하려던 것인데, 선생님은 이런 것들에 대해 어떻게 생각하세요?"라고 물었다. 이 물음에 심리학자는 웃으면서 "나도 너의 생각과 똑같단다. 전부 허풍이야."라고 대답했다. 그런 다음에 심리학자는 소년에게 소년이 좋아하는 산타클로스 그림을 주었다. 그러면서 "너와 산타클로스와 나는 그 것이 허풍이라는 것을 알고 있어."라고 말했다. 소년의 어머니는 산타클로 스 그림을 소년이 볼 수 있도록 창에 꽂았다. 다음날 소년은 화를 내던 중에 그 그림을 보았다. 그 순간 소년은 차분해지더니 "산타클로스, 그건 허풍이 야!"라고 말하면서 금방 어머니가 하라던 일을 해냈다. 이어 소년은 자신이 화를 어떤 확실한 목적에 이용하고 또 즐겼다는 사실을 깨닫기 시작했다. 소년은 자신의 진정한 동기를 파악하는 데 탁월한 지능을 보였다. 소년의 부모와 선생은 서로 힘을 합해 소년의 성공만 아니라 노력도 칭찬해 주었 다. 그 결과 소년은 "장남"으로서 자신의 위치를 느끼게 되었다. 또 언어 훈 련에 특별한 주의를 쏟았다. 점차 소년은 분노를 조절하는 법을 배웠다. 분 노가 잦아들면서, 옛날의 밤의 공포가 더 자주 나타났지만 곧 사라졌다.

신체적 열등 때문에 아주 일찍 시작된 장애가 쉽게 치유될 것이라고 기대 하기는 어려울 것이다. 완벽하게 적응하기까지 몇 년이 걸릴 것이다. 강력 한 열등감이 신경증의 밑바닥에 분명히 자리 잡고 있다. 그것은 열등이 권 력 콤플렉스를 낳는다고 주장하는 아들러 심리학을 적절하게 적용할 수 있 는 예이다. 총체적 증상은 이 신경증이 신체 결함에 따른 능률의 상실을 어 떤 식으로 보상하는지를 보여준다.

두 번째 예는 아홉 살 쯤 된 소녀이다. 이 소녀는 3개월 동안 정상 이하의 체온을 보이다가 학교에 갈 수 없는 지경에 이르렀다. 소녀는 이 외에 식욕 상실과 무기력증을 보인 것 말고는 특별한 증상을 보이지 않았다. 의사는 소녀가 이런 병을 앓는 원인을 찾아내지 못했다. 아버지와 어머니는 똑같이 자신들이 아이의 믿음을 얻고 있다고 확신하고 있었다. 또 그들은 어쨌든 딸이 걱정을 안고 지내거나 불행해야 할 이유가 없다고 믿고 있었다. 그러다 어머니는 마침내 심리학자에게 자신과 남편의 관계가 좋지 않다고 털어놓았다. 그렇지만 아이가 보는 앞에서 자신들의 문제를 놓고 논한 적은 한번도 없기 때문에 소녀는 그걸 모르고 있을 것이라고 말했다. 어머니는 이혼을 원했지만, 이혼이 초래할 혼란을 감당할 마음이 아직 서지 않은 상태였다. 그래서 모든 것이 어정쩡한 상태에 있었으며, 그런 가운데서도 부모는 자신들의 불행을 야기하고 있는 문제를 해결하려는 노력을 전혀 펴지 않았다. 두 사람은 아이에게 지나친 소유욕을 보였으며, 아이는 지독한 아버지 콤플렉스를 갖고 있었다. 그녀는 자기 아버지 방에서 아버지 침대 옆에 놓인 작은 침대에 자다가 아침에 아버지의 침대로 옮겨갔다. 소녀는 이런 꿈을 꾸었다.

나는 아버지와 함께 할머니 댁으로 갔어요. 그때 할머니는 큰 배를 타고 있었어요. 할머니는 내가 입을 맞춰 주기를 바라면서 두 팔로 나를 껴안으려 했지만 나는 할머니가 무서웠어요. 그러자 아빠가 말했어요. '그러면 내가 할머니와 입을 맞출 거야.' 나는 아버지가 그러는 게 싫었어요. 아버지에게 무엇인가 일이 벌어질 것 같았어요. 그러다 보트가 멀리 나아갔고, 나는 아무도 없어서 무서워 죽는 줄 알았어요.

소녀는 할머니에 관한 꿈을 몇 차례 꾸었다. 한 번은 할머니가 입을 한껏 벌리고 있었다. 다른 때에는 소녀는 "커다란 뱀이 소녀의 침대 밑에서 나와서 소녀와 함께 노는" 꿈을 꾸었다. 소녀는 뱀 꿈에 대해 자주 말했으며, 그와 비슷한 다른 꿈도 한두 차례 꾸었다. 소녀는 할머니에 관한 꿈에 대해 이야기할 때 망설이는 모습을 보였다. 그러면서 소녀는 자기 아버지가 어딘가로 가면 다시는 돌아오지 않을 것 같은 무서운 생각이 든다고 털어놓았다. 소녀는 부모가 처한 상황을 정확히 파악하고 있었으며, 심리학자에게 자기 어머니가 아버지를 좋아하지 않는다는 사실을 알고 있다고 말했다. 그러나 소녀는 그 문제에 대해 "부모의 기분을 언짢게 할 것 같아서" 말하고 싶지 않아 했다. 아버지가 출장을 떠나면, 소녀는 언제나 아버지가 영원히 떠나는 것이 아닌가 하고 두려워했다. 소녀는 또한 그럴 때면 어머니는 언제나 행복해진다는 사실을 눈치 챘다. 소녀의 어머니는 자신이 소녀에게 아무런 도움이 되지 않는다는 것을 깨닫고 있었지만 그 상황을 해결하지 않은 채로 남겨 놓음으로써 오히려 딸을 아프게 만들었다. 소녀의 부모는 자신들의 문제를 함께 풀면서 상황을 진정으로 이해하려고 노력해야 했다. 그것이 불가능하다면, 두 사람은 헤어지기로 결정해야 했다. 결국 그들은 후자의 길을 택했고 그 상황을 아이에게 설명했다. 어머니는 두 사람의 이혼이 아이에게 해를 입힐 것이라고 확신했지만, 진짜 상황이 공개적으로 드러나자마자 오히려 아이의 건강이 나아졌다. 소녀는 부모 중 어느 쪽과도 떨어지지 않고 대신에 가족을 두 개 갖게 될 것이라는 소리를 들었다. 분리된 가족이 어떤 아이에게나 좋지 않은 상황이긴 하지만, 소녀에겐 더 이상 막연한 두려움과 예감에 시달리지 않아도 된다는 사실이 정말로 큰 위안이었기 때문에, 소녀는 정상적인 건강을 회복하고 학교와 놀이의 진정한 즐거움을 되찾을 수 있었다.

이런 환자는 종종 의사에게 대단히 풀기 어려운 수수께끼가 된다. 의사는 다른 곳을 찾아야 한다는 사실을 모르기 때문에 육체적 원인을 찾지만, 그런 노력은 어떤 결실도 거두지 못한다. 의사들이 이 문제의 진짜 원인을 제대로 찾지 못하는 이유는 의학 교과서 중에서 아이의 비정상적인 기질이 부모의 정신적 문제 때문일 수 있다는 점을 인정한 것이 하나도 없기 때문이다. 그러나 분석가에겐 그런 원인들은 결코 알려지지 않았거나 이상한 것으로 여겨지지 않는다. 아이는 부모의 심리적 배경의 일부이기 때문에 부모 사이의 비밀스럽고 해결되지 않은 문제는 아이의 건강에 깊은 영향을 미칠 수 있다. '신비적 참여', 즉 원초적 동일성이 아이가 부모의 갈등을 느끼게 만들고 또 아이가 그 갈등이 마치 자신의 것인 것처럼 고통을 받게 만든다. 그런 악영향을 미치는 것이 공개적인 갈등이거나 명백한 어려움인 경우는 드물다. 거의 언제나 숨겨져 있거나 무의식이 되어 버린 부모의 갈등이 아이들에게 영향을 미치게 된다. 이런 신경증적 장애를 일으키는 작자는 예외 없이 무의식이다. 어정쩡하게 해결되지 않은 상태에서 아이에게 막연히 느껴지는 것들과 어딘가 불안한 예감을 안겨주는 분위기는 독기처럼 아이의 영혼 속으로 서서히 스며들게 되어 있다.

　이 소녀가 느낄 가능성이 가장 높은 것은 아버지의 무의식이다. 만약 어떤 남자가 자기 아내와 진정한 관계를 맺지 못하고 있다면, 그 사람은 분명히 다른 출구를 찾게 될 것이다. 만약 이 사람이 자신이 추구하고 있는 것을 의식하지 못하거나 그런 종류의 공상을 억누른다면, 그의 관심은 자신의 어머니의 이미지로 퇴행하는 한편으로 틀림없이 딸에게로 쏠릴 것이다. 이것은 무의식적 근친상간이라 불릴 만하다. 어떤 사람에게 자신의 무의식에 대해 책임을 지라고 요구하긴 어렵다. 그러나 이 문제에 있어서 자연은 인내

심도 모르고 동정심도 모르며 또 질병이나 온갖 종류의 불행한 일로 직접적으로나 간접적으로 복수를 하게 된다는 사실은 여전히 그대로 남는다. 불행하게도, 변덕스런 사랑을 가능한 한 무의식적으로 대하는 것이 남자나 여자에게 거의 집단 이상(理想)으로 통하고 있다. 그러나 책임과 충절이라는 가면의 뒤에서, 무시당한 사랑의 분노는 고스란히 아이들에게 쏟아지게 되어 있다. 그래도 평범한 개인을 탓하지 못한다. 왜냐하면 그들이 오늘날의 이상과 관행의 틀 안에서 사랑의 문제를 해결하는 방식을 알 것이라고 기대하기 어렵기 때문이다. 대부분의 사람들을 보면 오직 무시나 지연, 억제 혹은 억압 같은 부정적인 조치만을 알고 있을 뿐이다. 틀림없이 그보다 더 훌륭한 방법에 대해 알기는 매우 힘들 것이다.

할머니에 관한 꿈은 아버지의 무의식적 심리가 아이의 심리를 어떤 식으로 관통하고 있는지를 보여주고 있다. 할머니와 입을 맞추길 원하는 사람은 바로 소녀의 아버지이다. 아이는 꿈속에서 할머니와 강압적으로 입을 맞춰야 한다고 느낀다. "입이 큰" 할머니는 삼킴을 암시한다. 틀림없이 아이는 아버지의 퇴행적인 리비도에 삼켜질 위험에 처해 있다. 그것이 바로 소녀가 뱀에 대한 꿈을 꾸는 이유이다. 왜냐하면 뱀은 고대 이후로 언제나 똘똘 감거나 삼키거나 물거나 하는 위험의 상징이었기 때문이다. 이 예는 또한 아이들이 부모의 짐작과는 달리 매우 많은 것을 보는 데 얼마나 탁월한지를 보여준다. 부모가 어떠한 콤플렉스도 갖지 않는 것은 불가능한 일이다. 그것은 초인에게나 해당되는 것이다. 그러나 부모는 적어도 의식적으로 콤플렉스를 인정할 수는 있어야 한다. 부모는 아이들을 위해서 자신의 내면의 어려움을 해결하는 것을 의무로 여겨야 한다. 부모는 고통스런 논의를 피하기 위해 어려움을 그냥 억압하는 쉬운 길을 택해서는 안 된다. 사랑의 문제는 인류에게 큰 고통을 안겨준다. 누구도 사랑의 문제로 고통을 치르는 것을 수치스럽게 생각해서는 안 된다. 부모가 자신들의 콤플렉스를 무의식 안에 꾹꾹 눌러서 곪아터지게 할 것이 아니라 솔직히 털어놓으면서 논의하는 것이 모든 면에서 훨씬 더 낫다.

이런 경우에 아이에게 근친상간적인 공상과 아버지 고착에 대해 이야기해봐야 무슨 소용이 있겠는가? 그런 과정 자체가 오히려 소녀로 하여금 모든 것이 비도덕적이거나 바보 같은 자신의 천성 때문이라는 생각을 품게 만들고, 또 소녀가 자신이 아니라 부모가 책임져야 할 일로 힘들어하게 만들 것이다. 소녀는 자신이 아니라 자신의 아버지가 무의식적 공상을 품고 있기 때문에 힘들어 하고 있다. 소녀는 집안의 잘못된 분위기의 희생자이다. 소녀의 부모가 자신의 문제들을 직시하기로 마음을 정하는 순간, 소녀의 문제는 사라진다.

세 번째 예는 매우 지적인 열세 살 소녀이다. 이 소녀는 반사회적이고, 반항적이고, 학교에 잘 적응하지 못하는 것으로 보고되었다. 간혹 소녀는 주의력이 매우 산만했으며 본인도 제대로 설명하지 못할 이상한 대답을 제시하곤 했다. 그녀는 몸집이 크고 신체적으로 잘 발달했다. 건강도 아주 좋은 것이 분명했다. 그녀는 급우들보다 몇 살 어렸으며, 열세 살의 나이에 그럴 능력을 갖추지 않은 상태에서 열여섯 혹은 열일곱 살 된 소녀들의 삶을 이끌려 들었다. 육체적으로 보면 그녀는 지나치게 발달이 빨랐다. 겨우 열한 살 때 이미 사춘기가 시작되었다. 그녀는 자신의 성적 흥분과 자위 욕구에 크게 놀랐다. 그녀의 어머니는 지능이 특출한 여자였으며, 권력에 대한 욕구도 강했다. 또 자기 딸이 천재여야 한다고 일찌감치 결론을 내려놓은 그런 여자였다. 소녀의 어머니는 딸에게 온갖 지적 능력을 강요하며 정서적 성장을 억눌렀다. 그녀는 자기 딸이 다른 아이들보다 빨리 학교에 다니길 원했다.

　소녀의 아버지는 사업 때문에 집을 비우는 경우가 많았다. 소녀에게 아버지는 실질적인 현실이기보다는 그림자 같은 이상에 더 가까웠다. 소녀는 억압된 감정의 압박으로 힘들어 했으며, 억눌린 감정은 현실의 관계가 아니라 동성애 공상을 먹고 자랐다. 소녀는 자신이 간혹 어떤 선생에게 안기고 싶은 욕망을 느낀다고 털어놓았다. 그러다 소녀는 갑자기 자신의 옷이 벗겨지는 공상에 사로잡히곤 했다. 그럴 때면 소녀는 분석가가 하는 말을 제대로 알아듣지 못했다. 그래서 엉뚱한 대답이 나오곤 했다. 다음은 그녀가 들려준 꿈 중 하나이다. "어머니가 욕조 안으로 미끄러지는 것이 보였어요. 나는 어머니가 물에 빠지고 있다는 것을 알았어요. 그런데도 몸이 움직여지지 않았어요. 그래서 나는 무서워 울기 시작했어요. 내가 어머니가 물에 빠지도록 내버려 두었으니까요. 나는 울다가 잠에서 깨어났어요." 이 꿈으로 인해 소녀는 자신이 강압적으로 영위하고 있던 부자연스런 삶에 대한 숨겨진 저항을 표면으로 끌어올릴 수 있었다. 소녀는 정상적인 교제에 대한 욕망을 인정했다. 소녀의 가족에게는 특별한 조치를 취하기 어려웠다. 그러나 환경 변화와 자신의 문제에 대한 이해, 그리고 솔직한 논의만으로도 소녀의 상황은 크게 나아졌다.

　이 예는 간단하지만 매우 전형적이다. 또 다시 부모의 역할이 가장 의심스럽다. 소녀의 부모가 꾸리고 있는 결혼생활을 보면, 아버지는 사업에 매몰되어 지내고 어머니는 자식을 통해서 자신의 사회적 야망을 실현하려고 노력하는 그런 결혼생활의 전형적인 예이다. 소녀는 어머니의 욕망과 기대, 허영을 충족시키기 위해 반드시 성공작이 되어야 했다. 이런 어머니는 대체로 자기 아이의 진짜 성격이나 개인적인 삶의 방식, 욕구 등을 보지 않는다. 이런 어머니는 자신을 아이에게로 투영하며, 무모한 권력 의지로 아이를 지배한다. 이런 어머니가 영위하는 결혼생활은 자식을 지배하려 드는 심리를 낳고 또 시간이 갈수록 그런 심리를 더욱 강화하게 될 것이다.

남편과 아내 사이에 상당한 거리가 있어 보이고, 이런 남자 같은 여자는 남자의 진정한 감정을 좀처럼 이해하지 못한다. 그녀가 남편에게서 끌어낼 줄 아는 유일한 것은 돈뿐이다. 남편은 아내의 비위를 맞추기 위해 돈을 준다. 그녀의 모든 사랑은 야망과 권력 의지로 바뀐다. 이런 어머니의 아이들은 실제로 보면 어머니의 인형에 지나지 않는다. 아이들은 부모의 이기주의라는 체스보드 위를 움직이는 벙어리 말에 불과하다. 아이들의 입장에서 미칠 노릇은 그런 가운데서도 모든 것이 사랑하는 자식에 대한 헌신이라는 이름으로 이뤄지고 자식의 행복이 어머니의 삶의 유일한 목표로 여겨진다는 점이다. 그러나 실제로 보면, 아이에게 진정한 사랑은 조금도 베풀어지지 않는다. 그것이 소녀가 소위 말하는 어머니의 사랑을 넘치게 받으면서도 조숙한 성적 징후로 힘들어 하는 이유이다. 동성애 공상은 소녀의 진정한 사랑에 대한 욕구가 충족되지 않았다는 점을 분명하게 보여주고 있다. 진정한 사랑의 욕구가 채워지지 않은 관계로, 소녀는 선생들의 사랑을, 이를테면 그릇된 종류의 사랑을 갈망하고 있다. 다정한 감정을 문 밖으로 내다버리면, 폭력적인 형태의 섹스가 창문을 통해 들어오게 되어 있다. 왜냐하면 아이에겐 사랑과 다정한 감정 외에 이해도 필요하기 때문이다.

이 소녀 환자의 경우에 옳은 치료법은 당연히 어머니를 치료하는 것이다. 어머니를 치료하면, 어머니의 결혼생활이 개선되고 아이에 대한 열정이 남편에게로 돌려질 것이다. 그렇게 되면 동시에 아이도 어머니의 가슴에 다가설 수 있게 될 것이다. 이런 결과가 얻어지지 않는다면, 어머니에 대한 아이의 저항을 강화함으로써 어머니의 해로운 영향을 저지하려고 노력하는 수밖에 없다. 그러면 소녀는 적어도 자기 어머니의 결함을 정당하게 비판하고 자신의 개인적 욕구를 자각하게 될 것이다. 자기 자신을 아이를 통해서 구현하려는 어머니의 노력만큼 아이의 발달을 저해하는 요소는 없다. 이런 어머니에겐 자식은 종속물이 아니고 독립적인 창조물이라는 생각은 좀처럼 떠오르지 않는다.

아이는 종종 부모의 성격과 거의 닮지 않은 성격을 타고난다. 자식이 부모에게 이방인으로 느껴질 정도로 다르게 태어나는 이유는 아이들이 명목상으로만 부모에게서 태어날 뿐이지 실제로 보면 전체 선조들에게서 태어나는 것이나 마찬가지이기 때문이다. 한 예로 가족의 유사점을 확인하기 위해 수백 년 전으로 거슬러 올라가야 하는 경우도 이따금 있다.

이 아이의 꿈은 쉽게 이해된다. 그것은 분명히 어머니의 죽음을 의미한다. 아이는 어머니의 맹목적인 야망에 무의식적으로 그렇게 대답한다. 어머니가 딸의 개성을 "죽이려" 들지 않았다면, 소녀의 무의식도 절대로 그런 식으로 반응하지 않았을 것이다. 이런 꿈의 결과들을 바탕으로 일반화하려 들어서는 안 된다. 부모를 죽이는 꿈은 드물지 않다. 그런 꿈을 접하게 되면, 당신은 언제나 그 꿈들이 방금 내가 설명한 그런 조건을 바탕으로 하고 있다고 짐작하게 될 것이다. 그러나 꿈 이미지는 모든 상황에서 언제나 똑같은 의미를 지니지는 않는다는 사실을 기억해야 한다. 만약에 꿈을 꾼 사람의 의식적인 조건을 충분히 알지 못하는 상태라면, 당신은 어떤 꿈의 의미에 대해 절대로 확신하지 못한다.

마지막으로 소개할 예는 여덟 살 소녀 마가렛이다. 부모와 인과적으로 연결되어 있지 않은 것 같은 이상(異常)으로 힘들어 했던 소녀이다. 한 차례의 강의로 충분히 다룰 수 없는 그런 복잡한 예이다. 그래서 나는 그 이상이 발달하는 과정 중에서 중요한 한 측면만을 소개할 것이다. 이 소녀는 1년 동안 학교에 다니면서 글을 약간 읽는 것 외에는 거의 아무것도 배우지 못했다. 동작도 대단히 서툴렀고, 이제 막 걷기 시작한 아이처럼 계단을 오르락내리락 하고, 손발의 통제력이 크게 떨어졌고, 말도 징징 짜는 소리로 했다. 대화를 할 때면, 소녀는 처음에는 열성을 보이는 듯하다가도 금방 두 손으로 얼굴을 감싸며 말을 하길 거부했다. 그녀는 서로 앞뒤가 맞지 않은 말을 횡설수설 늘어놓았다. 글을 쓸 때에는 글자 하나를 쓴 다음에 종이 가득히 낙서를 해 놓았다. 그러면서 그녀는 낙서가 재미있다고 했다. 지능 테스트를 정상적으로 받는 것이 불가능했다. 그러나 몇 가지 사고와 감정 테스트에서 소녀는 열한 살 수준을 보였다. 그러나 그 외의 다른 분야에서는 겨우 네 살 아이의 수준인 것으로 나타났다.

소녀는 그때까지 정상이었던 적이 한 번도 없었다. 태어나고 10일 째 되던 날, 소녀는 두개강(頭蓋腔)에서 난산(難産)으로 생긴 핏덩어리를 제거하는 수술을 받아야 했다. 소녀는 밤낮으로 관찰의 대상이 되어야 했고, 특별한 보살핌을 받아야 했다. 곧 그녀가 부모를 지배하기 위해 자신의 육체적 장애를 이용한다는 것이 분명하게 드러났다. 그러면서도 소녀는 자신을 도우려는 타인의 노력에 대해 분개를 나타냈다. 부모는 소녀를 현실로부터 보호하고 소녀에게 도덕적 '목발'을 제공함으로써 딸의 장애를 보상하려고 노력했다. 그런데 이 도덕적 '목발'이 소녀가 자신의 어려움과 좌절을 의지의 노력을 통해 극복하려고 애쓰지 않아도 되도록 해주었다.

이 아이의 심리에 처음 접근한 것은 상상의 세계를 통해서였다. 아이의 상상력이 꽤 풍부했기 때문에, 소녀는 동화를 읽기 위해 글 읽는 것을 배우기 시작했다. 일단 시작하기만 하면, 그녀는 놀라울 정도로 빠른 속도로 발전해갔다. 한 가지 일에 지나치게 집중하는 것이 소녀를 짜증스럽게 만들고 흥분하게 만들었지만, 그럼에도 불구하고 발전은 꾸준히 이뤄졌다. 그러던 어느 날 마가렛은 "쌍둥이 여동생이 있어요. 이름은 안나예요. 동생은 늘 분홍색 옷을 입고 안경을 낀다는 것만 빼고는 나와 똑같아요. 안나가 여기 있다면, 나는 훨씬 더 잘할 거예요."라고 선언했다. 심리학자는 소녀에게 안나를 데려와도 괜찮다고 일러주었다. 그러자 마가렛은 밖으로 나갔다가 안나를 데리고 왔다. 그런 다음에 소녀는 안나에게 보여주기 위해 글을 쓰기 시작했다. 그 날 이후로, 안나도 언제나 소녀와 함께 왔다. 먼저 마가렛이 글자를 쓰고, 다음에 안나가 쓰곤 했다. 그러던 어느 날, 모든 것이 뒤틀려버렸다. 소녀가 마침내 화를 터뜨리고 말았다. "이젠 글쓰기를 배우지 않겠어요. 모든 게 엄마의 잘못이야! 나는 왼손잡이인데, 엄마가 선생님에게 그런 사실을 알려주지 않았어요. 그래서 나는 오른손으로 글을 써야 했는데, 이젠 엄마 때문에 글을 쓸 수 없게 되었어요."

심리학자는 이 소녀에게 다른 왼손잡이 소년에 대한 이야기를 들려주었다. 이 소년의 엄마도 소녀의 엄마와 똑같은 실수를 저지른 그런 예였다. 그러자 마가렛은 궁금한 듯 물었다. "그래서 그 소년도 글을 쓰지 못하죠?" "아니, 절대로 그렇지 않단다. 소년은 온갖 것을 다 쓸 수 있어. 다만 글을 쓰는 것이 조금 더 어렵다는 차이뿐이야. 그것뿐이야. 지금 소년은 대체로 왼손으로 글을 쓰고 있어. 너도 원한다면 왼손으로 글을 쓸 수 있어." "하지만 나는 오른손이 더 좋아요." "아, 그렇구나. 그렇다면 그건 너의 어머니의 잘못이 아닌 것 같구나. 누구의 잘못일까?" 이에 마가렛은 "모르겠어요."라고만 대답했다. 이에 심리학자는 안나에게 물어보면 어떨까 하고 말했다. 그러자 소녀는 밖으로 나갔다가 조금 뒤에 돌아왔다. "안나는 그게 내 잘못이라고 해요. 조금 더 노력하면 된다고 해요." 이전까지 소녀는 언제나 자신의 책임에 대해 논하기를 거부했다. 그러나 이젠 소녀는 상담실 밖으로 나가서 안나와 논의한 뒤에 결과를 얻어 돌아오곤 했다. 소녀가 반항의 기미를 강하게 보이며 돌아오는 적도 간혹 있었지만, 소녀는 언제나 진실을 말했다. 언젠가 소녀는 안나에게 욕을 한 뒤에 "안나는 언제나 '마가렛, 그건 너의 잘못이야. 더 노력해야 해.'라고만 해."라고 말했다. 이후로 그녀는 자신의 깊은 속을 헤아리기 시작했다. 어느 날 소녀는 자기 엄마에게 화가 잔뜩 나 있었다. 소녀는 상담실로 들어오면서 "엄마는 지겨워! 정말 지겨워!"라고 외쳤다. 그래서 심리학자는 "누가 지겹단 말이니?"라고 물었다. 그러자 소녀는 "엄마가요."라고 대답했다. 그래서 심리학자는 "안나에게 물어보는 것이 어떨까?"라고 제안했다. 긴 침묵 끝에 그녀는 "흥! 나도 안나만큼 알아요. 내가 지겨워요. 집에 가서 엄마에게 그렇게 말할 게요."라고 대답했다. 이 말을 한 다음에 그녀는 조용히 자신의 일로 돌아갔다.

출생 때 생긴 심각한 부상의 결과, 소녀는 적절히 발달하지 못했다. 자연히 소녀는 부모의 특별한 관심을 받게 되었다. 그러나 아이의 육체적 무능력을 어느 정도 고려해야 하는지를 알고 그 선을 적절히 긋는 것은 거의 불가능한 일이다. 분명히, 어딘가에 최적의 선은 있을 것이다. 만약에 그 선을 넘어선다면, 당신은 아이를 응석받이로 키우기 시작하게 된다. 맨 처음에 소개한 예가 보여주듯이, 아이들은 자신의 열등감을 어떤 식으로든 느끼고 엉터리 우월감을 보임으로써 열등감에 대한 보상을 시작한다. 이렇게 하는 것 자체가 또 다른 열등감인데, 이것은 도덕적 열등감이다. 이 열등감에서는 어떤 만족도 나오지 못한다. 그리하여 악순환의 고리가 시작된다. 가짜 열등감이 진짜 열등감을 보상하고 나설수록, 원래의 열등감은 치료되기는커녕 도덕적 열등감 때문에 오히려 더 악화된다. 이는 자연히 더 많은 거짓 우월감을 낳게 되고, 이 거짓 우월감은 갈수록 더 커지게 되어 있다. 분명, 마가렛은 많은 관심을 필요로 했고 따라서 본의 아니게 응석받이로 자라게 되었다. 그래서 소녀는 부모의 헌신을 이용하는 법을 배우게 되었다. 그 결과, 소녀는 자신의 무능력에 갇히게 되고 자신을 무능력에서부터 해방시키려는 노력을 벌이지 않게 되었다. 따라서 소녀는 자신의 장애에 비해 훨씬 더 무능력하고 유치한 모습을 보이게 되었다.

이런 조건은 제2의 성격의 성장을 낳기 쉽다. 소녀의 의식적인 정신이 발전하지 못하고 있다고 해서 소녀의 무의식적 성격까지 정지되어 있는 것은 아니다. 소녀의 자신 중에서 무의식적인 부분도 시간이 흐름에 따라 앞으로 나아갈 것이다. 의식적인 부분이 앞으로 나아가지 못하고 뒤에 처져 있을수록, 성격의 분열은 더 커질 것이다. 그러다 보면 어느 날엔가는 더욱 발달한 성격이 나타나 퇴행적인 자아에게 도전장을 던질 것이다. 이런 상황이 바로 마가렛의 예다. 그녀는 자기보다 탁월한 쌍둥이 여동생 "안나"가 자신을 똑바로 바라보고 있다는 사실을 깨달았다. 이때 안나는 한동안 마가렛의 도덕적 근거가 되어 주었다. 그 후 둘은 하나로 합쳐졌으며, 이것은 엄청난 발전을 의미했다. 1902년에 나는 이와 아주 비슷한 심리적 구조에 관한 논문을 발표했다. 상당한 성격 분열로 힘들어하던 열여섯 살 소녀에 관한 내용이다. '소위 신비현상의 심리학과 병리학에 대해'(Zur Psychologie und Pathologie sogenannter occulter Phänomene)라는 논문에서 그 예를 확인할 수 있다. 심리학자는 제2의 성격을 교육적 목적에 이용하여 놀라운 결과를 끌어냈으며, 안나라는 존재의 목적론적 중요성에 전적으로 동의했다. 정신적 "더블"(double)은 일반적으로 생각하는 것보다 훨씬 더 흔한 현상이다. 그래도 정신적 더블이 "이중 인격"이라고 부를 정도로 강력한 경우는 아주 드물다.

어른에 대한 교육의 중요성

일반적으로는 교육 전반에 대해, 구체적으로는 학교 교육에 대해, 의사는 과학적 관점에서는 할 말이 거의 없을 것이다. 이유는 그것이 그의 일이 아니기 때문이다. 그러나 힘들거나 예외적인 아이들에 대한 교육에 대해서는 의사도 중요한 내용을 말할 수 있다. 의사는 실질적인 경험을 통해서 부모의 영향과 학교 교육의 효과가 성인의 삶에도 결정적인 역할을 한다는 사실을 매우 잘 알고 있다. 그래서 의사는 아이들의 신경증을 치료할 때 아이의 내면에서보다 주변의 성인에게서, 특히 부모에게서 그 뿌리 원인을 찾는 경향을 보인다. 부모들은 아이에게 체질을 물려주는 것으로만 아니라 심리적 영향을 통해서도 아이에게 아주 강력한 영향을 끼친다. 사정이 이러하기 때문에, 어른이 교육을 받지 않고 현실을 자각하지 않을 경우에 아이에게 부정적인 영향을 엄청나게 끼치게 된다. 그 영향력은 아마도 어떠한 훌륭한 조언이나 명령, 처벌, 선의보다 훨씬 더 클 것이다. 그러나 정말 불행하게도 부모나 선생은 자신이 형편없이 처리하는 일을 아이들은 잘 처리할 것이라고 기대한다. 이런 기대 자체가 아이에게 재앙에 가까운 해를 입히게 된다. 우리는 부모들이 자신이 성취하지 못한 망상이나 야망을 아이에게 강요하는 예를 거듭해서 보고 있다.

품행이 좋지 않은 어린 소년을 상담했던 기억이 난다. 부모의 설명을 통해서, 나는 이 소년이 일곱 살인데도 글을 읽지도 못하고 쓰지도 못한다는 사실을 알았다. 또 공부를 제대로 하려 드는 과목이 없다는 사실도 알았다. 소년은 자신을 교육시키려는 노력에 터무니없는 이유를 내세워 저항하면서 2년 동안 화만 키워왔다. 화가 폭발할 때면, 소년은 손에 잡히는 것이면 무엇이든 집어던졌다. 소년은 부모가 생각하고 있듯이 충분히 똑똑했는데 선의가 부족했다. 그는 공부를 열심히 하지 않고 빈둥거리거나 닳아빠진 곰돌이 인형하고만 놀았다. 곰돌이 인형은 소년이 몇 년 동안 갖고 놀던 유일한 장난감이었다. 소년은 다른 장난감도 많이 얻었으나 심술궂게도 모조리 망가뜨려 버렸다. 가족은 소년을 위해 훌륭한 가정교사까지 고용했으나 이 가정교사도 소년을 어찌하지 못했다. 내가 볼 때, 누나 둘 다음에 아들로 태어난 소년은 어머니의 사랑을 맹목적으로 받았던 것 같다.

아이를 보자마자, 수수께끼가 풀렸다. 소년은 이미 정신이 박약한 모습을 상당히 많이 보였고, 어머니는 지진아를 뒀다는 사실을 견딜 수 없었던 터라 자신의 야망을 충족시키기 위해 기본적으로 선량한 아이를 닦달하며 고문했다. 소년은 이런 환경에 절망한 나머지 난폭할 대로 난폭해져 있었다. 내가 소년을 진단한 뒤에 그 결과를 놓고 그의 어머니와 대화를 나눌 때, 그녀는 나의 진단에 격노하면서 내가 잘못 봤음에 틀림없다고 주장했다.

교육자는 다른 무엇보다 말이나 강압적인 훈육은 어떠한 결과도 낳지 못하며, 중요한 것은 오직 본보기라는 사실을 알아야 한다. 만약 교육자가 자신의 내면에서 무의식적으로 온갖 종류의 악과 거짓말과 나쁜 태도를 용인한다면, 이것들은 선의의 그 어떤 것과도 비교할 수 없을 정도로 큰 영향을 미치게 될 것이다. 그러므로 의사는 타인을 교육시키는 최선의 길은 바로 교육자 자신이 교육을 받는 것이라고 굳게 믿는다. 교육자는 또한 교과서에서 배운 심리학적 지식이 유효한지를 테스트하기 위해 가장 먼저 자기 자신에게 적용해보려고 노력해야 한다. 이런 노력이 어느 정도의 지성과 인내심이 뒷받침하는 가운데 펼쳐지는 한, 그 교육자는 결코 나쁜 선생이 될 수 없을 것이다. 〈1924〉

4장

영재 아이

시민생활의 방향

|

난생 처음으로 미국을 방문했을 때, 나는 철도 건널목에 아무런 장벽도 없고 철로에도 울타리가 전혀 없다는 사실에 크게 놀랐다. 조금 더 외진 곳으로 가면, 철로는 사실상 보도로 이용되고 있었다. 이에 대해 놀라움을 금치 못하는 나에게 "바보가 아니고서야 한 시간에 40마일 내지 100마일의 속도로 달리는 기차를 보지 못할 수가 있겠어요?"라는 대답이 돌아왔다. 나를 놀라게 만든 또 다른 한 가지는 '금지'가 없었다는 점이다. 대신에 무엇인가를 하는 것이 "허용되지 않는다"는 식이거나 정중하게 무엇인가를 "하지 말아 주세요"라는 식이었다.

　이 같은 인상은 자연히 미국의 시민생활은 지성에 호소하고 지적인 반응을 기대하는 한편, 유럽의 시민생활은 어리석은 자들을 위해 계획되었다는 인식을 갖게 했다. 미국은 지성을 촉진하고 기대하지만 유럽은 어리석은 사람도 따라오고 있는지를 확인하기 위해 뒤를 돌아보고 있는 것이다. 더욱 나쁜 것은, 유럽은 사악한 의도를 당연한 것으로 여기고 무슨 일에든 참견하며 영원히 시민들의 귀에 대고 "금지!"를 외치고 있는 반면, 미국은 시민의 상식과 선의에 기대고 있다는 사실이다.

여기서 나도 모르게 나의 생각은 학창시절로 돌아가고 있다. 그 시절에 나는 유럽인들의 편향성이 선생들을 통해서 실현되고 있는 것을 확인할 수 있었다. 12세 학생으로서 나는 어느 모로 보나 나태하거나 어리석지 않았지만 선생이 게으름뱅이를 이끄느라 바쁠 때에는 종종 무료함을 느꼈다. 나는 친절한 라틴어 선생을 두는 행운을 누렸다. 이 선생은 나를 도서관에 보내 책을 갖고 오게 했다. 그때 나에겐 가능한 한 먼 길을 돌아서 학급으로 돌아오면서 이 책들을 대강 훑어보는 것이 엄청난 즐거움이었다. 그러나 권태는 나의 경험 중에서 결코 최악은 아니었다.

당시에 에세이 주제로 진정으로 흥미롭지는 않았지만 그래도 다양한 주제들을 받았는데, 언젠가는 정말 재미있는 주제가 포함되어 있었다. 나는 매우 진지하게 글을 쓰고 최선을 다해 문장을 다듬었다. 최고의 작품이거나 적어도 훌륭한 작품 중 하나가 될 것이라는 행복한 기대를 품은 채, 나는 에세이를 선생에게 제출했다. 그 선생은 학생들의 에세이를 돌려줄 때에는 반드시 최고의 작품에 대해 가장 먼저 논하고 그 다음에 점수에 따라 차례대로 평가를 했다. 다른 작품에 대한 평가가 다 끝난 다음에야 나의 작품에 대한 평가가 있었다. 노력을 가장 적게 들인 에세이에 대한 평가가 시작되려 할 때, 그 선생은 재앙을 예고하는 그런 태도를 취한 가운데 다음과 같이 선언했다. "융의 에세이는 틀림없이 최고다. 그러나 융은 에세이를 깊이 고민하지 않고 썼다. 그래서 주목을 받을 만한 구석이 전혀 없다." 이에 나는 "그렇지 않습니다. 지금까지 이 에세이만큼 많은 노력을 들인 에세이는 없었습니다."라고 대답했다. 그러자 선생은 "거짓말!"이라고 외쳤다. (가장 형편없는 에세이를 쓴 소년인) "스미스를 봐라. 스미스는 고민을 했어. 스미스는 인생을 제대로 살 거야. 하지만 융은 그렇지 않아. 인생이란 영리함과 속임수로 살 수 있는 그런 것이 아니거든." 나는 침묵을 지켰다. 그 이후로 나는 독일어 수업 시간에 공부하려고 노력했던 적이 한 번도 없었다.

이 불행한 일은 반세기도 더 전에 일어났으며, 그 이후로 학교에도 많은 변화가 일어났고 많은 개선이 있었을 것임에 틀림없다. 그러나 당시에 그 사건은 나의 생각에 거머리처럼 달라붙어 다녔으며, 나에게 쓰라린 기분을 남겼다. 물론 그 후 삶의 경험이 깊어짐에 따라, 이 사건에 대한 이해도 달라졌지만 말이다. 나는 그 선생의 태도가 약한 자를 돕고 나쁜 자를 근절시킨다는 숭고한 교훈을 바탕으로 했다는 사실을 깨닫기에 이르렀다. 그러나 흔히 그렇듯, 이 같은 교훈은 미래나 앞선 것에 대한 생각을 참아내지 못하는, 영혼 없는 원칙으로 바뀌기 쉽다. 그 결과 선(善)에 대한 개념이 혼란을 겪게 된다. 약한 아이를 돕고 나쁜 아이를 없애는 것은 좋다. 그러나 동시에 영재 아이를 뒤로 끌어내릴 위험이 있다. 동료들보다 앞서 나가는 것이 창피하고 부적절한 일로 여겨질 수 있는 것이다. 평균적인 사람은 자신의 지능이 이해하지 못하는 것이면 무엇이든 믿지 않으려 하거나 의심하려 든다. 지나치게 지적인 것이 의심의 대상이 되는 것이다.

나는 자전적인 디테일에 대해 길게 이야기한 데 대해 독자 여러분이 이해해 줄 것이라고 믿는다. 그럼에도, 이 예는 절대로 특별한 예가 아니다. 아주 빈번하게 일어나고 있는 일이다. 재능을 덜 타고난 아이들을 돕는 것도 아주 중요하지만, 영재 아이도 우리에게 결코 무시할 수 없는 중요한 과제를 던진다. 스위스 같은 작은 나라에서, 우리는 우리의 포부가 아무리 자비로울지라도 우리에게 많은 것을 요구하고 있는 영재 아이들을 간과해서는 안 된다. 오늘날까지도 우리는 이 문제에 있어서 다소 자신 없는 모습을 보이고 있는 것 같다.

얼마 전에 나는 다음과 같은 이야기를 들었다. 학교에 들어가기 전에 똑똑하던 어린 소녀가 초등학교에 들어간 다음에 갑자기 나쁜 학생이 되어 부모를 크게 놀라게 만들었다. 그 아이가 학교에 대해 들려주는 말이 너무나 터무니없었기 때문에, 소녀의 부모는 학교가 아이들을 바보 취급하며 고의로 바보로 만들고 있다는 인상을 받았다. 그래서 어머니는 그 문제로 교장을 만나러 가서 그 선생이 결함 있는 아이들과 지진아를 잘 다루는 훈련을 받았다는 사실을 알아냈다. 분명히 소녀의 어머니는 정상적인 선생이 어떤 존재인지에 대해 아무것도 모르고 있었을 것이다. 다행히, 소녀가 겪은 피해는 제때 발견되었다. 그 덕에 아이는 정상적인 선생의 학급으로 옮겨질 수 있었으며 거기서 소녀는 금방 뒤처진 것을 따라잡았다.

영재를 가려내는 방법

|

영재 아이의 문제는 절대로 간단하지 않다. 왜냐하면 영재 아이가 단순히 훌륭한 학생이라는 사실만으로 구분되지 않기 때문이다. 영재 아이가 훌륭

한 학생과 정반대일 때도 이따금 있다. 그런 경우엔 영재 아이는 멍해 보이고, 머리에는 온통 다른 것으로 가득 차 있고, 게으르고, 단정치 못하고, 주의력이 부족하고, 품행이 좋지 못하고, 이기적이거나 심지어 반쯤 자는 듯한 인상을 주기도 한다. 외적 관찰만으로는 영재 아이와 정신적 결함이 있는 아이를 구분하기가 어려운 때가 간혹 있다.

또한 우리는 영재 아이들은 언제나 조숙한 것이 아니라 반대로 느리게 발달할 수 있다는 사실도 망각해서는 안 된다. 그래서 재능은 오랫동안 잠재력으로 남는다. 그렇기 때문에 영재를 찾아내는 것은 결코 쉬운 일이 아니다. 그런 한편, 선생의 지나친 선의와 낙천성이 아이의 재능을 상상해내기도 한다. 이 같은 재능은 훗날 아무것도 아닌 것으로 드러난다. 전기(傳記)에 나타나는 이런 표현에서도 재능을 발견하는 데 따르는 어려움이 확인된다. "40세가 될 때까지 그 어떤 천재의 기미도 관찰되지 않았다. 정말로, 그 후에도 관찰되지 않긴 마찬가지였다."

간혹 재능을 확인하는 데 도움이 되는 유일한 방법은 학교나 가정에서 아이의 개성을 유심히 관찰하는 것이다. 이 관찰을 통해서만 어떤 것이 아이의 기본적인 성향이고 어떤 것이 이차적인 반응인지를 볼 수 있다. 영재 아이의 경우에 주의 산만과 멍한 정신 상태와 몽상은 내부의 공상 과정이 방해를 받지 않은 가운데 추구되기 위해서 외부의 영향을 차단하려는 이차적인 방어로 확인될 수 있다. 두말할 필요도 없이, 공상이나 특별한 관심사가 존재한다는 사실 하나만으로는 특별한 재능의 존재를 증명하지 못한다. 목적 없는 공상과 비정상적인 관심사가 지배하는 현상이 신경증과 정신병을 앓는 사람들의 과거에서도 발견될 수 있는 것과 마찬가지이다. 그러나 재능을 보여주는 것은 바로 이 공상의 본질이다. 이 본질을 근거로 지적인 공상과 엉터리 공상을 구분할 수 있어야 한다. 판단의 훌륭한 기준은 공상을 실현시킬 잠재적 가능성뿐만 아니라 공상의 구조가 보이는 독창성과 일관성, 강렬함, 치밀성이다. 또한 공상이 아이의 실제 생활에 어느 정도 깊이 파고드는지도 고려해야 한다.

예를 들면, 체계적으로 추구하는 취미나 관심사에 공상이 어느 정도 작용하는가 하는 점도 중요한 기준이 된다. 또 다른 중요한 징후는 관심의 강도와 특징이다. 사람들은 가끔 문제 아이들에게도 관심을 갖고 있는 분야가 있다는 사실을 확인하고는 크게 놀라곤 한다. 문제 아이들이 책을 무차별적으로 게걸스럽게, 그것도 취침 시간 이후에 금지된 시간에 읽는 모습을 보이기도 하고, 실용적인 성취를 크게 이루는 모습을 보이기도 한다. 이 모든 조짐들은 아이들의 문제의 원인을 깊이 파고들려고 노력한 사람들에게만 이해될 수 있다. 그러므로 어느 정도의 심리학 지식은, 말하자면 상식과 경험은 선생이 반드시 갖춰야 할 조건이다.

영재 아이의 심리적 성향은 언제나 극적 대조를 보이는 쪽으로 작용한다. 말하자면 재능이 정신의 모든 영역에 균일하게 영향을 미치는 경우는 무척 드물다는 뜻이다. 일반적인 원칙은 어느 한 영역은 결함이라 불릴 만큼 발달이 아주 형편없다는 것이다. 무엇보다 성숙도가 크게 다르다. 재능을 물려받은 영역에서는 비정상적인 조숙이 이뤄지는 반면에 그 영역 밖에서는 지적 발달이 같은 연령대의 정상적인 수준보다 늦을 수 있다. 이따금 이런 현실이 엉터리 그림을 그리게 만든다. 제대로 발달하지 못해 정신적으로 뒤처진 아이를 다루고 있다고 섣불리 판단하게 되고, 따라서 그 아이에게 정상 이상의 능력을 부여하지 않게 되는 것이다. 아니면 조숙한 지능이 그에 걸맞은 언어적 발달을 수반하지 못하고, 따라서 아이가 불분명하게 자신을 표현할 수밖에 없을 수도 있다. 이런 경우엔 왜, 무엇 때문에 그러는지 거기에 대해 질문을 던지고 그에 대한 대답을 성실하게 추구할 수 있어야만 선생이 그릇된 판단에서 벗어날 수 있다. 그러나 재능이 학교 공부의 영향을 전혀 받지 않는 일부 소질에만 적용되는 예도 있다. 이 말은 실용적인 성취의 경우에 특히 더 맞다. 나 자신도 학교에서는 바보스럽게 굴어 사람들의 눈에 두드러졌으면서도 부모의 농사일은 아주 유능하게 해냈던 소년들을 기억하고 있다.

수학 재능에 대한 오해

|

이 주제를 논하는 동안에, 나는 한때 사람들이 수학 재능과 관련해 품었던 그릇된 관점에 대해 지적하지 않을 수 없다. 말하자면 논리적 사고와 추상적 사고의 능력은 수학에서 구체화되며, 따라서 논리적으로 사고하기를 원한다면 수학을 공부하는 것이 최고의 훈련인 것으로 믿어졌다. 그러나 수학적 재능은 음악적 재능과 마찬가지로 논리와도 같지 않고 지능과도 같지 않다. 단지 수학적 재능도 모든 철학과 과학이 그렇게 하듯 논리와 지능을 이용할 뿐이다. 사람은 조금의 지능을 갖지 않고도 음악적 재능을 가질 수 있으며, 마찬가지로 바보도 놀라운 계산을 해낼 수 있다. 수학적 감각은 음악적 감각만큼이나 주입이 어렵다. 왜냐하면 그것이 하나의 전문적인 재능이기 때문이다.

영재 아이는 지적인 영역뿐만 아니라 도덕적 영역, 즉 감정의 영역에서도 복잡한 상황에 처할 수 있다. 핑계와 거짓말을 비롯해 성인의 내면에서 아주 흔하게 일어나는 다른 도덕적 해이도 도덕적으로 재능을 타고난 아이에겐 쉽게 고민스런 문제가 될 수 있다. 어른이 감정에서 비롯되는 도덕적 비판을 무시하는 것은 지적 감수성과 조숙을 간과하거나 낮게 평가하는 것만큼이나 쉽다. 가슴의 재능은 지적 및 기술적 재능만큼 분명하지 않거나 인상적이지 않다. 지적 및 기술적 재능이 선생의 특별한 이해력을 요구하듯이, 이 가슴의 재능들은 선생에게 더 큰 것을 요구한다. 선생 자신이 끊임없이 교육받을 것을 요구한다는 뜻이다. 왜냐하면 교육자가 말로 가르치는 것이 더 이상 먹히지 않고 오직 교육자의 인품으로만 가르칠 수 있는 때가 반드시 오기 때문이다.

나는 교육자라는 표현을 아주 넓은 의미로 쓰고 있는데, 모든 교육자는 자신이 가르치고 있는 것을 삶을 통해서 스스로 직접 실천하고 있는지에 대해 끊임없이 자문해야 한다. 심리치료는 종국적으로 치료의 효과를 발휘하는 것은 지식도 아니고 기술도 아니며 의사의 인격이라는 사실을 우리에게 가르쳐주었다. 교육도 똑같다. 교육은 자기교육을 전제로 한다.

이런 말을 하면서 나는 나 자신이 교육에 대한 심판자의 역할을 맡을 생각은 전혀 없다. 반대로, 능동적인 선생과 교육자로 여러 해를 보낸 나는 나 자신을 교육자의 한 사람으로 여기면서 나머지 교육자들의 판단이나 비난을 기다려야 한다. 나 자신이 이 같은 근본적인 교육적 진리가 지닌 실용적 의미 쪽으로 감히 독자 여러분의 관심을 끌어들이려고 하는 것은 사람들을 치료해 본 경험 때문이다.

가슴의 재능

|

머리의 재능 외에 가슴의 재능도 있다. 이 가슴의 재능도 절대로 덜 중요하지 않다. 그럼에도 이 재능은 종종 간과된다. 가슴의 재능이 탁월한 사람들의 경우를 보면 종종 머리가 약하기 때문이다. 그럼에도 이런 부류의 사람들은 간혹 다른 재능을 가진 사람들에 비해 사회의 복지에 훨씬 더 많은 것을 기여하고 훨씬 더 소중하다. 그러나 모든 재능처럼 탁월한 감정도 양면성을 갖고 있다. 특히 소녀들에게 두드러지게 나타나는 현상인데, 공감 능력을 가진 아이는 선생에게 적응을 아주 잘하면서 마치 특별한 재능을 타고난 것 같은 인상을 심어주고 결코 작지 않은 성취까지 이룰 수 있다. 그러나 선생의 개인적인 영향이 멈추기만 하면, 그 재능은 흐지부지되고 만다. 그것은 공감을 통해서 마치 존재하는 것처럼 상상된 하나의 열렬한 에피소드에 지나지 않는다. 짚단에 붙은 불처럼 확 타오르다가 뒤에 실망의 재만 남기는 한때의 에피소드에 불과한 것이다.

영재 아이들을 대상으로 하는 교육은 교육자에게 지적, 심리학적, 도덕적, 예술적 능력을 요구한다. 이런 것들을 모든 교육자가 다 성취할 수 있기를 바라는 것은 합리적이지 않다. 만약에 학생들 중 소수인 천재에게도 진정으로 도움을 주기를 원한다면, 선생은 자기 자신부터 어느 정도 천재가 되어야 할 것이다.

그러나 다행하게도 많은 재능들은 스스로를 돌보는 특이한 능력까지 갖추고 있는 것처럼 보인다. 그리고 영재 아이가 천재에 가까울수록, 그 아이의 창의적 능력도, "천재"라는 단어가 암시하듯이, 아이보다 몇 년 더 조숙한 인격자처럼, 심지어 수호신처럼 행동하는 것처럼 보일 것이다. 그러면 주위 사람들 중엔 그런 아이에겐 별도의 교육이 필요하지 않다고 말하는 사람도 나오고 아이를 그런 재능으로부터 보호할 필요가 있다고 생각하는 사람도 나오게 된다. 탁월한 재능은 인간이라는 나무에 열리는, 아주 달콤하면서도 종종 대단히 위험한 열매들이다. 이 재능들은 가장 연약한 가지들에 달려 있으며, 이 가지들은 툭하면 부러진다.

대부분의 예를 보면, 내가 앞에서 암시한 바와 같이, 재능은 전체로서의 인격의 성숙도에 반비례하여 발달한다. 또 창의적인 성격이 그 사람의 무엇인가를 대가로 해서 성장한다는 인상을 간혹 주기도 한다. 정말로, 천재와 그의 인간적 특성 사이에 불일치가 아주 크기 때문에, 사람들은 오히려 재능이 덜한 게 더 다행한 일이 아닌가 하는 의문을 품는다. 위대한 지성이 도덕적 열등을 수반한다면 그 지성은 도대체 무슨 의미가 있는가? 재능을 타고난 사람들 중에서 인간적 결점 때문에 그 재능이 마비되어 버린 예도 적지 않다. 재능은 어떤 절대적인 가치가 아니다. 그보다는 인격의 나머지가 잘 받쳐줄 때에만 가치가 될 수 있는 그런 가치이다. 그럴 때에만 재능은 유용한 쪽으로 적용될 수 있다. 창의력은 곧잘 파괴적인 것으로 바뀔 수 있다. 창의력이 선한 것에 쓰이는가 아니면 나쁜 것에 쓰이는가 하는 문제는 순전히 도덕적 인격에 좌우된다. 만약 영재 아이가 이 도덕적 인격을 결여하고 있다면, 어떠한 선생도 그것을 제공하지 못하고 또 그걸 대신하지 못한다.

재능과 그것의 병적 변형 사이에 차이가 아주 작다는 사실은 그런 아이들을 교육시키는 문제를 더욱 어렵게 만든다. 재능은 거의 예외 없이 다른 곳에서 열등으로 보상될 뿐만 아니라 병적인 결점과 짝을 이루는 경우도 간혹 있다. 그런 경우에는 그 아이를 지배하고 있는 것이 재능인지 아니면 정신 병적 성향인지 구분하는 것이 거의 불가능해진다.

특별반의 부작용

|

이런 많은 이유들 때문에, 나는 특별히 재능이 있는 아이들을 특별반으로 편성해서 가르치는 것이 이로운지 여부에 대해 판단을 내리지 못하겠다. 특별반이 영재 아이들에게 엄청나게 이로울 수 있을지라도, 우리는 이 영재 아이들이 인간적인 면이나 정신적인 면에서 자신의 재능만큼 높은 수준을 보이지 못한다는 사실도 고려해야 한다. 특별반에 편성될 경우에 영재 아이는 편향적인 성격을 형성할 위험에 처하게 된다. 반면에 일반 학급에서 공부한다면, 영재 학생은 자신이 뛰어난 과목에서는 지루해할 수 있을지라도 다른 과목들이 그 학생에게 자기도 뒤지는 부분이 있다는 점을 상기시켜줄 것이다. 바로 이 점이 영재 학생에게 아주 필요한 도덕적 결과를 낳을 것이다. 왜냐하면 모든 재능은 그것을 가진 아이로 하여금 우월감을 느끼게 만드는 도덕적 부작용을 낳는데, 이 자만심을 그에 상응하는 겸양으로 누그러뜨릴 필요가 있기 때문이다.

그러나 영재 아이들은 응석받이로 자랐을 확률이 매우 높기 때문에 특별한 대접을 기대하게 된다. 나의 옛날 선생은 이 점을 잘 알고 있었으며, 그것이 그가 그런 도덕적 "비판"을 한 이유였다. 그런데도 나는 당시에 선생의 비판에서 의미 있는 결론을 끌어내지 못했다. 그 이후 나는 그 선생이 나의 운명에 결정적 영향을 미쳤다는 사실을 깨달았다. 그 선생은 신이 내린 재능은 밝은 면과 어두운 면을 동시에 갖고 있다는 어려운 진리를 처음으로 엿보게 만든 분이었다. 앞으로 돌진하는 것은 곧 공격을 초대하는 것이나 마찬가지이다. 만약 그 공격을 선생으로부터 받지 않았다면, 당신은 운명으로부터 받을 것이고 대체로 보면 선생과 운명 둘 다로부터 공격을 받을 것이다. 영재 아이는 어떤 우수성을 가졌든 반드시 예외적인 자리를 누림과 동시에 많은 위험에 노출된다는 사실에 일찍부터 적응하려 노력할 것이다. 그 위험 중 가장 심각한 것은 바로 과도한 자신감이다. 이를 예방할 수 있는 유일한 것은 겸손과 복종인데, 이것들마저도 언제나 제대로 작동하지는 않는다.

그러므로 나의 판단엔 영재 아이를 다른 아이들과 함께 일반 학급에서 교육시키는 것이 더 바람직해 보인다. 영재 아이를 특별반으로 옮겨 아이의 예외적인 위치를 더욱 두드러지게 강조하지 않는 것이 아이에게 이롭게 작용한다는 뜻이다. 이런 모든 요소들을 두루 고려한다면, 학교는 넓은 세상의 일부이며 또 아이가 훗날 세상에서 조우하게 될 온갖 요소들을 소규모로 미리 경험하는 곳이기도 하다. 아이들이 적어도 이런 적응의 일부라도 배울 수 있고 또 배워야 하는 곳이 바로 학교이다. 이따금 일어나는 충돌은 그다지 심각하지 않다. 오해가 치명적일 수 있는 것은 오직 만성적으로 일어나고 있거나 아니면 아이의 감수성이 특별히 날카로운데 다른 선생을 발견할 가능성이 없는 그런 때뿐이다.

오해도 종종 바람직한 결과로 이어질 수 있다. 그러나 이것도 문제의 원인이 선생에게 있을 때에만 가능한 이야기이다. 이것은 절대로 원칙이 아니다. 많은 경우를 보면 선생은 아이의 가정교육으로 인해 아이에게 생긴 문제 때문에 고통을 겪어야 한다. 부모 중에서 자신이 성취하지 못한 야망을 영재 아이를 통해서 실현시키려는 사람들이 너무 많다. 그런 부모들은 영재 아이를 응석받이로 키우거나 우수한 진열품으로 만든다. 부모의 이런 경향이 훗날 아이를 불행하게 만든 예가 간혹 보인다. 일부 천재 아이들의 삶에서도 이런 사실이 자주 확인된다.

어떤 막강한 재능, 특히 다나에(Danaë: 그리스 신화에서 아르고스의 왕 아크리시우스와 에우리디케의 딸이며 페르세우스의 어머니이다. 높은 탑에 갇혀 살아야 했던 비운의 여인이다/옮긴이)의 천재적 재능 같은 것은 일찍부터 그림자를 드리우는 불길한 요인이다. 천재성은 온갖 장애에도 불구하고 드러나고 말 것이다. 왜냐하면 천재성의 본질에 절대적이고 꺾이지 않는 무엇인가가 들어 있기 때문이다. 소위 말하는 "이해받지 못한 천재"는 다소 미심쩍은 존재이다. 대체로 보면 이해받지 못한 천재는 아무 쓸모가 없는 것으로 드러나고 있으며, 자신에 대한 설명을 영원히 찾고 있는 그런 존재이다. 언젠가 나는 직업상 이 유형의 "천재"에게 이런 질문을 던져야 하는 상황에 처한 적이 있었다. "혹시 당신은 게으른 사냥개에 지나지 않는 것이 아닙니까?" 얼마 지나지 않아서 우리는 이 점에 대해 진정으로 동의했다.

한편으로 보면 재능은 방해 받고 훼손되고 망쳐질 수 있거나 촉진되고 발달하고 향상될 수도 있다. 천재는 의지하기 힘든 유령 같은 새인 불사조만큼이나 드물다. 의식적으로든 무의식적으로든, 천재는 처음부터 신의 은총에 의해서 태어나는 존재이다. 천재처럼, 재능도 그 형식이 정말로 다양하다. 여기서 개인적 차이가 나타나는데, 교육자는 이 차이를 간과해서는 안 된다. 왜냐하면 분화된 개성이 공동체에 가장 중요하기 때문이다. 공동체에 자연스럽게 나타나는 귀족주의적 혹은 계급주의적 구조를 억누름으로써 집단의 수준을 하향 평준화하는 것은 조만간 재앙을 부르게 되어 있다. 왜냐하면 두드러진 모든 것을 깎아서 평평하게 고를 경우에 이정표가 사라지게 되고 타인의 안내를 받으려는 욕망이 급격히 커지기 때문이다. 인간의 리더십은 언제든 잘못될 수 있다. 그러기에 지도자 자신도 언제나 위대한 상징적 원칙을 따랐으며 앞으로도 계속 따를 것이다. 그렇게 하는 이유는 지도자가 자신의 자아를 인간보다 상위인 어떤 영적 권위에 종속시키지 않을 경우에 자신의 삶에 목적과 의미를 부여하지 못하게 되기 때문이다. 지도자가 그렇게 해야 할 필요성은 자아가 절대로 한 사람의 전체를 구성하지 않고 오직 의식적인 부분만을 구성한다는 사실에서 비롯된다. 범위가 무한한 무의식적인 부분만이 그를 완성시키고 또 그가 진정한 전체성을 이루도록 할 수 있다.

평균으로부터의 일탈

|

생물학적으로 말하면, 재능을 타고난 사람은 평균에서 일탈한 사람이다. 그런데 이 일탈은 그 사람의 높은 곳과 낮은 곳에서 동시에 일어난다. 이는 그 사람의 내면에 상반된 것들 사이에 어떤 긴장을 야기하며, 이 긴장은 거꾸로 그의 성격을 약화시킴과 동시에 강화한다. 잔잔한 물결처럼, 영재 아이는 깊이 흐른다. 영재 아이의 위험은 규범에서 일탈하는 데 있는 것이 아니라 갈등을 쉽게 일으킬 수 있는 내면의 양극성에 있다. 그러므로 특별반으로 분리시키는 것보다 선생들이 개인적 관심과 주의를 쏟는 것이 영재 아이

에게 더욱 이로울 것 같다.

훈련받은 정신과의사를 학교에 배치하는 제도도 권할 만하지만, 나 자신의 경험에 비춰보면, 선생의 따뜻한 가슴이 최고인 것 같다. 정말이지, 따뜻한 가슴은 아무리 강조해도 지나치지 않는 것 같다. 사람들은 훌륭한 선생은 높이 평가하는 마음으로 되돌아보지만, 인간적인 감정을 건드렸던 선생은 감사하는 마음으로 되돌아본다. 교과 과정도 아주 필요한 요소이지만, 온기는 자라나고 있는 식물과 아이의 영혼에 결정적인 요소이다.

인문 분야의 중요성

|

다른 학생들 중에도, 가두거나 질식시켜서는 안 되는, 재능 있고 대단히 예민한 천성들이 있기 때문에, 학교 교과 과정은 바로 그런 이유로 인문 분야에서 전문 분야 쪽으로 지나치게 많이 벗어나는 것도 피해야 한다. 미래의 세대에게 적어도 삶의 다양한 영역과 마음을 들여다볼 문을 열어줘야 한다. 내가 볼 때엔 광범위한 문화가 역사를 존경하는 것이 특별히 중요한 것 같다. 실용적이고 유용한 것에 관심을 쏟고 미래를 고려하는 것도 중요하지만, 과거를 되돌아보는 것도 그것 못지않게 중요하다.

문화는 지속성을 의미한다. "진보"를 통해서 뿌리를 뽑아버리는 것이 문화가 아니다. 특별히 영재 아이에겐, 균형 잡힌 교육이 정신 건강의 척도로 아주 중요하다. 앞에서 말한 바와 같이, 영재 아이의 재능은 편향되어 있으며 거의 언제나 정신의 다른 분야에서 미성숙에 의해 상쇄되고 있다. 그러나 어린 시절은 과거의 한 상태이다. 발달 중인 태아가 어떤 의미에서 보면 인간의 계통 발생의 역사를 재현하는 것과 똑같이, 아이의 정신은 니체(Friedrich Wilhelm Nietzsche)의 표현을 빌리면 "초기 인류의 가르침"을 되살려낸다. 아이는 전(前)이성의 세상에서, 무엇보다도 전(前)과학의 세상에서 산다. 말하자면 우리 이전에 존재했던 사람들의 세상에 살고 있는 것이다. 우리의 뿌리는 그 세상에 있고, 모든 아이는 그 뿌리에서 자란다. 성숙이 아이를 자신의 뿌리로부터 멀어지게 만들고, 미성숙은 아이를 자신의 뿌리와 묶어 놓는다.

우주 기원에 대한 지식은 잃어버리거나 포기한 과거의 세상과 아직 상상하지 못하는 미래의 세상 사이에 다리가 되어줄 것이다. 만약에 과거가 물려준 인간의 경험을 소유하고 있지 않다면, 우리가 어떻게 미래를 이해하고 미래를 동화시키겠는가? 과거의 인간 경험을 소유하고 있지 않다면, 우리는 뿌리도 없고 관점도 없는 것이나 마찬가지이다. 그러면 미래에 일어날 기이한 것들을 그냥 속수무책으로 받아들이고만 있어야 할 것이다. 그야말로 기술적이고 실용적인 교육은 온갖 기만을 막을 수 있는 안전장치를 절대로 제공하지 못한다. 그런 교육은 문화를 결여하고 있는데, 문화의 핵심적인 원칙은 역사의 지속성이다. 상반되는 모든 것들을 조정하는 이 지속성은 또한 영재 아이를 위협하는 갈등도 치유한다.

새로운 모든 것에 대해서는 언제나 의문을 제기하고 주의 깊게 테스트를 실시해야 한다. 왜냐하면 그것이 아주 새로운 질병으로 확인될 수도 있기 때문이다. 그것이 성숙한 판단력 없이는 진정한 진보가 불가능한 이유이다. 그러나 균형이 잘 잡힌 판단은 확고한 관점을 요구하고, 이 확고한 관점은 오직 과거에 대한 건전한 지식에 의존한다. 역사적 맥락을 의식하지 못하고 과거와의 연결을 슬며시 놓아버리는 사람은 온갖 기이한 것들이 일으키는 광기와 기만에 속아 넘어갈 위험에 처해 있다. 아기를 목욕물과 함께 내다버리는 것이 모든 혁신자들이 저지르는 비극이다. 진기한 것에 대한 열광이 스위스의 악은 아니라 할지라도, 그럼에도 불구하고 우리는 지금 쇄신의 이상한 열기에 흔들리고 있는, 보다 넓은 세상에 살고 있다. 이처럼 무서우면서도 당당한 장면 앞에서, 우리의 젊은이들에게는 안정이 어느 때보다 더 절실히 요구된다. 우선은 스위스의 안정을 위한 것이고, 그 다음으로는 유럽 문명을 위해서이다.

그러나 재능을 타고난 사람들은 자연에 의해 높은 직책에 선택된, 횃불을 든 존재들이다. 〈1942〉

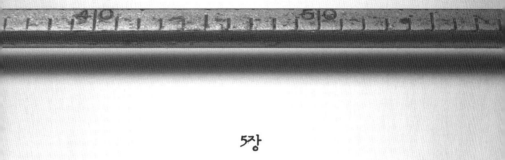

5장

개인적 교육에 무의식이 중요한 이유

본보기를 통한 교육

|

대체로 보면, 교육에는 세 종류가 있다. 먼저 본보기를 통한 교육이 있다. 이
런 종류의 교육은 순전히 무의식적으로 진행되고 따라서 역사가 가장 오래
되었고 또 가장 효과적인 형식일 것이다. 이런 교육은 아이가 심리적으로
주변 환경, 특히 부모와 다소 동일하다는 사실 때문에 효과가 크다. 이 같은
사실은 원시인의 심리의 가장 두드러진 특성의 하나이다. 프랑스 인류학자
레비 브륄은 이것을 표현하기 위해 "신비적 참여"라는 용어를 만들어냈다.
본보기를 통한 무의식적 교육이 가장 오래된 정신적 특성의 하나에 의존
하고 있기 때문에, 이 교육 방식은 다른 모든 직접적인 방법이 실패하는 곳
에서, 예를 들면 정신 이상이 나타나는 곳에서 효과를 발휘한다. 정신 이상
을 보이는 환자의 경우에는 더 이상 악화되는 것을 막기 위해 직접 일을 하

도록 해야 한다. 그런 환자에게는 조언이나 명령 같은 것은 전혀 먹히지 않는다. 그러나 만약에 그 사람을 노동자 집단과 함께 일을 하도록 한다면, 정신 이상자도 최종적으로 다른 사람들의 예에 전염되어 직접 작업하기 시작할 것이다. 종국적으로 보면, 모든 교육은 정신의 동일시라는 이 근본적인 사실을 바탕으로 하고 있다. 어느 경우에나 결정적인 요인은 본보기를 통한 이런 자동적인 전염이다. 이 전염은 대단히 중요하다. 그러기에 아주 훌륭한 의식적인 교육 방법도 나쁜 본보기에 의해 완전히 무효화될 수 있다.

집단 교육

|

두 번째로 집단 교육이 있다. 집단 교육이라고 해서 반드시 학교에서처럼 집단으로 이뤄지는 교육을 의미하지는 않는다. 규칙과 원칙, 방법에 따른 교육을 집단 교육이라고 부른다. 이 세 가지는 반드시 집단적인 성격을 지니고 있다. 왜냐하면 이것들이 다수의 개인들에게 적용될 수 있기 때문이다. 더 나아가 이것들은 개인들을 조종하는 법을 배운 모든 사람이 사용할 수 있는 효과적인 도구로 여겨진다. 이런 종류의 교육은 그 전제 안에 이미 담겨 있는 것을 제외하고는 다른 어떠한 것도 낳지 못한다. 또 이런 교육이 배출하는 개인들은 일반적인 규칙과 원칙, 방법에 의해 판박이로 형성될 것이다.

 학생의 개성이 이런 교육적 영향의 집단적인 성격에 함몰된다는 점에서 보면, 이런 식의 교육을 받는 학생들은 서로 매우 비슷한 성격을 발달시키게 된다. 그런 환경엔 동조가 규범으로 자리 잡게 된다. 동조하는 개인들의 수가 많을수록, 그때까지 집단적인 방법에 성공적으로 저항했던 사람들이 본보기로부터 무의식적으로 받는 압력도 더욱 커진다. 집단의 본보기는 무의식적인 정신적 전염을 통해서 압도적인 영향력을 행사한다. 그렇기 때문에 집단의 본보기는 최종적으로 평균 정도의 성격적 힘을 가진 개인들을 궤멸시키게 되어 있다. 이 훈련의 특성이 건전하다면, 우리는 당연히 집단적 적응과 관련해 좋은 결과를 기대할 것이다.

그런 한편, 어떤 성격을 지나치게 이상화하면서 거기에 맞춰 교육을 시킬 경우에 독특한 성격을 소유한 사람에게는 재앙이나 다름없는 결과가 나타날 수 있다. 이런 개인을 훌륭한 시민으로 바꿔 사회의 유용한 일원이 되도록 교육시키는 것은 분명 매우 바람직한 목표이다. 그러나 동조가 일정 수준을 넘어서고 집단적 가치가 개인의 독특함을 대가로 촉진된다면, 거기서 어떤 유형의 사람이 생겨날 것이다. 이 유형의 사람은 교육적 규칙이나 원칙, 방법의 완벽한 모범이 될 수 있고, 따라서 교육의 울타리 안에서 일어나는 모든 상황과 문제에 적응할 수 있음에도 불구하고, 규정에 의존하지 않고 개인적인 판단을 내려야 하는 상황에 처하면 불안을 느낄 것이다.

집단 교육은 정말로 필요하며 다른 어떠한 것으로도 대체되지 못한다. 우리는 집단적인 세상에 살고 있으며, 공통의 언어가 필요한 것과 마찬가지로 집단적인 규범도 필요하다. 개인의 개성을 발달시키기 위해서 집단 교육의 원칙을 희생시킬 수는 없다. 가치 있는 개인들을 집단 교육으로 질식시키는 일을 피하는 것이 아무리 중요할지라도, 집단 교육의 원칙은 지켜져야 한다. 개인의 독특성은 어떠한 상황에서나 자산이 되는 것은 아니라는 점을 명심해야 한다. 그 사람 본인에게도 그 독특성이 언제나 자산이 되는 것도 아니다.

집단 교육에 저항하는 유형의 아이들을 진단하다 보면, 이 아이들이 선천적이거나 후천적인 정신적 비정상을 다양하게 겪고 있다는 사실이 종종 확인된다. 나는 응석받이로 컸거나 용기를 잃은 아이들도 이런 유형에 포함시킨다. 이런 많은 아이들은 정상적으로 활동하는 집단을 지지함으로써 자신을 지키려고 노력한다. 이런 식으로 아이들은 어느 정도의 일치를 성취하면서 동시에 자신의 개성의 해로운 영향으로부터 자신을 보호한다. 나는 기본적으로 인간은 언제나 선하다는 견해나 인간의 사악한 특징은 단지 이해를 받지 못하고 있는 선(善)일 뿐이라는 견해에 동의하지 않는다. 나의 의견은 이와 반대이다. 타고난 특성들이 형편없이 결합되는 사람이 아주 많다. 그런 사람들의 경우에는 개인적 특성을 표현하는 것을 자제하는 것이 본인과 사회에 유익하다. 그러므로 우리는 집단 교육은 기본적으로 의문의 여지없는 가치를 지니며 대부분의 사람들에게 절대적으로 필요하다고 주장할 수 있다. 그러나 집단 교육을 교육의 최고 원칙으로 삼아서는 안 된다. 왜냐하면 세 번째 형태의 교육, 즉 개인적 교육을 필요로 하는 아이들도 많기 때문이다.

개인적 교육

|

이제 개인적 교육을 보도록 하자. 개인적 교육을 적용할 때, 모든 규칙과 원칙과 시스템은 학생의 특별한 개성을 끌어낸다는 한 가지 목적에 종속되어야 한다. 이 목표는 두드러진 것을 평평하게 고르고 일치를 추구하는 집단

교육의 목표와 정반대이다.

　일치에 강하게 저항하는 아이들은 모두 개인적 관심을 필요로 한다. 이런 아이들 사이에서 우리는 자연히 아주 다양한 유형을 발견한다. 무엇보다 먼저, 병으로 인한 퇴화 때문에 교육이 불가능한 아이들이 있다. 이런 아이들은 일반적으로 정신적 결함이 있는 아이들이다. 다음에는, 편향적인 성격의 특이한 재능을 가진 아이들이 있다. 이런 유형의 아이들 중에는 구체적인 숫자로 표현되지 않은 수학을 이해하지 못하는 아이들이 아주 많다. 이런 이유로 고등 수학은 학교에서 언제나 선택 과목이 되어야 한다. 수학의 경우 논리적인 사고의 발달과 아무런 관계가 없기 때문이다. 이런 학생들에게 수학은 별다른 의미를 지니지 못하며 오히려 불필요한 고문의 원인이 된다. 진실을 말하자면, 수학은 어떤 명확한 정신적 소질을 전제로 하는데 이 소질은 모든 사람이 소유하고 있는 것도 아니고 또 습득될 수 있는 것도 아니다. 이 소질을 갖고 있지 않은 학생들에게 수학은 무의미한 단어들을 뒤죽박죽 어질러 놓은 것으로 다가오며 오직 기계적으로만 배울 수 있는 것일 뿐이다. 이런 학생들도 다른 분야의 재능을 많이 타고날 수 있으며 이미 논리적 사고 능력을 소유하고 있을 수도 있다. 논리적 사고 능력을 갖추고 있지 않을지라도, 수학을 통하지 않고 바로 논리를 공부하는 것으로 그런 능력을 더 쉽게 습득할 수 있다.

　엄격히 말하면, 수학적 능력이 부족한 것은 개인적 특이성으로 여겨질 수 없으며 오히려 학교 교과 과정이 학생의 심리적 특수성을 무시하고 있다는 사실을 잘 보여주고 있다. 마찬가지로, 폭넓게 받아들여지고 있는 일부 교육 원칙들이 심리적 특수성 때문에 전적으로 개인적인 영향을 요구하는 학생에게는 완전히 쓸모없는 것으로, 아니 오히려 해로운 것으로 드러날 수도 있다. 특별한 규칙뿐만 아니라 교육적 영향을 미치는 어떤 장치 전체가 엄청난 반대에 봉착하는 경우도 심심찮게 발견된다. 그런 경우엔 대체로 신경증을 가진 아이들이 관련되어 있다. 선생은 우선적으로 그 어려움을 아이의 병적 성향으로 돌린다. 그러나 더욱 주의 깊게 조사해 보면, 종종 그 아이의 가정 환경이 기이한 것으로 드러날 것이다. 가정 환경은 아이의 기이한 구석을 충분히 설명한다. 그 아이는 집단생활에 적절하지 않은 태도를 집에서 배운 것이다.

부모에게 약간의 조언만 해줘도 경이로운 결과를 낳는 예가 더러 있지만, 가정 환경을 바꿔놓는 일은 물론 선생의 임무 밖이다. 그러나 대체로 보면 그 문제는 아이 본인의 내면에서 치료되어야 하며, 이는 곧 아이의 심리에 접근할 적절한 방법을 찾아내서 아이의 심리가 영향에 반응하도록 해야 한다는 뜻이다. 이미 말한 바와 같이, 첫 번째 조건은 학생의 가정 생활을 철저히 아는 것이다. 어떤 증상의 원인을 발견하는 것만으로도 많은 것을 알게 된다. 그러나 그것으로 충분하지 않다. 더 많은 것이 필요하다. 그 다음으로 할 것은 외적 원인들이 아이의 심리에 어떤 종류의 영향을 미쳤는지를 알아내는 일이다. 우리는 학생 본인과 부모의 진술을 토대로 학생의 심리적 삶의 역사를 철저히 조사함으로써 이 지식을 얻는다. 일부 조건에서는 이 정보를 얻는 것만으로도 상당히 많은 것을 성취할 수 있다. 노련한 교사들이 이 방법을 많이 적용하고 있기 때문에, 내가 여기서 이 문제를 파고들 필요는 전혀 없을 것 같다.

만약에 우리가 아이들은 무의식적 상태에서 의식적 상태로 점진적으로 발달한다는 것을 깨닫는다면, 우리는 실질적으로 거의 모든 환경적 영향이, 아니면 환경적 영향 중에서 가장 근본적이고 중요한 것들이 무의식적인 것인 이유를 이해할 수 있다. 세상에 태어나서 가장 먼저 받는 인상들이 가장 강하고 깊기 마련이다. 비록 무의식에 각인될지라도 말이다. 아니, 그것들은 무의식에 각인되기 때문에 중요하다. 왜냐하면 그 인상들이 무의식에 남아 있는 한 변하지 못하기 때문이다. 우리는 의식에 있는 것만 바로잡을 수 있다. 무의식에 있는 것은 변화하지 않은 채 그대로 남는다. 따라서 어떤 변화를 끌어내길 원한다면 먼저 무의식적인 내용물을 의식으로 끌어올려야 한다. 그래야만 바로잡을 수 있기 때문이다. 가정 환경과 학생 본인의 심리적 삶의 이야기를 면밀히 조사한 결과 학생에게 효과적으로 영향력을 행사할 수단을 마련한 경우라면, 이 과정은 필요하지 않다. 그러나 거기서 얻은 수단이 충분하지 않다면, 조사가 더욱 깊이 이뤄져야 한다. 이 조사는 일종의 외과 수술과 비슷하기 때문에 적절한 기술을 갖추지 않은 상태에서 실시될 경우에 무서운 결과를 낳을 수 있다.

이 치료를 언제 어디에 적용할 것인지를 아는 데는 상당한 의료적 경험이 요구된다. 그런데 불행하게도 평범한 사람들은 그런 간섭이 초래할 수 있는 위험을 낮게 평가한다. 무의식적 내용물을 의식으로 끌어올림으로써, 당신은 인위적으로 정신 이상과 아주 비슷한 조건을 만들어낸다. 정신병의 절대다수는 무의식적인 내용물의 침공으로 인한 의식의 분열 때문에 일어난다. 따라서 우리는 학생에게 해를 입힐 위험을 감수하지 않고도 간섭할 수 있는 곳을 알아내야 한다. 이 측면에서 전혀 아무런 위험이 예상되지 않는다 하더라도, 우리는 여전히 다른 위험을 안고 있다. 무의식적 내용물에 매달리다 보면 나타나게 되는 결과 중 가장 흔한 것이 프로이트가 "전이"라고 부른 현상이다. 엄격히 말하면, 전이는 환자가 자신의 무의식적 내용물을 자신의 무의식을 분석하고 있는 사람에게로 투사하는 것이다. 그러나 "투사"라는 용어는 훨씬 더 넓은 의미로 사용되고 있으며 환자와 분석가를 서로 묶는 모든 복잡한 과정들을 두루 일컫고 있다. 이 연결은 노련하게 다뤄지지 않을 경우에 극도로 불쾌한 장애로 변한다. 이 연결이 자살로까지 이어지는 예도 있다. 이런 일이 일어나는 중요한 원인 하나는 가족 상황에 새롭고 혼란스런 빛을 비출 무의식적 내용물이 의식으로 끌어올려진다는 사실이다. 그러면 환자는 자기 자신이 참을 수 없을 만큼 고립되어 있다는 사실을 깨달을 수 있고 따라서 세상과 연결되는 마지막 끈인 분석가에게 절망적으로 매달릴 수 있다. 만약에 이런 결정적인 상황에서 분석가가 기술적인 실수를 저질러 이 끈까지 끊어버린다면, 환자는 자살을 꾀할 수 있다.

그러므로 나는 무의식의 분석 같은 과감한 조치는 적어도 심리치료와 심리학을 적절히 공부한 의사의 통제와 지도 아래에서 행해져야 한다는 의견을 갖고 있다.

꿈과 무의식

그렇다면 무의식의 내용물은 어떤 방법으로 의식으로 끌어내어지는가? 잘 알다시피, 한 차계의 강의를 통해서 이 질문에 대한 대답을 제시하는 것은 거의 불가능하다. 어렵긴 하지만 그래도 가장 현실적인 방법은 꿈을 분석하고 해석하는 것이다. 꿈은 틀림없이 무의식적 정신작용의 산물이다. 잠을 자는 동안에 우리의 특별한 계획이나 지원 없이도 태어나는 꿈들은 우리의 내면의 시야 앞을 지나가다가 갑자기, 그때까지도 흐릿하게 남은 의식의 잔재를 바탕으로 희미하게 깨어 있던 우리의 삶 속으로 거꾸로 흘러 들어간다. 이상하고 비합리적이고 이해하기 어려운 꿈의 본질이 사람들에게 꿈은 신뢰할 만한 정보의 원천이 아니라는 인상을 심어줄 수 있다. 정말이지, 꿈을 이해하려는 노력은 기존의 과학적인 계산 및 측량 방식과 맞아떨어지지 않는다. 우리의 연구 방법은 미지의 고문서를 해석하는 고고학자의 연구 방법과 비슷하다. 그럼에도 만약에 무의식적인 내용물이라는 것이 존재한다면, 그 무의식에 관해 우리들에게 무슨 이야긴가를 들려줄 수 있는 최고의 위치에 있는 것은 틀림없이 꿈일 것이다.

우리 시대에 이런 가능성을 처음으로 보여줄 수 있게 된 데는 프로이트에게 힘입은 바가 크다. 물론 그 전에도 시대를 초월해 사람들이 꿈의 신비에 사로잡혔다. 이 관심은 언제나 미신적이었던 것도 아니었다. A.D. 2세기에 달디스의 아르테미도로스(Artemidorus of Daldis)가 꿈의 해석에 관해 쓴 글이 바로 그런 종류의 과학적인 문서로 평가받을 만하다. 또한 A.D. 1세기의 플라비우스 요세푸스(Flavius Josephus)가 기록한 에세네 파(派)의 꿈 해석도 무가치한 것이라고 무시해서는 안 된다. 그럼에도 프로이트가 없었더라면, 고대의 의사들이 꿈에 엄청난 관심을 기울였음에도 불구하고, 과학은 아마 그처럼 빨리 꿈을 정보의 원천으로 받아들이지 않았을 것이다. 오늘날에도 이 주제에 대한 의견은 크게 엇갈리고 있다. 사실 꿈을 분석하길 거부하는 의료 심리학자들이 많다. 이유는 그 방법이 그들의 눈에 지나치게 불확실하고 지나치게 자의적이고 지나치게 어렵게 비치기 때문이다. 아니면 그들이 무의식의 필요성을 전혀 느끼지 않기 때문이다. 나 자신은 이와 정반대의 의견을 갖고 있다. 많은 경험을 바탕으로, 나는 모든 환자들의 꿈이 정신과의사에게 정보의 원천으로서만 아니라 치료의 한 도구로 대단히 소중한 가치를 지닌다고 확신하고 있다.

이제 논란이 뜨거운 꿈 분석이라는 문제로 들어가도록 하자. 이 부분에서 우리는 상형문자를 해독하는 데 동원하는 방법과 다르지 않은 방법을 동원한다. 먼저 꿈을 꾼 사람 본인이 꿈 이미지와 관련해서 제시할 수 있는 자료를 모두 모은다. 이어서 그 자료 중에서 어떤 특별한 이론에 근거를 두고 있는 진술을 배제한다. 왜냐하면 이런 진술이 일반적으로 꿈을 자의적으로 해석하려는 시도일 가능성이 크기 때문이다. 그런 다음에 그 전날에 일어났던 일들을 집중적으로 파고든다. 그와 동시에 꿈을 꾼 사람이 꿈을 꾸기 전 며칠 혹은 몇 주일 동안에 느꼈던 기분이나 계획, 목적도 조사한다. 물론 꿈을 꾼 사람의 상황과 성격에 대해 어느 정도 깊이 아는 것도 하나의 전제조건이다. 꿈의 의미를 파악하고자 한다면, 이 같은 예비 작업에 신경을 많이 써야 한다. 나는 순간의 충동에 의해 이뤄진 꿈 해석이나 이미 알고 있는 이론에 따라 제시된 꿈 해석을 절대로 신뢰하지 않는다. 꿈에 어떤 이론적 가설을 적용하지 않도록 조심해야 한다. 어떠한 편향도 개입되지 않도록 하기 위해서는 마치 꿈이 아무런 의미를 지니지 않는 것처럼 생각하는 것이 최선의 방법이다.

꿈 분석은 전혀 예상하지 않은 결과를 내놓을 것이다. 간혹 동의하기 어려운 성격의 사실들이 드러날 수도 있다. 만약에 예상이 가능하다면, 우리는 아마 어떤 대가를 치르더라도 이런 사실들에 대한 논의를 피하려 들었을 것이다. 우리는 또한 얼핏 보기에 모호하고 이해되지 않는 결과에 도달할 수도 있다. 이유는 우리의 의식적인 관점이 정신의 비밀들을 아직 알아내지 못했기 때문이다. 그런 경우에는 강제적인 설명을 시도하느니보다 느긋하게 기다리는 태도를 취하는 것이 더 바람직하다. 이런 종류의 작업을 벌일 때, 당사자는 아주 많은 의문점을 참고 견뎌낼 수 있어야 한다.

이런 자료들을 수집하는 동안에, 꿈의 일부가 점점 뚜렷해진다. 그래서 우리는 겉보기에 의미 없어 보이는 이미지들의 범벅 속에서 어떤 대본의 윤곽을 보기 시작한다. 처음에 단절된 것처럼 보였던 문장들이 점점 맥락을 이뤄간다. 여기서는 아마 의료적 통제가 이뤄진 가운데 개인적 교육을 하는 과정에 꾼 꿈의 일부를 예로 제시하는 것이 최선일 것이다.

먼저 꿈을 꾼 사람의 성격을 독자 여러분에게 알게 하는 것이 중요하다. 왜냐하면 그 사람의 성격을 모를 경우에 여러분이 꿈의 기이한 분위기 속으로 들어가는 것이 거의 불가능하기 때문이다.

순수한 시 같은 꿈들이 있다. 이런 꿈은 그 꿈이 전하는 전반적인 분위기를 통해서만 이해될 수 있다. 꿈을 꾼 사람은 스무 살을 갓 넘긴 청년이다. 그럼에도 외모는 여전히 소년 같다. 얼굴 표정과 자신을 표현하는 방식에는 소녀 같은 분위기조차 있다. 그 표현 방식은 교육과 양육이 잘 되었음을 보여준다. 그는 똑똑하며, 지적이고 미학적인 관심을 분명히 갖고 있다. 그가 탐미주의자라는 것은 매우 뚜렷하게 드러나고 있다. 누구나 그가 훌륭한 취향을 갖고 있고 또 온갖 형태의 예술을 높이 평가하고 있다는 사실을 금방 알게 된다. 그의 감정은 부드러웠고 또 사춘기의 특징인 열정을 보이고 있지만 다소 나약하다. 청년기의 풋풋함을 보여주는 흔적은 어디에도 없다.

틀림없이 그는 나이에 비해 지나치게 어려 보이고 발전이 늦은 예이다. 그가 동성애 때문에 나를 찾아야 했던 것도 분명히 이와 관계있다. 나를 처음 찾은 그 전날 밤에, 그는 이런 꿈을 꾸었다. "나는 신비한 황혼으로 가득한 높은 성당에 있었다. 사람들이 그것이 루르드에 있는 성당이라고 했다. 가운데에 깊고 시커먼 샘이 있었고, 나는 그 샘 안으로 내려가야 했다."

이 꿈은 분명히 일관되게 어떤 분위기를 표현하고 있다. 꿈을 꾼 사람의 설명은 이런 식이다. "루르드는 신비주의자에게 치료의 원천이다. 당연히 나는 어제 치료를 위해 당신을 찾을 생각을 하는 등 어쨌든 치료할 방법을 모색하고 있었다. 루르드에 이런 샘이 있다는 이야기가 있다. 물속으로 내려가는 것은 다소 불쾌한 일일 것이다. 샘은 아주 깊었다."

그렇다면 이 꿈은 우리에게 어떤 이야기를 들려주는가? 표면적으로 보면 아주 분명해 보이는 꿈이다. 그 전날의 기분을 시적으로 표현한 것 정도로 보면 무난할 것이다. 그러나 여기서 멈춰서는 절대로 안 된다. 왜냐하면 경험에 따르면 꿈은 그것보다 훨씬 더 깊고 더 중요하다는 점이 확인되기 때문이다. 꿈을 꾼 사람이 매우 시적인 감흥에 빠진 상태에서 의사를 찾았고, 치료를 마치 종교적인 신성한 행위로, 말하자면 경외심을 불러일으키는 성소 같은 곳에서 신비한 조명 아래에서 치러지는 그런 행위로 여기는 가운데 치료를 시작하고 있다고 짐작할 수 있다.

그러나 이것은 사실과 전혀 맞아떨어지지 않는다. 환자는 단지 불쾌한 일, 즉 자신의 동성애를 치료하기 위해 의사를 찾았을 뿐이다. 시적인 분위기와 거리가 아주 멀다. 만일 그처럼 직접적인 인과관계를 그 꿈의 기원으로 받아들이게 된다면, 어쨌든 우리는 그 전날의 분위기에서는 그가 그렇게 시적인 꿈을 꿔야 하는 이유를 보지 못한다. 그러나 우리는 아마도 꿈을 꾼 사람이 치료를 위해 나를 찾도록 만든, 대단히 시적이지 않은 일에서 받은 인상 때문에 그런 꿈이 일어났을 것이라고 짐작할 수 있다. 더 나아가 우리는 그가 그 전날 밤의 시적이지 않았던 그 기분 때문에 대단히 시적인 방식으로 꿈을 꾸었다고 짐작할 수도 있다. 낮에 굶주렸던 사람이 밤에 맛있는 음식을 먹는 꿈을 꾸는 것과 아주 비슷하다. 치료와 달갑지 않은 치료 절차에 대한 생각이 꿈에서 시적으로 변형된 모습으로, 그리고 꿈을 꾼 사람의 미학적이고 정서적인 욕구를 가장 효과적으로 충족시켜주는 쪽으로 위장한 모습으로 나타났을 수 있다는 점도 부정하지 못한다. 샘이 어둡고 깊고 차갑다는 사실에도 불구하고, 그는 이런 유혹적인 그림에 저항하지 못하고 끌려가게 될 것이다. 꿈 분위기의 일부는 잠에서 깬 이후에도 계속 이어질 것이고, 심지어 나를 방문해야 하는 불쾌하고 시적이지 않은 과제를 앞에 둔 그날 오전까지도 남아 있었을 것이다. 아마 그런 따분한 현실이 꿈 감정의 황금빛 밝은 잔광의 영향을 받게 될 것이다.

그러면 이것이 이 꿈의 목적일까? 그럴 수도 있을 것이다. 나의 경험에 비춰보면, 꿈의 절대다수가 보상적이기 때문이다. 꿈은 심리적 균형을 지키기 위해 언제나 다른 측면을 강조한다. 그러나 기분의 보상만이 그 꿈 그림의 유일한 목적은 아니다. 그 꿈은 또한 정신적 교정도 제공한다. 물론 환자는 자신이 곧 받게 될 치료를 제대로 이해하지 못하고 있었다. 그러나 그 꿈은 그의 앞에 놓인 치료의 본질을 시적 은유로 묘사한 그림을 제시하고 있다. 그의 연상과 성당 이미지에 대한 논평을 추가로 본다면, 즉각 이 점이 분명해진다.

그는 이렇게 말한다. "성당은 쾰른 성당을 떠올리게 한다. 어릴 때에도 나는 쾰른 성당에 매료되었다. 어머니가 그 성당에 대해 처음 말해주던 때를 분명히 기억하고 있다. 또한 내가 마을 교회를 볼 때마다 그것이 쾰른 성당인지 물었던 기억도 난다. 나는 그런 성당의 성직자가 되기를 바랐다."

이 연상에서 환자는 어린 시절에 있었던 매우 중요한 경험을 묘사하고 있다. 이런 환자들 거의 모든 예에서처럼, 그도 자기 어머니와 특별히 밀접한 관계를 맺고 있다. 이 같은 사실을 통해서 우리는 특별히 좋거나 치열한 의식적 관계를 이해하지는 못할지라도 성격 발달의 지체, 즉 상대적 유치증으로만 표현되고 있는 은밀한 관계의 본질을 이해하게 된다. 발달 중인 성격은 자연히 그런 무의식적이고 유치한 관계를 멀리하게 되어 있다. 왜냐하면 무의식에서는, 말하자면 정신적으로 태어나 마찬가지인 조건에서는 지속성보다 발달에 더 큰 장애가 되는 것은 없기 때문이다. 이 같은 이유로 본능은 어머니를 다른 대상으로 교체할 수 있는 최초의 기회를 철저히 이용하게 된다. 만약 그것이 진짜 어머니의 대체물이 되려면, 이 대상은 어떤 의미에서 어머니와 비슷할 것임에 틀림없다. 우리의 환자가 바로 그런 경우이다. 그의 어린 시절의 공상이 쾰른 성당의 상징에 매달리는 그 강도는 어머니의 대체물을 발견하려는 그의 무의식적 욕구의 크기와 일치한다. 유치한 관계가 해를 끼칠 수 있는 그런 환자의 내면에서는 이 무의식적 욕구가 더욱 커진다. 따라서 이 환자의 유치한 상상력은 교회라는 관념에 집착한다. 왜냐하면 교회는 전적으로 어머니 같은 존재이기 때문이다. 우리는 어머니 같은 교회라고 할 뿐만 아니라 교회의 자궁이라는 표현도 쓴다. 교회 의식에서, 세례반(洗禮盤)은 "신성한 샘의 순결한 자궁"이라 불리기도 한다. 이 같은 의미가 어떤 사람의 공상에 작용하고 있다면 그 사람은 이미 그 의미를 알고 있음에 틀림없다고 생각하는 것이 당연하다. 또 아무것도 모르는 아이는 이런 의미에 영향을 받을 수 없다고 판단하는 것이 합리적인 생각일 것이다. 따라서 그런 유추는 아마 의식적인 마음에 의해서 일어나는 것이 아니라 이와는 많이 다른 방식으로 일어난다고 보아야 할 것이다.

교회는 부모와의 자연적인 관계를 보다 고차원적인 영적 관계로 대체한다. 따라서 교회는 개인을 무의식 속의 자연적인 관계로부터 해방시킨다. 그런데 엄격히 말하면 이 자연적인 관계는 전혀 어떤 관계가 아니고 무의식적으로 부모와 동일시하는 조건이다. 이 관계는 단지 무의식이라는 이유로 엄청난 관성을 갖고 있으며 온갖 종류의 정신적 발달에 강력히 저항한다. 이런 조건과 동물의 영혼 사이에는 근본적인 차이가 없을 것이다.

개인이 동물 같은 원래의 조건에서 스스로를 떼어놓도록 노력하게 하는 것이 결코 기독교 교회만의 특권은 아니다. 기독교 교회는 단지 인류 역사만큼이나 오래되었을 본능적인 노력 중에서, 가장 늦게 나오고 또 서구적인 형태일 뿐이다. 그 노력은 어느 정도 발달을 이뤘으면서도 타락하지 않은 모든 원시인들 사이에서도 다양한 형태로 발견된다. 그런 예를 들자면 성인식이 있다. 사춘기에 이르면, 젊은이는 "남자의 집"이나 다른 신성한 곳으로 간다. 거기서 젊은이는 자기 가족으로부터 체계적으로 멀어진다. 동시에 젊은이는 종교적 신비의식을 치르고 또 이런 방법을 통해서 완전히 새로운 차원의 관계로 들어갈 뿐만 아니라 다시 태어난 인격으로 새로운 세상으로 들어가게 된다. 성년식에는 종종 온갖 형태의 고문이 수반된다. 가끔은 할례 같은 것도 포함된다. 이런 관행은 틀림없이 역사가 아주 깊다. 이젠 거의 본능이 되다시피 했으며, 그 결과 독일 학생의 "입회식"이나 미국 학생들의 사교 클럽에서 하는 특이한 행사에서 보듯 외적 충동이 없어도 되풀이된다. 이 같은 관행은 성 아우구스티누스(St. Augustine)가 표현한 것처럼 하나의 원형, 즉 원초적 이미지로 무의식에 각인되었다.

앞에 예로 든 청년의 어머니가 어린 소년이던 아들에게 쾰른 성당에 대한 이야기를 들려주었을 때, 이 원초적인 이미지가 깨어나며 생명을 얻었다. 그러나 거기에는 그 이미지를 더욱 발달시킬 성직자에 관한 이야기는 전혀 없었다. 그래서 아이는 자신의 어머니의 손 안에 그대로 남았다. 그럼에도 어떤 남자의 지도력에 대한 갈망은 소년의 내면에서 동성애의 성향을 보이면서 계속 성장했다. 만약에 어떤 남자가 그를 제대로 교육시키면서 유치한 공상을 품지 않도록 할 수 있었다면, 아마 청년에겐 동성애 성향이 나타나지 않았을 수도 있다. 동성애로의 일탈은 분명 역사에 선례가 많다. 일부 원시 공동체에서처럼 고대 그리스에도 동성애와 교육은 사실상 동의어였다. 이런 측면에서 본다면, 청년기의 동성애는 단지 같은 남자의 가르침에 대한 매우 건전한 욕구를 오해한 것에 지나지 않을 수도 있다.

그렇다면 그 꿈에 따르면, 이 환자에게 치료의 시작이 의미하는 것은 동성애의 진정한 의미를 성취하는 것, 말하자면 성인 남자들의 세계로 들어가는 것이다. 우리가 이 꿈을 이해하기 위해 여기서 이런 식으로 세밀하게 논의하는 모든 것을 꿈은 몇 개의 생생한 은유로 압축했다. 그리하여 꿈은 어떠한 유식한 화법보다 꿈을 꾼 사람의 상상과 감정과 이해력에 훨씬 더 효과적으로 작용하는 그런 그림을 창조해낸다. 따라서 환자는 의학적 조언이나 교육적 가르침에 압도되어 있을 때보다 치료를 받을 준비를 훨씬 더 잘 갖추고 있었다. 이런 이유로 나는 꿈을 정보의 소중한 원천으로뿐만 아니라 교육과 치료에 효과적인 도구로도 여기고 있다.

이제 두 번째 꿈을 소개할 것이다. 이 환자가 처음 나를 찾은 날 밤에 꾼 꿈이다. 앞에 소개한 그 전의 꿈에 환영의 뜻을 더하는 그런 꿈이다. 먼저 나는 첫 번째 상담 시간에 우리가 앞에서 논한 그 꿈에 대해 환자에게 설명하지 않았다는 점을 밝혀야 한다. 나는 그 꿈에 대해 언급조차 하지 않았다. 그 꿈을 암시하는 말조차도 하지 않았다.

두 번째 꿈은 이랬다. "나는 장엄한 고딕풍의 성당 안에 있다. 제단에 성직자가 서 있다. 나는 성직자 앞에 나의 친구와 함께 서 있다. 나의 손에는 자그마한 일본제 상아 형상이 쥐어져 있다. 그러면서 이 형상이 세례를 받게 될 것이라고 생각하고 있다. 그런데 갑자기 나이 많은 부인이 나타나서 나의 친구의 손가락에 끼어져 있던 우정의 반지를 뽑아 자신의 손가락에 낀다. 나의 친구는 이 같은 사실이 그를 어떤 식으로든 옮아매지 않을까 두려워한다. 그러나 바로 그 순간에 오르간 소리가 울려 퍼진다."

애석한 일이지만, 나는 이처럼 아주 독창적인 꿈의 세부사항을 짧은 강연 시간 동안에 다 파고들지 못한다. 여기서 전날 꾸었던 꿈을 지속시키고 보상하는 사항들만을 간단히 소개할 것이다. 두 번째 꿈은 틀림없이 첫 번째 꿈과 연결되어 있다. 꿈을 꾼 사람은 다시 성당 안에 있다. 즉 남자로서 성년식을 하고 있는 상황이다. 그러나 새로운 형상이 더해졌다. 성직자이다. 앞의 꿈에는 성직자가 나타나지 않았다. 따라서 이 꿈은 그의 동성애의 무의식적 의미가 성취되었다는 점을, 그리고 새로운 발달이 시작될 수 있다는 점을 확인시키고 있다. 실질적인 성년식 의식, 즉 세례가 지금 시작될 것이다. 그 꿈 상징은 내가 앞에서 한 말을, 말하자면 그러한 변화와 정신적 변환을 초래하는 것이 기독교 교회의 특권은 아니지만 교회의 뒤에, 어떤 조건들에서 그런 변화와 정신적 변환을 낳을 수 있는 원초적 이미지가 있다고 한 주장을 뒷받침한다.

그 꿈에 따르면, 세례를 받는 것은 자그마한 일본제 상아 형상이다. 이에 대해 환자는 이렇게 말한다. "그건 괴상하게 생긴 난쟁이 인형인데, 그걸 보면 남자 성기 같다는 생각이 든다. 이 물건이 세례를 받는다는 것이 참 이상했다. 그렇지만 어쨌든 유대인의 할례도 일종의 세례인 것이다. 그것은 나의 동성애를 가리키는 것임에 틀림없다. 나와 함께 제단 앞에 서 있던 친구가 나와 성관계를 갖는 친구이니까. 우리는 같은 클럽의 회원이다. 우정의 반지는 분명 우리의 관계를 상징한다."

흔히 반지는 어떤 연결이나 관계의 증표로 이용된다. 결혼반지가 그런 예이다. 따라서 이 경우에 우정의 반지를 동성애 관계를 상징하는 것으로 보아도 별 무리가 없을 것이다. 그리고 꿈을 꾼 사람이 자기 친구와 함께 나타난다는 사실도 그런 점을 말해주고 있다.

여기서 치료되어야 할 것은 동성애이다. 꿈을 꾼 사람은 상대적으로 유치한 조건에서 빠져나와 성직자가 주관하는 일종의 할례 의식을 통해서 성인의 세계로 들어간다. 이런 생각은 이보다 앞에 꾸었던 꿈에 대한 나의 분석과 정확히 일치한다. 지금까지 해석은 원형 이미지의 도움으로 논리적으로, 또 일관되게 전개되었다. 그러나 지금 불쑥 혼란스런 요소가 하나 등장한다. 나이 많은 부인이 갑자기 우정의 반지를 끼고 있다. 달리 말하면, 그녀가 청년의 동성애 관계를 자신에게로 끌어당기고 있는 것이다. 그리하여 꿈을 꾼 사람은 의무가 따를 새로운 관계에 말려들까 겁을 먹고 있다. 지금 반지가 부인의 손에 끼어 있기 때문에, 일종의 결혼이 이뤄졌다. 말하자면 동성애 관계가 이성애 관계로 바뀐 것 같다. 그러나 이 이성애가 늙은 여자의 개입으로 기이해졌다. 환자는 "그 부인은 어머니의 친구이다. 나는 그녀를 아주 좋아하고 있고, 사실 그녀는 나에게 어머니나 다름없다."고 말한다. 이 말에서 우리는 그 꿈에서 일어난 일을 확인할 수 있다. 성년식을 치른 결과, 동성애의 관계가 끊어지고 이성애 관계가 그것을 대신하게 되었다. 그런데 이 이성애 관계는 그의 어머니를 닮은 여인과의 정신적인 우정이다. 그녀가 그의 어머니를 닮고 있음에도, 이 여자는 어쨌든 그의 어머니는 아니다. 그래서 그녀와의 관계는 어머니를 벗어나 남자다움을 찾으려는 첫 걸음을 의미함과 동시에 그가 청년기 동성애를 부분적으로 극복했다는 것을 의미한다.

새로운 연결에 대한 두려움은 쉽게 이해된다. 첫째, 이 부인이 자기 엄마를 닮았다는 점이 자연스레 그의 내면에 불안을 불러일으킬 것이다. 동성애의 끈을 끊은 것이 어머니로의 퇴행을 낳았다는 주장도 가능할 것이다. 둘째, 이성애 상태에 수반될 의무, 예를 들면 결혼 같은 새로운 요소에 대한 두려움이 일어날 수 있다. 여기서 우리가 퇴행이 아니라 전진에 관심을 둬야 한다는 점은 이때 흘러나오는 음악에 의해 뒷받침되는 것 같다. 환자는 음악을 좋아하며 특히 장엄한 오르간 음악에 약하다. 그러므로 음악은 그에게 매우 긍정적인 감정을 의미한다. 그렇기 때문에 이 경우에 음악은 그 꿈에 관한 조화로운 결론을 끌어내고, 이 결론은 거꾸로 그 다음날 오전에 아름답고 성스러운 느낌을 남기게 된다.

지금까지 환자가 나로부터 상담을 딱 한 차례만 받았고 또 그것도 대체로 과거의 이야기만 하는 시간이었다는 점을 고려한다면, 당신은 두 개의 꿈이 놀라운 예견을 하고 있다는 나의 말에 틀림없이 동의할 것이다. 그 꿈들은 환자의 상황을, 그러니까 의식적인 마음에는 매우 낯선 상황을 매우 밝게 비춰주고 있다. 동시에 그 꿈들은 평범한 치료적 상황에, 꿈을 꾼 사람의 정신적 특성과 맞아떨어지고 따라서 그의 미학적, 지적, 종교적 관심사를 한 단계 더 높은 차원에서 서로 연결시킬 수 있는 그런 어떤 양상을 더하고 있다. 치료에 이보다 더 바람직한 조건을 상상하기는 어려울 것이다.

이런 꿈들의 의미를 논할 때, 환자가 준비를 최대한 잘 갖추고 희망을 품는 가운데 치료에 임하고 있으며 유치함을 버리고 어른이 될 각오가 단단히 되어 있다는 식의 설명에 누구나 쉽게 동의할 것이다. 그러나 실제로 보면 이 꿈은 전혀 그렇지 않다. 이 환자의 의식 안에서 망설임과 주저가 강하게 일어나고 있다. 더욱이, 치료가 진행됨에 따라 그는 적대적이고 완강한 모습을 자주 보였으며 여차 하면 이 전의 유치한 단계로 되돌아갈 준비가 언제든 되어 있었다. 그러므로 그 꿈들은 그의 의식적인 행동과 정반대이다. 그 꿈들은 점진적으로 발달하는 모습을 보이고 있으며 또 교육자의 역할을 하고 있다. 나의 의견에 그 꿈들은 꿈들의 어떤 구체적인 기능을 명쾌하게 보여주는 것 같다. 이 기능을 나는 보상이라고 부른다. 무의식적 향상과 의식적 퇴행은 하나의 상반된 짝을, 말하자면 저울의 균형을 유지하는 그런 짝을 이룬다. 교육자의 영향은 이 저울이 향상 쪽으로 기울도록 한다. 이런 식으로 꿈들은 교육적 효과를 강화하고 동시에 환자의 공상 생활을 보다 깊이 들여다볼 기회를 준다. 따라서 환자의 의식적 태도는 점차적으로 이해력을 더 많이 보이게 되고 동시에 새로운 영향을 보다 쉽게 받아들이게 된다.

지금까지 논한 내용을 바탕으로 할 때, 만약에 모든 꿈들이 이런 식으로 일어난다면, 꿈들이야말로 개인의 정신생활의 가장 깊은 비밀에 접근할 수 있는 소중한 수단이라는 결론이 도출될 것이다. 꿈들이 설명 가능한 것이라는 점에서 본다면, 이 같은 추론은 하나의 일반적인 규칙으로 받아들여질 수 있다. 그럼에도 불구하고 꿈을 설명하는 데는 대단한 어려움이 따른다. 폭넓은 경험과 상당한 재치만 아니라 지식까지 필요하다. 꿈을 어떤 일반적인 이론에 근거하여 해석하는 것은 비효율적일 뿐만 아니라 그릇되고 해로운 관행이기도 하다. 설득의 기술이 동원되고 또 전도(顚倒)와 왜곡, 전치(轉置) 같은 꿈의 메커니즘이 능숙하게 이용된다면, 꿈은 어떠한 의미로도 해석될 수 있기 때문이다. 상형문자를 처음 해독하려는 시도에서도 이와 똑같은 자의적인 절차가 발견되었다. 꿈을 이해하는 작업을 시작하기 전에, 우리는 언제나 스스로에게 "이 꿈은 어떤 의미로도 해석이 가능해."라고 말해야 한다. 꿈이 꼭 의식적인 태도에 반대하는 입장에 설 필요는 없지만 대체로 보면 의식적인 태도와 평행선을 그린다. 이는 꿈의 보상적인 기능과 꽤 일치한다.

게다가, 어떠한 해석도 거부하는 꿈도 있다. 그런 경우 유일하게 가능한 것은 짐작의 위험을 무릅쓰는 것이다. 어쨌든, 아직까지 꿈을 풀 열쇠는 발견되지 않았다. 오류가 없는 방법도, 절대적으로 만족스런 이론도 아직 나오지 않았다. 모든 꿈은 성적 소망이나 도덕적으로 용인되지 않는 다른 소망의 성취를 위장한 것이라는 프로이트의 이론에 나는 동의하지 않는다. 그래서 나는 프로이트의 이론을 이용하거나 거기에 근거한 해석 방법을 주관적인 편향이라고 본다. 정말로, 나도 꿈의 엄청난 비합리성과 개성을 고려하면 꿈은 일반적인 이론을 세울 수 있는 영역 밖의 문제라는 주장에 솔깃해진다.

　우리가 모든 것을 예외 없이 과학의 주제로 적절하다고 믿어야 할 이유가 있는가? 과학적인 사고는 인간이 세상을 이해하는 데 동원할 수 있는 정신적 기능들 중 하나에 지나지 않는다. 꿈을 과학자들이 관찰 가능한 자료로 보지 않고 예술 작품의 성격을 지닌 것으로 보는 것이 더 바람직할 수도 있다. 내가 볼 때에는 후자의 관점이 더 나은 결과를 낳는 것 같다. 이유는 그것이 꿈의 근본적인 본질에 더 가깝기 때문이다. 결국 중요한 것은 우리 모두가 각자의 무의식적 보상을 잘 알고 그렇게 함으로써 의식적인 태도의 편향성과 부적격성을 극복해야 한다는 사실이다. 교육의 다른 방법이 효과적이고 유용하다면, 무의식의 지원이 필요하지 않다. 정말이지, 만약에 제대로 된 의식적인 방법을 무의식의 분석으로 대체하려 든다면, 그거야말로 비난받아 마땅한 실수가 될 것이다. 분석적인 방법은 어디까지나 다른 방법들이 실패하는 경우로만 국한시켜야 하며 동시에 전문가들에 의해서만 행해져야 한다. 평범한 사람이 분석적 방법을 동원할 때에는 반드시 전문가의 통제와 지도를 받아야 한다. 교육자에게는 정신의학 분야의 연구와 방법들의 일반적인 결과는 단순히 학문적 관심으로만 다가오지 않는다. 그 연구와 방법들은 매우 현실적인 도움을 줄 것이다. 왜냐하면 일부 경우에 정신의학의 연구와 방법들이 교육자에게 그런 지식이 없었더라면 결코 획득하지 못했을 통찰력을 제공하기 때문이다. 〈1925〉

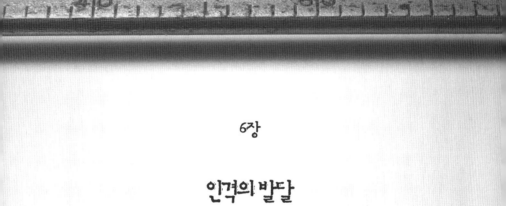

6장

인격의 발달

대중과 인격 도야

|

괴테(Johann Wolfgang Goethe)의 시 중에서 다음 두 행이 자주 인용되고 있다.

세상에서 가장 큰 행복은

인격의 기쁨이도다!

이는 모든 인간의 종국적 목표와 가장 강력한 욕망은 인격이라 불리는 삶의 완전성을 이루는 것이라는 뜻이다. 오늘날, "인격 도야(陶冶)"가 교육의 이상이 되었는데, 이 이상은 기계의 시대가 요구하는, 표준화되고 대량생산된 "평균적인" 인간 존재를 불신하고 있다. 따라서 인격 도야는 세계 역사를 해방시킨 위대한 행동은 지도적인 인격에서 나왔지 무력한 대중에서 나온 것이 절대로 아니라는 역사적 사실에 찬사를 보내고 있다. 역사적으로 보면 대중은 언제나 부차적이며 반드시 선동가의 부추김이 있을 때에만 행동할 수 있었다. 오늘날 많은 민족들이 강력한 지도자의 부재를 애석해 하고 있다. 그래서 인격에 대한 갈망이 많은 사람들의 마음을 지배하고 있는 진짜 문제가 되었다.

한편, 그 전까지 이 문제를 눈치 챘던 사람은 오직 한 사람, 프리드리히 실러(Friedrich Schiller)뿐이었다. 미학적 교육에 관해 쓴 그의 편지는 1세기도 넘는 세월 동안에 문학의 '잠자는 미녀'처럼 묻혀 있었다. "독일 민족의 신성 로마 제국"은 교육자로서의 실러에 주목하지 않았다. 반대로 '튜턴족의 분노'(furor teutonicus: 로마 제국 때 튜턴족을 포함한 게르만족의 흉포함을 가리키는 라틴어 표현이다/옮긴이)가 어린이 교육 곳곳으로 파고들고, 아이의 심리에 스며들고, 성인의 유치증을 몰아내고, 어린 시절을 삶과 인간의 운명을 엉뚱한 방향으로 이끄는 아주 불길한 조건으로 만들어 버렸다. 그러다 보니 성인이라는 존재가 갖는 창조적인 의미와 잠재력이 '튜턴족의 분노'에 완전히 가려지게 되었다.

우리 시대는 "아이의 세기"로 과도하게 찬양되고 있다. 유치원의 무한한 확장은 실러의 천재성이 예측한 성인의 교육 문제를 완전히 망각하도록 만들었다. 어느 누구도 어린 시절의 중요성을 부정하거나 낮게 평가하지 않을 것이다. 가정이나 학교에서의 어리석은 양육이 아이에게 평생 동안 미칠 심각한 해악은 너무나 분명하고, 그래서 보다 합리적인 교육 방법이 시급히 요구되고 있기 때문이다. 그러나 만약에 이 해악을 그 뿌리부터 공격해야 한다면, 그처럼 어리석고 편협한 교육 방식이 어떻게 채택되어 지금까지 지켜지고 있는가 하는 문제를 진지하게 직시해야 한다. 분명히 말하지만, 그건 어설픈 교육자들, 다시 말해 인간 존재가 아니라 걸어 다니는 교육법의 화신에 불과한 그런 교육자들 때문일 것이다. 타인을 교육시키길 원하는 사람은 누구나 자기 자신부터 교육시켜야 한다. 그러나 앵무새처럼 책을 달달 외우거나 공식을 기계적으로 적용하는 교육 방식은 아이에게도, 교육자에게도 절대로 교육이 아니다.

누구나 아이들이 인격을 도야할 수 있어야 한다고 목소리를 높이고 있다. 이 같은 고고한 이상을 높이 평가하면서, 나는 이런 질문을 던지지 않을 수 없다. 그렇다면 인격을 훈련시키는 사람은 누구인가? 가장 먼저 부모가 있다. 그런데 이 부모들도 인생 내내 반쯤 아이로 사는 무능한 사람들이다. 이런 평범한 부모가 과연 "인격자"가 될 것이라고 기대할 수 있겠는가? 그리고 누가 부모들에게 "인격"을 주입시키는 방법을 고안하겠다고 나서기나 하겠는가? 그렇다면 자연히 우리는 교육자에게, 말하자면 훈련받은 전문가에게 훌륭한 것을 기대한다. 그런데 이 교육자들도 내면에 "심리학 지식"을 잔뜩 집어넣은 상태에서 아이들을 어떻게 다뤄야 하는지, 아이들의 내면은 어떤 것으로 구성되어 있는지에 관해 어설픈 의견들을 마구 쏟아내고 있을 뿐이다.

교육을 직업으로 선택한 젊은이들은 교육이 잘 되어 있는 것으로 여겨진다. 그러나 어느 누구도 감히 그들이 모두 "인격자"라고 단정적으로 말하지는 못할 것이다. 대개 젊은 선생들은 자신이 가르쳐야 할 무력한 아이들과 똑같이 결함 있는 교육으로 힘들어 하고 있으며 대체로 "인격"을 제대로 갖추지 못하고 있다. 우리의 전반적인 교육 문제는 교육 대상인 아이들에게 편향적으로 접근함에 따라 더욱 심각해지고 있다.

교육자들이 제대로 교육을 받지 못하고 있는 현실을 똑바로 보지 않는 것도 큰 문제로 지적되고 있다. 공부 과정을 끝낸 사람은 예외 없이 자신은 교육을 받을 만큼 충분히 받았다고 느낀다. 한마디로 말해, 그런 사람은 자신이 다 성숙했다고 느낀다. 그런 사람은 생존 투쟁에서 살아남기 위해서 그렇게 느껴야 하고, 또 자신의 능력에 대해 확신을 품어야 한다. 그렇지 않고 회의(懷疑)나 불확실성의 느낌을 갖게 되면 그 사람은 자신의 권위에 대한 믿음을 강하게 갖지 못할 것이다. 사람들은 대체로 교육자들이 유능하고, 자기 일에 뛰어나고, 자기 자신과 자신의 능력에 대해 의문을 품지 않을 것이라고 예상한다. 전문직에 종사하는 사람은 당연히 유능한 존재일 것으로 여겨진다.

이런 조건들이 이상적인 수준은 아니라는 것을 모두가 다 알고 있다. 그러나 우리는 조건부로 지금과 같은 상황에서는 그래도 그렇게 하는 것이 최선이라고 말할 수 있다. 우리는 이 조건들이 어떤 식으로 달라질 수 있는지를 상상하지 못한다. 우리는 평균적인 교육자로부터 평균적인 부모에게 기대할 수 있는 그 이상의 것을 기대하지 못한다. 만약 평균적인 교육자가 자신의 일을 잘 처리한다면, 우리는 그것으로 만족해야 한다. 우리가 자기 자식을 최대한 잘 양육하는 부모에게 만족해야 하는 것과 똑같다.

사실을 말하면, 인격을 교육시킨다는 높은 이상은 아이들을 위한 것이 아니다. 왜냐하면 일반적으로 인격이 의미하는 것, 말하자면 저항 능력이 있고 활기 넘치고 균형 잡힌 정신적 통일체는 어디까지나 성인의 이상이기 때문이다. 사람들이 이 같은 이상을 어린 시절에 강요하기를 바라는 현상은 오직 우리 시대와 비슷한 시대에, 말하자면 성인이 자신의 삶의 문제들을 자각하지 못하고, 설상가상으로 성인이 의식적으로 그런 문제들을 회피하는 시대에 나타난다. 나는 이 시대가 아이에게 교육학적으로나 심리학적으로 기울이는 지나친 관심에서 비열한 의도를 의심한다.

우리는 지금 아이에 대해 말하고 있다. 그러나 우리는 우리 성인의 내면에 있는 아이에 대해 말해야 한다. 왜냐하면 모든 성인의 내면에 어떤 아이가, 영원한 아이가, 말하자면 언제나 형성되는 과정에 있고 절대로 완성되지는 않는 그 무엇인가가 도사리고 있으면서 끝없이 보살핌과 주의, 교육을 요구하고 있기 때문이다. 그것은 언제나 발달을 추구하면서 완전성을 꾀하길 바라는 인간의 인격의 일부이다. 그러나 현대인은 이 완전성과 거리가 정말로 멀다. 자신의 결점을 희미하게 파악하고 있는 현대인은 자신이 어린 시절에 받은 교육과 양육에 뭔가 잘못된 부분이 있었음에 틀림없다고 단정하면서 아이의 교육에 사로잡혀 지내고 아이의 심리에 열정적으로 헌신하고 있다. 이 같은 의도는 굉장히 칭찬할 만하지만, 우리는 어른들 본인이 지금도 여전히 저지르고 있는 잘못을 아이의 내면에서 결코 바로잡을 수 없다는 심리학적 사실 앞에서 실망하게 된다.

아이들은 우리 어른들이 상상하는 것처럼 반쯤 어리석은 존재가 아니다. 아이들은 진정한 것과 거짓인 것을 너무나 잘 구분한다. 임금님의 옷에 관한 한스 안데르센(Hans Andersen)의 동화는 영원한 진리를 담고 있다. 나를 찾아온 사람들 중에서 자기 아이들을 자신이 어린 시절에 겪은 불행한 경험으로부터 자유롭게 해 주겠다는, 높이 치하할 만한 의도를 갖고 온 사람이 과연 얼마나 될까? 내가 "당신은 자신의 실수를 극복했다고 자신합니까?"라고 물으면, 그들은 그 손상을 오래 전에 바로잡았다고 자신 있게 대답했다. 그러나 실제로 보면 손상은 전혀 극복되지 않았다. 어린 시절에 지나치게 엄격하게 양육된 부모라면, 그 부모는 지나친 관용으로 자식을 응석받이로 키우며 나쁜 버릇을 갖게 할 것이다. 만약에 어떤 것들이 어린 시절에 그들로부터 고통스럽게 감춰졌다면, 그들은 그것들을 무절제하게 드러낼 것이다. 부모들은 단지 반대쪽 극단으로만 갔다. 이는 해묵은 죄가 대를 이어 비극적으로 계속된다는 점을 보여주는 가장 확실한 증거이다.

만약 아이들에게 변화시킬 무엇인가가 있다면, 우리는 먼저 그것이 오히려 우리의 내면에서 더 잘 변화할 수 있는 것이 아닌지를 살펴야 할 것이다. 여기서 교육학에 대한 우리의 열정을 보자. 어쩌면 엉뚱하게도 남의 다리를 긁고 있을지도 모른다. 교육의 필요성을 엉뚱한 곳에서 역설하고 있을 수 있는 것이다. 왜냐하면 우리 어른들이 아직 많은 면에서 아이라서 많은 교육을 필요로 한다는 사실이 불편하게 다가오기 때문이다.

우리가 아이들의 "인격"을 훈련시키려 할 때, 나의 의견엔 여하튼 이 같은 의심을 갖는 것이 대단히 적절해 보인다. 인격이란 것은 오직 평생에 걸쳐 여러 단계를 느릿느릿 거치며 발달할 수 있는 하나의 씨앗이다. 확고함과 전체성, 성숙이 없는 인격은 절대로 있을 수 없다. 이 세 가지 특성은 아이에게 기대할 수도 없고 기대해서도 안 되는 것들이다. 왜냐하면 그 특성들이 아이에게서 어린 시절을 강탈해 버리기 때문이다. 그런 아이는 미성숙한 애어른에 지나지 않을 것이다. 그런데도 현대 교육은 이미 그런 괴물을 탄생시켰다. 자식을 위해 언제나 "최선을 다하고" 또 "자식들만을 위해서

사는" 것을 열광적인 임무로 여기는 부모 밑에서 특히 이런 괴물이 자주 나온다. 이런 요란한 이상(理想)은 부모들이 자기 자신의 발달을 돌보지 못하도록 막고, 또 동시에 부모들이 자신들의 "최선"을 아이들의 목구멍으로 쑤셔넣을 수 있도록 한다. 소위 말하는 이 "최선"은 부모들이 자신에게서 가장 무시했던 바로 그것인 것으로 드러난다. 이런 식으로 아이들은 자기 부모의 실패를 성취하려 애를 쓰게 되고 부모가 이루지 못한 야망으로 힘들어 한다. 이런 방법과 이상은 오직 교육적 괴물을 낳을 뿐이다.

어느 누구도 자신의 안에 인격이라는 씨앗이 없는 경우에는 그것을 훈련시키지 못한다. 그리고 충만한 삶의 과실로서 인격을 성취할 수 있는 사람은 아이가 아니라 어른이다. 인격의 성취란 곧 개인의 인간 존재를 최대한으로 발달시키는 것이나 다름없다. 그 과정에 극복해야 할 무수한 조건들이 어떤 것인지를 예측하는 것은 불가능하다. 인격 형성은 생물학적, 사회적, 영적 측면에서 평생을 요구한다. 인격은 살아 있는 존재가 타고난 특질을 최대한 구현하는 것이다. 인격은 삶 앞에서 대단한 용기가 요구되는 행위이며, 그 개인을 이루고 있는 모든 것을 절대적으로 확신하는 것이며, 또 자기 결정의 자유를 최대한으로 누림과 동시에 존재의 보편적 조건에 성공적으로 적응하는 것이다.

사람을 그런 방향으로 교육시키는 것은 결코 간단한 일이 아니다. 그것은 틀림없이 현대인의 마음이 감당하기에 아주 힘든 과제일 것이다. 그것은 또한 위험한 일이다. 실러의 예언적 통찰이 그가 이 문제에 처음 주목하도록 만들었을지라도, 그것은 실러조차 상상하지 못했을 만큼 위험한 일이다. 그것은 여자들이 아이를 낳게 한 자연의 모험적인 계획만큼이나 위험하다. 만약에 어떤 초인이 태아를 어떤 병 안에서 자라게 했다가 그것이 얼간이로 성장하는 것을 발견하게 된다면, 그것이야말로 신성모독이고, 프로메테우스 혹은 루시퍼의 뻔뻔스러운 짓과 비슷하지 않겠는가? 그러면서도 그 초인은 자연이 매일 하지 않는 것은 절대로 하지 않을 것이다. 애정 깊은 어머니의 자궁 안에 들어 있지 않았던 인간의 공포나 변종은 절대로 없다. 태양이 공정한 것이거나 공정하지 못한 것이거나 똑같이 비추고, 아이를 낳아 젖을 물리는 엄마들이 결과에 대해서는 걱정하지 않고 신의 자식이나 악마의 자식이나 똑같은 애정으로 돌보듯이, 우리도 이 놀라운 자연의 중요한 한 부분이며 자연처럼 내면에 예측 불가능한 것들의 씨앗을 품고 있다.

우리의 인격은 식별조차 불가능한 배(胚)에서부터 시작하여 일생에 걸쳐서 발달한다. 그리고 우리의 됨됨이를 보여주는 것은 오직 우리의 행동이다. 우리는 태양과, 다시 말해 땅위의 생명을 번성시키고 온갖 종류의 이상하고, 경이롭고, 나쁜 것을 키워내는 태양과 비슷하다. 우리는 자신의 자궁 안에 미지의 행복과 고통을 품고 있는 어머니와 비슷하다. 처음에 우리는 우리 안에 어떤 선행 혹은 비행을, 어떤 운명을, 어떤 선과 악을 품고 있는지 모른다. 가을이 되어야만 봄이 낳은 것이 무엇인지를 알 수 있고, 또 저녁이 되어야만 아침이 낳은 것들이 보일 것이다.

인격은 닿을 수 없는 이상

|

우리의 전체 존재를 완벽하게 실현시키는 것을 의미하는 인격은 결코 닿을 수 없는 이상이다. 그러나 닿을 수 없다는 사실이 이상을 반박하는 논거가

될 수는 없다. 이상은 이정표일 뿐 절대로 목표는 아니기 때문이다.

아이가 교육을 받기 위해서는 발달해야 하듯이, 인격은 도야를 할 수 있기 전에 먼저 싹을 틔워야 한다. 바로 여기서 위험도 동시에 시작된다. 우리는 예측 불가능한 것을 다루고 있다. 그렇기 때문에 싹을 틔우고 있는 인격이 어느 방향으로 어떤 식으로 발달할 것인지에 대해서는 아무도 알지 못한다. 우리는 자연과 세상을 다소 신중하게 대할 만큼 이 둘에 대해서 충분히 배웠다. 더욱이 우리는 인간 본성은 원래부터 사악하다는 기독교 믿음을 배우면서 성장했다. 그러나 기독교 가르침을 더 이상 따르지 않는 사람들조차도 천성적으로 의심을 품고 있으며, 자신이라는 존재의 지하의 방들에 도사리고 있는 온갖 가능성들에 거의 놀라지 않는다. 프로이트와 같은 탁월한 심리학자들까지도 인간의 정신 깊은 곳에 잠자고 있는 것들의 그림을 아주 불쾌하게 그리고 있다. 그래서 인격의 발달을 선한 단어로 표현하는 것이 오히려 과감한 모험이 되고 있다.

그러나 인간의 천성은 이상한 모순으로 가득하다. 우리는 "모성의 거룩함"을 칭송하지만 모성이 온갖 인간 괴물과 살인마, 위험한 광인, 백치 등을 낳는다는 생각은 꿈에도 하지 않는다. 동시에 우리는 인격의 자유로운 발달을 허용할 때 온갖 의심에 시달리게 된다. 사람들은 "상상 가능한 모든 일이 일어날 수 있다."고 말한다. 혹은 사람들은 "개인주의"에 대해 반대하는 목소리를 약하게 낼 것이다. 그러나 개인주의는 자연스런 발달이 아니었으며 지금도 아니긴 마찬가지이다. 개인주의는 아주 약한 장애 앞에서도 곧잘 무너져 내림으로써 그 공허함을 증명해 보이는 하나의 괴상한 태도에 지나지 않는다.

분명히 말하지만, 인격을 발달시키는 게 바람직하다는 조언을 받아들여 인격을 발달시키는 사람은 아무도 없다. 자연은 선의의 조언에 절대로 넘어가지 않는다. 자연을 움직일 수 있는 유일한 것은 인과적 필연이며, 인간의 천성도 마찬가지이다. 필연이 작용하지 않고는 아무것도 움직이지 않는다. 인간의 인격은 특히 더 그러하다. 인격은 대단히 보수적이다. 무기력한 것은 말할 필요도 없다. 오직 결정적인 필연만이 인격을 자극할 수 있다. 발달 중인 인격은 어떤 변덕도, 어떤 명령도, 어떤 통찰도 따르지 않고 오직 엄격한 필연만 따른다. 인격은 내적 혹은 외적 숙명이라는 동력을 필요로 한다. 다른 어떠한 발달도 개인주의보다 더 훌륭하지 않을 것이다. 그것이 인격의 자연스런 발달을 두고 "개인주의"라고 지적하는 것이 모욕으로 들리는 이유이다.

  "부름을 받는 이들은 많지만 선택되는 이들은 거의 없다"라는 말은 여기서 가장 적절하게 통하는 것 같다. 왜냐하면 배(胚)의 상태에서부터 완전한 의식에 이르기까지, 그 인격의 발달은 하나의 특별한 능력이기도 하고 저주이기도 하기 때문이다. 그렇게 보는 이유는 그 인격의 최초의 결실이 서로 구별되지 않는 무의식적인 집단으로부터 그 사람 하나만이 의식적으로 분리되는 것이기 때문이다. 이는 소외를 의미한다. 가족도, 사회도, 지위도 개인을 이 운명으로부터 구해내지 못한다. 또 개인이 아무리 훌륭하게 적응할지라도 이 운명으로부터 자유로울 수는 없다. 이렇듯 인격의 발달은 큰 희생을 치러야만 얻을 수 있는 선물이다.

  그럼에도 인격의 발달은 괴물을 낳을 수 있다는 데 대한 공포나 소외에 대한 공포 그 이상을 의미한다. 인격의 발달은 또한 자기 자신의 존재의 원칙에 충실하다는 것을 의미한다.

자기 자신의 존재의 원칙에 충실하다는 것은 곧 이 원칙에 대해 어떤 믿음을, 말하자면 충직한 인내와 확신에 찬 희망을 갖고 있다는 뜻이다. 한마디로 말해, 종교인이 신에게 품는 것과 같은 태도를 뜻한다. 여기서 우리의 문제의 뒤에서 나오는 딜레마가 얼마나 불길한지가 드러날 것이다. 그 딜레마란 바로 개인이 의식적으로, 그리고 도덕적으로 고민을 깊이 하면서 자신의 길을 선택하지 않는다면 절대로 인격이 발달할 수 없다는 점이다. 인과적 동기, 즉 필연성뿐만 아니라 의식적인 도덕적 결정이 인격을 구축하는 과정에 힘이 되어주어야 한다. 만약에 필연성이 결여되어 있다면, 겉으로 드러나는 인격의 발달은 단순히 의지의 곡예에 지나지 않을 것이다. 만약에 도덕적 결정이 결여되어 있다면, 인격의 발달은 무의식적인 기계적 행위나 다름없을 것이다.

그러나 사람은 자신만의 길을 최선의 길로 여길 때에만 도덕적으로 그 길을 가기로 결정을 내릴 수 있다. 만약 다른 길이 더 나은 것으로 여겨진다면, 그는 자신의 인격이 아닌 다른 인격을 살며 또 발달시키게 될 것이다. 그 다른 길들은 도덕적, 사회적, 정치적, 철학적, 종교적 성격을 지닌 인습들이다. 인습이 이 형식 혹은 저 형식으로 언제나 번성한다는 사실은 단지 인류의 대다수가 자신의 길을 선택하지 않고 인습을 택하고 있다는 것을, 따라서 자기 자신을 발달시키는 것이 아니라 자신의 전체성을 희생시키면서 집단적 유형의 삶의 방식을 발달시키고 있다는 것을 증명하고 있다.

원시적인 단계의 정신생활과 사회생활이 전적으로 개인들 사이의 무의식을 바탕으로 한 집단생활인 것과 똑같이, 그 후에 일어난 발달의 역사적 과정은 주로 집단적이었고 앞으로도 틀림없이 그런 식으로 이어질 것이다. 그것이 내가 인습을 집단적 필연이라고 믿는 이유이다. 그것은 도덕적 의미에서나 종교적 의미에서나 미봉책이며 이상은 아니다. 왜냐하면 인습에 복종하는 것은 언제나 자기 자신의 완전성을 부정하고 자기 자신의 존재의 최종적 결과로부터 달아나는 것을 의미하기 때문이다.

자기 자신의 인격을 발달시키는 것은 정말로 인기 없는 일이다. 인격 도야는 대다수의 사람들에게 대단히 마음에 들지 않는 일탈로 보이고, 또 수도사(修道士)의 분위기까지 풍기는 기행(奇行)으로도 보인다. 그렇다면 아주 오랜 옛날부터 극소수의 선택된 자들만이라도 이런 이상한 모험을 감행했다는 사실이 작은 경이로 다가온다. 이 소수의 사람들이 모두 바보였다면, 우리는 그들을 관심을 쏟을 가치가 전혀 없는, 정신적으로 "은밀한" 사람들로 치부하고 무시할 수 있을 것이다. 그러나 불행하게도 이 인격자들은 대체로 인류에게 전설로 통하는 영웅들이다. 말하자면 우리가 우러러보고 사랑하고 숭배하는, 역사에서 결코 이름이 지워지지 않을 신의 진정한 자식들인 것이다. 그들은 인류라는 나무의 꽃이자 열매이며 영원한 씨앗이다.

인격을 이런 식으로 역사에 비춰가며 더듬다 보면, 인격의 발달이 이상(理想)인 이유와 개인주의라고 지적하는 것이 모욕인 이유가 확연히 드러난다. 그런 인격자들의 위대성은 비열하게 인습에 복종하는 데 있지 않고 반대로 인습으로부터 해방되는 데 있다. 그런 인격자들은 여전히 집단의 공포와 믿음과 법과 제도에 매달리고 있는 대중 위로 산봉우리처럼 우뚝 솟아 있으면서 과감하게 자신만의 길을 선택했다. 평범한 사람에겐, 목적지가 알려져 있고 또 사람들의 왕래가 잦은 길을 마다하고 미지의 세계로 이어질 가파르고 좁은 길을 처음으로 밟는 일은 언제나 기적처럼 보였다. 따라서 그런 용감한 사람들은 실제로 미치지 않았는데도 어떤 악마 혹은 신에게 홀려 있는 것으로 믿어졌다. 왜냐하면 어떤 사람이 인간이 늘 해오던 방식에서 벗어나 행동하는 기적은 오직 악마의 힘이나 신성한 영혼의 선물로만 설명될 수 있었기 때문이다. 신 같은 존재가 아니고서야 어떻게 인습과 습관에 줄기차게 매달리는 집단의 힘에 맞서 균형을 이룰 수 있겠는가? 그러므로 영웅들은 처음부터 신과 같은 속성을 물려받은 것으로 여겨졌다.

북유럽의 관점에 따르면, 영웅들은 뱀의 눈을 갖고 있었으며 그들의 출생에도 특이한 구석이 있었다. 고대 그리스의 영웅들 중에는 뱀의 영혼을 가진 것으로 묘사되는 영웅이 있었는가 하면, 개인적 수호신을 갖고 있는 영웅도 있었다. 또 마술사인 영웅도 있었고, 신의 선택을 받은 영웅도 있었다. 나열하자면 끝이 없을 영웅의 이런 속성들은 보통 사람들에겐 두드러진 인격이 초자연적인 것으로, 말하자면 수호신 같은 존재의 개입으로만 설명될 수 있는 현상으로 비친다는 사실을 보여주고 있다.

어쨌든 어떤 사람이 자신만의 길을 걷게 하고, 집단과의 무의식적 동일시에서 벗어나도록 부추기는 그것은 도대체 무엇인가? 결코 필연은 아니다. 왜냐하면 필연이 많은 사람에게 다가왔다가는 곧잘 인습에서 그 휴식처를 찾기 때문이다. 도덕적 결정도 아니다. 왜냐하면 우리가 결정을 내릴 때 십중팔구 인습을 중요하게 여기기 때문이다. 그렇다면 저울이 '특별한' 것을 추구하는 쪽으로 기울도록 끊임없이 건드리고 있는 그것은 무엇인가?

소명

|

흔히 '소명'(召命)이라 불리는 것이 바로 그것이다. 어떤 사람이 자신을 집단으로부터, 그리고 많은 사람이 밟아 평탄해진 길로부터 벗어나도록 운명 짓는 비합리적인 요소가 바로 소명이다. 진정한 인격은 언제나 하나의 소명이며 신을 믿듯 소명을 믿는다. 보통 사람은 흔히 소명을 놓고 개인적 느낌에 불과하다고 말하지만, 인격자는 그 소명을 강하게 믿는다. 그러나 소명은 도피가 불가능한 신의 법처럼 작용한다. 자신만의 길을 걷는 많은 사람들이 종국엔 파멸로 끝난다는 사실은 소명을 가진 사람에겐 아무런 의미를 지니지 못한다. 소명을 가진 사람은 자신의 원칙에 복종해야 한다. 이때 그의 원칙은 마치 수호신처럼 그의 귀에 대고 새롭고 경이로운 길이 있노라고 속삭인다.

소명을 가진 사람은 누구나 영혼의 목소리를 듣는다. 그 사람은 부름을 받는다. 전설을 보면, 그런 사람은 수시로 조언을 해주는 수호신 같은 존재를 두고 있으면서 그 조언을 따르는 것으로 자주 그려지는 이유도 바로 거기에 있다. 대표적인 예가 바로 파우스트이며, 역사적인 예는 소크라테스의 수호신이다. 원시사회의 의사들은 저마다 뱀의 영혼을 갖고 있으며, 의사들을 보호하는 신 아스클레피오스(Asclepius)는 '에피다우로스의 뱀'을 자신의 상징으로 삼았다. 아스클레피오스는 또한 자신의 개인적 수호신으로 '카비르 텔레스포로스'(Cabir Telesphorus)를 두고 있었는데, 이 수호신이 그의 약 처방을 지시한 것으로 여겨진다.

"소명을 갖다"라는 표현의 원래 의미는 "목소리가 들리다"라는 뜻이다.

이를 아주 명확히 보여주는 예는 '구약 성경'에 나오는 예언자들의 고백에서 발견된다. 또 소명이란 것은 단순히 옛날 방식의 독특한 말하기가 아니라는 점은 우리에게 잘 알려진 두 가지 예를 통해서, 말하자면 소명감을 결코 숨기지 않았던 괴테와 나폴레옹 같은 역사적 인물들의 고백에 의해 증명된다.

그러나 소명 혹은 소명의 느낌이 훌륭한 인격의 전제조건은 아니다. "작은" 인격도 충분히 적절하기 때문이다. 그러나 인격의 크기가 작을수록, 영혼의 목소리도 점점 더 약해지며 동시에 무의식으로 변하게 된다. 그것은 마치 우리 내면에 있는 수호신의 목소리가 점점 더 멀어지면서 말이 드물어지고 흐릿해지는 것과 비슷하다. 인격은 작아질수록 그 존재가 흐려지고 더욱 무의식적인 것이 된다. 그러다 마침내는 인격이 주변 사회와 구별하지 못할 만큼 섞여버리게 된다. 그러면 자기 자신의 전체성을 포기하고 집단의 전체성으로 녹아들게 된다. 이젠 내면의 목소리는 인습에 매달리는 집단의 목소리로 대체되고, 소명은 집단적 필연으로 대체된다.

그러나 이 같은 무의식적인 사회적 조건에서조차도 목소리의 부름에 깨어나는 이들이 적지 않다. 이들은 자신이 어떤 문제에 봉착해 있다는 느낌을 받는다. 그런데 이 문제에 대해서 다른 사람들은 전혀 아무것도 모른다. 이때 대부분의 경우를 보면 자신에게 일어난 일을 다른 사람에게 설명하는 것이 불가능하다. 뚫을 수 없는 편견들이 이해를 가로막고 있기 때문이다. 사람들은 "당신도 다른 사람과 다를 게 하나도 없어."라거나 "그런 건 없어."라는 식으로 입을 모을 것이다. 설령 그런 것이 있다 하더라도, 거기엔 "병적"이라거나 "부적절하다"는 낙인이 금방 찍힐 것이다. 왜냐하면 "그런 것이 약간의 의미라도 지닐 수 있다고 가정하는 것 자체가 무시무시하게 여겨지기 때문"이다. 그건 "순수하게 심리학적"이라는 지적이다.

요즘 "순수하게 심리학적"이라는 식의 반대가 매우 자주 들린다. 그것은 정신적인 것에 대한 이상한 과소평가에서 비롯된다. 사람들은 정신적인 것을 개인적이고 자의적인 것으로, 따라서 아주 시시한 것으로 여긴다. 사람들이 심리학에 열광하면서도 이런 식의 시각을 갖고 있다는 사실은 정말 모순이 아닐 수 없다. 어쨌든 무의식은 "공상에 지나지 않는다"는 인식이 팽배하다. 우리가 그러한 것을 "단지 상상할 뿐"이라는 것이다. 사람들은 스스로를 자신의 정신을 여기저기로 마음대로 데리고 다니면서 자신의 기분에 맞게 다듬을 수 있는 마술사로 여기고 있다. 그들은 자신을 압도하는 것을 불편한 것으로 여겨 부정하고, 불쾌한 모든 것을 승화시키고, 공포증을 둘러대고, 자신의 결점을 바로잡고, 최종적으로 모든 것을 말끔하게 정리했다고 느낀다. 그러는 사이에 사람들은 핵심적인 사실을 망각한다. 그 핵심적인 사실이란 정신 중에서 아주 작은 일부만이 의식일 뿐이며 그보다 훨씬 더 큰 부분은 무의식이라는 점이다. 이 무의식은 화강암만큼 단단하고, 고정되어 있고, 접근이 어렵고, 그러면서도 언제나 우리를 강력한 힘으로 분쇄할 준비가 되어 있는 그런 정신이다.

오늘날 우리를 위협하고 있는 대재앙은 기본적으로 물리적 혹은 생물학적 차원에서 일어나는 일이 아니고 정신적인 사건들이다. 우리는 지금 정신적 전염병에 지나지 않는 전쟁과 혁명의 위협에 무서울 정도로 시달리고 있다. 어느 순간에라도 새로운 광기에 수백 만 명의 사람들이 휩쓸릴 수 있다. 그러면 또 한 차례의 전쟁이나 파괴적인 혁명이 불가피할 것이다. 현대인은 야생 동물이나 지진, 산사태, 홍수 등 자연의 힘 때문에 힘들어하는 것이 아니라 자신이 가진 정신의 근본적인 힘에 휘둘리고 있다. 이 정신의 힘이 지구상의 모든 힘을 능가하는 월드 파워이다. 자연과 인간의 제도에서 신들을 제거해버린 계몽시대는 인간의 영혼 안에 살고 있는 '공포의 신'을 보지 못했다. 인간 정신의 이런 압도적인 우월성 앞에서 인간은 엉뚱하게도 신을 두려워하고 있다.

그러나 이 모든 것은 지나치게 추상적이다. 아주 훌륭한 이해력을 바탕으로 이 이야기를 이런 저런 식으로 바꿔놓을 수 있다. 하나의 객관적인 사실로서 화강암만큼 단단하고 납덩이처럼 무거운 정신이 어떤 사람에게 내면적 경험으로 다가오면서 그 사람에게 분명한 목소리로 "이것이 당신이 해야 할 것이고 해야만 하는 거야."라고 말할 때, 앞에 말한 이야기는 매우 다른 것으로 여겨지게 된다. 그러면 그 사람은 자신이 부름을 받았다는 느낌을 받는다. 전쟁이나 혁명, 혹은 다른 광기가 일어날 때, 집단이 어떤 부름을 받았다는 느낌을 받는 것처럼 말이다. 우리 시대가 구세주의 인격을 요구하고 있는 것은 충분한 이유가 있다. 우리 시대는 지금 집단의 손아귀에서 빠져나와 적어도 자신의 영혼만이라도 구할 수 있는 사람, 그리하여 다른 사람들을 위해 희망의 봉화를 높이 치켜들 수 있는 그런 사람을 간절히 원하고 있다. 말하자면 집단정신과의 치명적 동일시로부터 스스로를 해방시킨 사람이 적어도 여기에 한 사람은 있다고 선언할 수 있는 사람을 절대적으로 필요로 하고 있는 것이다. 왜냐하면 집단은 그 무의식 때문에 선택의 자유를 전혀 누리지 못하고, 따라서 집단의 정신 활동은 통제받지 않는 자연의 법칙처럼 그 안에서 마음대로 이뤄지기 때문이다. 그리하여 일어나게 된 어떤 연쇄 반응은 대재앙을 맞고서야 멈출 것이다. 사람은 정신력의 위험을 느낄 때면 언제나 영웅을, 말하자면 용을 죽여줄 수 있는 존재를 갈망하고, 따라서 인격을 외쳐 부르게 된다.

개인의 인격과 집단의 관계

|

하지만 개인의 인격이 많은 사람들의 역경과 무슨 관계가 있단 말인가? 우선 개인은 전체로서 민족의 일부이며, 전체를 움직이는 힘에 다른 사람들만큼 휘둘리게 되어 있다. 그를 다른 사람과 구별시키는 유일한 것은 그의 소명이다. 그 목소리에 귀를 기울이게 되면, 그는 집단으로부터 분리됨과 동시에 고립된다. 왜냐하면 그가 내면으로부터 자신에게 명령하는 법에 복종하기로 결심하게 되기 때문이다.

자신의 길을 다른 가능한 모든 길들보다 위에 올려놓겠다는 결정만으로도, 그는 이미 구원자로서의 소명 중 상당 부분을 성취해낸 셈이다. 그는 자신의 법을 인습보다 더 높이 평가하고, 따라서 중대한 위험을 막지 못하고 오히려 그 위험을 더욱 악화시킨 모든 것들을 일소하면서 다른 모든 길을 스스로 버렸다. 인습은 그 성격상 단순한 일상 그 이상의 것을 이해하지 못하는, 영혼이 없는 메커니즘이다. 그래서 창의적인 삶은 언제나 인습 밖에 서 있다. 단순하고 반복적인 일상이 인습과 전통의 형식으로 삶을 지배할 때, 창조적인 에너지가 파괴적으로 폭발하게 되는 이유도 거기에 있다. 이 폭발이 재앙이 되는 것은 그것이 집단적인 현상으로 나타날 때뿐이다. 보다 강력한 힘에 의식적으로 복종하면서 정성을 다해 그 힘을 돕는 개인의 내면에서는 그런 폭발도 절대로 재앙이 되지 않는다.

인습의 메커니즘은 사람을 무의식적으로 움직이도록 만든다. 왜냐하면 그 상태에서는 사람들이 맹목적인 짐승처럼 의식적으로 결정해야 할 필요성을 느끼지 않으면서 익숙한 길을 그냥 따르기 때문이다. 아무리 훌륭한 인습일지라도 의도하지 않은 이런 결과를 피하지 못한다. 또 훌륭한 인습이라고 해서 이런 의도하지 않은 결과가 덜 위험한 것은 절대로 아니다. 왜 그런가 하면, 낡은 인습에 젖어 있는 가운데 보지 못한 새로운 조건이 일어나기라도 하면, 동물들을 통해서 확인되는 바와 같이, 일상적으로 무의식 상태에 살던 인간들 사이에도 패닉 현상이 나타나고, 이 패닉의 결과는 똑같이 예측 불가능하기 때문이다.

그러나 인격자는 이제 막 의식을 자각하기 시작한 사람들의 공포에 휩쓸리지 않는다. 왜냐하면 인격자가 온갖 공포보다 인격을 더 위에 두기 때문이다. 그런 인격을 갖춘 인물은 변화하는 시대를 잘 헤쳐 나갈 수 있으며 자기도 모르는 사이에 지도자가 된다.

모든 인간 존재는 서로 아주 비슷하다. 그렇지 않다면 그들이 똑같은 망상에 넘어갈 수 없을 것이다. 개인의 의식의 토대도 대체로 똑같다. 그렇지 않다면 사람들이 똑같은 이해에 닿을 수 없을 것이다. 이런 의미에서 본다면, 인격과 인격의 정신적 구성은 절대적으로 독특한 것이 아니다. 독특성은 오직 인격의 개인적 본질에만 통한다. 인격자가 되는 것이 천재의 절대적 전제조건은 아니다. 왜냐하면 사람은 인격을 갖추지 않고도 천재가 될수 있기 때문이다. 모든 개인이 내면에 타고난 나름의 생명의 법칙을 갖고 있다는 점에서 본다면, 이론적으로 모든 사람이 그 법칙을 따르고 있고, 그래서 인격자가 될 수 있다. 말하자면 누구나 완전성을 성취할 수 있다는 뜻이다. 그러나 생명은 오직 살아 있는 단위, 즉 개인에게만 존재하기 때문에, 생명의 법칙은 언제나 개인의 삶에 이바지하게 되어 있다. 그러기에, 객관적인 정신이란 것이 보편적이고 균일한 어떤 기준점으로 인식될 수 있다 하더라도, 말하자면 모든 사람이 똑같은 정신적 조건을 공유하고 있다고 생각할지라도, 그럼에도 이 객관적인 정신이 활성화되려면 반드시 개체화되어야 한다. 왜냐하면 정신이 개별적인 인간 존재를 통하지 않고 스스로를 표현할 수 있는 길은 절대로 없기 때문이다. 유일한 예외가 있다면, 그 정신적 조건이 어떤 집단을 휩쓸 때이다. 이때는 정신적 조건은 그 성격상 대재앙을 재촉하게 된다. 왜냐하면 정신이 오직 무의식적으로만 작동하고 어떠한 의식(意識)에도 동화되지 않거나 기존의 삶의 조건에서 제 자리를 잡지 못하기 때문이다.

인격자의 조건

|

오직 내면의 목소리의 힘에 의식적으로 동의할 수 있는 사람만이 인격자가 될 수 있다. 그러나 만약에 그 사람이 내면의 목소리의 힘에 굴복한다면, 그는 정신적인 사건들의 맹목적인 흐름에 휩쓸려 파괴되고 말 것이다. 내면의 목소리의 힘에 의식적으로 동의하는 것이 순수한 인격자가 되기 위해 갖춰야 할 전제조건이다. 그 사람은 자신의 소명에 스스로를 자발적으로 희생시키고, 그리하여 집단에 의해 무의식적으로 살았더라면 반드시 파멸로 이어졌을 것을 자기 자신의 개인적인 실체로 바꿔놓는다.

역사가 우리를 위해 간직해온 예들 중에서 인격의 의미를 가장 잘 보여주는 예는 바로 그리스도의 삶이다. 로마인들의 박해를 받은 유일한 종교인 기독교 안에서, 로마 황제의 광기에 직접적으로 반대하는 분위기가 일어났다. 이 광기는 황제만 아니라 모든 로마 시민까지 전염시켰다. '나는 로마 시민이로다.' 황제에 대한 숭배가 기독교와 충돌을 빚을 때마다, 반대가 저절로 나타났다. 그러나 복음서의 저자들이 그리스도의 정신적 발달에 관해 들려주는 이야기를 통해서 알 수 있듯이, 이 같은 반대는 기독교 창설자의 영혼 안에서도 마찬가지로 치열하게 전개되었다.

예수가 마귀로부터 받는 광야의 유혹에 관한 이야기는 예수가 갈등을 빚던 정신적 힘의 본질이 어떠했는지를 명확히 보여주고 있다. 예수가 광야에서 무서운 유혹에 직면하게 만든 것은 황제 숭배의 심리라는, 권력에 취한 악마였다. 이 악마는 로마 제국의 모든 사람들을 휩쓸고 있던 객관적인 정신이었다. 바로 그것이 악마가 예수에게 이 땅의 모든 왕국을 약속한 이유이다. 마치 악마가 예수를 황제로 만들려고 하는 것처럼 말이다. 그러자 예수는 자신의 소명이라는 내면의 부름을 따르면서 정복자와 피정복자를 따질 것 없이 모든 사람을 사로잡고 있던 제국주의 광기의 공격에 자기 자신을 노출시켰다. 이런 식으로, 예수는 전 세계를 불행의 구렁텅이로 몰아넣으면서 구원에 대한 욕망을 낳았던 객관적인 정신의 본질을 깨달았다. 당시에 구원에 대한 욕망은 이교도 시인들의 작품에도 나타나고 있다. 예수는 이 같은 정신적 공격에 조금도 굴하지 않고 오히려 의식적으로 그 공격이 자신에게 영향을 미치도록 내버려두면서 그것을 동화시켰다.

이리하여 세계를 정복하던 제국주의는 영적인 왕권으로 바뀌고, 로마 제국은 이 땅의 것이 아닌 신의 왕국으로 바뀌었다. 전체 유대 민족이 제국적인 성향을 바탕으로 정치적으로 활발하게 움직일 영웅을 메시아로 기대하고 있는 동안에, 예수는 자신의 민족뿐만 아니라 전체 로마 세계를 위해서 메시아의 임무를 충실히 수행하면서 옛날의 진리를, 말하자면 힘이 지배하는 곳에는 사랑이 있을 수 없고 사랑이 지배하는 곳에는 힘이 중요하지 않다는 진리를 설파했다. 사랑의 종교는 로마의 권력 숭배와는 심리학적으로 정반대의 위치에 선다.

기독교의 예는 아마 내가 앞에서 추상적으로 주장한 내용을 구체적으로 쉽게 보여줄 것이다. 이런 독특한 삶은 성스러운 상징이 되었다. 왜냐하면 그것이 유일하게 의미 있는 삶, 말하자면 개인이 자신만의 특별한 법칙을 절대적으로 또 무조건적으로 현실로 실현시키는 삶의 심리학적 원형이기 때문이다. 우리는 테르툴리아누스(Tertullian)와 함께 "영혼은 원래 기독교적이다!"(anima naturaliter christiana)라고 외쳐도 별 무리가 없을 것이다.

부처의 경우와 마찬가지로, 예수의 신격화도 놀라울 게 없다. 왜냐하면 그것이 인간이 이런 영웅적인 인물에, 그래서 인격의 이상에 엄청난 가치를 부여하고 있다는 점을 보여주는 예로 아주 훌륭하기 때문이다. 지금은 마치 무의미한 집단적 힘들의 맹목적이고 파괴적인 지배가 인격의 이상을 짓밟는 것처럼 보일지라도, 이것은 단지 역사의 무게에 반항하는 일시적 반란에 지나지 않는다. 자라나는 세대의 혁명적인 성향이 전통을 어느 정도 깨뜨리고 나면, 사람들은 새로운 영웅을 찾아낼 것이다. 그 과격성 때문에 바람직한 것을 전혀 남기지 못한 볼셰비키들도 레닌(Vladimir Lenin)을 방부처리하고 칼 마르크스(Karl Marx)를 구원자로 떠받들었다.

인격의 이상은 인간 영혼이 품고 있는 뿌리 깊은 욕구의 하나이다. 인격의 이상이 부적절할수록, 그 이상을 지키려는 노력은 더욱 광적으로 전개된다. 정말로, 고대 로마 황제에 대한 숭배도 그 자체로 인격에 대한 그릇된 숭배의 한 예였으며, 그리스도의 신성을 거의 인정하지 않는 비판적인 신학을 가진 현대의 프로테스탄티즘도 마지막 위안을 예수의 인격에서 발견했다.

인격의 정의

|

이렇듯, 우리가 인격이라고 부르고 있는 것은 정말로 신비한 문제이다. 인격에 대해 말할 수 있는 모든 것은 이상하게도 불만스럽고 부적절하다. 또 인격에 관한 논의는 과장이나 공허한 잡담에 빠질 위험을 안고 있다. 인격이라는 개념 자체가 아주 모호하고 정의가 제대로 되어 있지 않기 때문에, 이 단어를 똑같은 의미로 사용하는 두 사람을 발견하기가 매우 어렵다. 나 자신이 인격의 개념을 보다 명확하게 제시한다 하더라도, 당연히 그것은 절대로 최종적인 것이 아니다. 나는 여기서 하는 말 전부를 인격의 문제에 접근하려는 일시적인 노력의 하나로만 여기고 있다. 인격의 문제를 해결했다고 주장하는 것은 아니다. 나는 나 자신의 노력을 인격이 제기하는 심리학적 문제들에 대한 설명으로 봐주기 바란다.

심리학의 모든 설명과 처방은 여기서도 마찬가지로 부족하다. 천재나 창의적인 예술가를 논하는 대목에서도 심리학이 한계에 봉착한 것과 마찬가지이다. 유전이나 환경을 근거로 한 추론도 인격의 설명에 적절하지 않다. 오늘날 아주 큰 인기를 누리고 있는, 어린 시절에 관한 픽션의 창조도 현실을 뒷받침하지 못한다. 필요에 근거한 설명도, 예를 들어 "그에겐 돈이 전혀 없었다"든가 "그는 병에 걸린 사람이었다"는 식의 설명도 외적인 것에서만 맴돌 뿐이다. 언제나 비합리적인 무엇인가가 있고, 그저 설명될 수 없는 무엇인가가 있다. 그래서 신의 별명으로 '데우스 엑스 마키나'(deus ex machina: 복잡하게 얽힌 플롯을 풀기 위해서 연극에 끌어들여진 신이라는 뜻이다/옮긴이) 혹은 '무지의 망명지'(asylum ignorantiae) 같은 표현이 널리 쓰이게 되었을 것이다. 따라서 인격의 문제는 인간을 넘어서는 영역, 즉 어떤 신성한 이름으로 알려진 영역에 속하는 것처럼 보인다. 여기서 확인되듯이, 나 역시 "내면의 목소리", 즉 소명에 기대야 했고, 그것을 '막강하고 객관적인 정신의 요소'로 정의했다. 소명을 이런 식으로 긴 표현으로 정의한 이유는 그것이 발달 중인 인격에서 하는 기능의 특징을 보여주고 또 동시에 그것이 개인에 따라 어떻게 비치는지를 보여주기 위해서이다.

'파우스트'에 등장하는 악마 메피스토펠레스가 의인화된 것은 단지 극적 효과를 더욱 높일 수 있다는 이유에서만은 아니었다. '파우스트'의 '헌사'의 첫 문장, 즉 "그대들이 다시 한 번 나에게 가까이 다가서는구나, 형태들과 얼굴들이여."라는 표현은 미학적 윤색 그 이상이다. 그 악마의 구체주의처럼, 그 단어들은 정신적 경험의 객관성을 인정하는 것이다. 주관적인 소망이나 두려움이나 개인적 의견이 아니라, '이것은 실제로 일어난 일이다'라고 나직이 고백하고 있는 것이다. 당연히 바보만이 귀신에 대해 생각한다. 하지만 낮같은 합리적인 우리의 의식의 표면 아래에는 바보 같은 원시적인 무엇인가가 숨어 있는 것 같다.

그래서 객관적인 정신으로 보이는 것이 실제로 객관적인지, 혹은 그것이 어쨌든 상상이 아닌지에 대한 의문이 영원히 제기되고 있다. 그러나 그와 동시에 이런 질문이 제기된다. 혹시 나는 이런저런 것을 고의로 상상한 것이 아닌가? 아니면 그런 것들이 내 안의 무엇인가에 의해 상상된 것이 아닌가? 그것은 상상의 암(癌)으로 힘들어 하는 신경증 환자의 문제와 비슷한 문제이다. 신경증 환자는 그것이 상상일 뿐이라는 것을 잘 알고 있고 또 그런 말을 수백 번도 더 들었다. 그럼에도 이 신경증 환자는 나에게 말을 더 듬거리며 묻는다. "그런데 내가 그런 것을 상상하는 이유는 뭐지요? 절대로 상상하고 싶지 않는데!" 이 질문에 대한 대답은 이렇다. 암이라는 생각이 그의 내면 안에서 그가 알지 못하는 사이에, 또 그의 동의를 받지 않은 상태에서 스스로를 상상했다. 그 이유는 어떤 정신적 성장이, 말하자면 어떤 "증식"이 그의 의식 안에서, 그가 그것을 의식으로 만들지 못하는 가운데 일어나고 있기 때문이다. 그러나 그는 자신의 영혼 안에 자신이 모르는 것은 있을 수 없다고 굳게 믿고 있다. 그렇기 때문에 그는 자신의 두려움을 자신에게 없는 것으로 알고 있는 육체적인 암과 연결시켜야 한다.

만약에 그가 아직도 암을 두려워하고 있다면, 그 두려움이 근거 없는 것이라는 점을 그에게 확신시킬 의사는 수없이 많다. 그렇다면 신경증은 정신의 객관적인 내적 작용에 대한 방어 기제이거나 내면의 목소리로부터, 그러니까 소명으로부터 달아나려는 시도라고 할 수 있다. 왜냐하면 이 "성장"이 정신의 객관적인 작용이고, 정신은 의식적인 의지와 별도로 내면의 목소리를 통해서 의식적인 마음에 직접적으로 말하면서 그를 완전성 쪽으로 이끌려고 노력하고 있기 때문이다. 신경증적 도착(倒錯) 그 뒤에 그의 소명이, 그의 운명이 숨어 있다. 말하자면 그가 갖고 태어난 생명 의지의 완전한 실현 즉 인격의 성장이 숨어 있는 것이다. 신경증을 앓는 사람은 '운명에 대한 사랑'이 없는 사람이다. 그는 자신의 소명을 놓친 사람이고, 크롬웰(Oliver Cromwell)과 "운명이 자신을 어디로 이끌고 있는지를 모르는 사람보다 더 높이 올라갈 수 있는 사람은 없다."라고는 절대로 말하지 못할 것이다.

어떤 사람이 자신의 존재의 법칙에 충실하지 못해 인격을 형성하지 못하고 있다면, 그는 삶의 의미를 실현하는 데 실패했다. 다행히도 자연은 친절과 인내를 발휘하면서 대부분의 사람들에게 삶의 의미에 대한 질문을 스스로에게 던지도록 강요하지 않는다. 그리고 질문이 없는 곳에는 대답도 없는 법이다.

따라서 신경증 환자가 암에 대해 공포를 품는 것이 정당화된다. 그 공포는 상상이 아니고, 의식 밖의 영역에, 말하자면 그의 의지와 이해력이 닿지 않는 곳에 존재하는 어떤 정신적 사실이 지속적으로 표현되고 있는 것이다. 만약 그가 황야로 들어가서 고독 속에서 자신의 내면의 삶에 귀를 기울인다면, 그때는 아마도 그 목소리가 하는 말이 들릴지도 모르겠다. 그러나 대체로 교육을 잘못 받은 문명인은 그 목소리를 제대로 지각하지 못한다. 이 점에서는 원시인의 능력이 훨씬 더 탁월할 것이다. 적어도 원시인 중에 병을 고치는 마술사는 자신의 전문적 기술의 일부로 혼령과 나무와 동물과 대화한다. 이것은 그들이 객관적인 정신을 만나는 형식들이다.

신경증이 일종의 인격 발달 장애이기 때문에, 영혼을 치료하는 의사들은 직업상 인격의 문제와 내면의 목소리에 관심을 기울이게 되어 있다. 평소에 지나치게 모호하고 공허하던 이런 정신적 사실들도 심리치료를 거치는 과정에 어둠을 벗어나면서 모양새를 뚜렷하게 드러내게 된다. 그럼에도 불구하고, 이런 일이 '구약 성경' 속의 예언자들이 한 것처럼 저절로 나타나는 경우는 무척 드물다. 대체로 장애를 일으키는 정신적 조건들은 상당한 노력을 통해서 의식적인 것이 되어야 한다. 그러나 그때 겉으로 드러나는 내용물은 내면의 목소리와 완전히 일치하며 운명으로 주어진 소명을 가리킨다. 이 소명은 의식적인 마음에 받아들여져 동화될 경우에 인격의 발달을 이끌게 된다.

위대한 인격자가 사회가 해방되고, 구원받고, 변화하고, 치유하는 데 이바지하듯이, 어떤 사람의 내면에서 일어나는 인격의 탄생도 치유의 효과를 발휘한다. 그것은 마치 늪지대를 느리게 흐르던 강이 돌연 원래의 강줄기를 발견하거나 씨앗을 누르고 있던 돌이 어쩌다 옮겨져 그 아래의 씨앗이 자연스런 성장을 시작할 수 있게 되는 것이나 비슷하다.

내면의 목소리는 보다 충실한 삶의 목소리이고, 보다 넓고 보다 포괄적인 의식의 목소리이다. 그것은 신화학에서 영웅의 탄생 혹은 상징적 부활이 일출과 동일시되는 이유이다. 왜냐하면 인격의 성장은 자의식의 증대와 동의어이기 때문이다. 똑같은 이유로, 대부분의 영웅은 태양의 속성을 갖고 있으며, 영웅의 보다 큰 인격이 탄생하는 순간은 계시로 알려져 있다.

대부분의 사람들이 내면의 목소리에 대해 당연히 품게 되는 두려움은 생각만큼 유치하지 않다. 예수의 광야의 유혹이나 부처의 이야기에 나오는 마라 악마의 에피소드가 보여주듯이, 제한적인 의식이 마주하는 내용물은 의식에 해를 입히게 되어 있다. 대체로 그 내용물은 그 사람이 쉽게 굴복하게 되어 있는 특별한 위험을 의미한다. 내면의 목소리가 우리에게 속삭이는 것은 일반적으로 사악한 것은 아니더라도 부정적인 그 무엇이다. 그럴 수밖에 없다. 왜냐하면 무엇보다 먼저 우리가 대체로 악을 의식하지 않는 만큼이나 미덕도 의식하지 않고 있기 때문이고, 그 다음에는 우리가 내면에서 악보다 선으로 받는 고통이 덜하기 때문이다.

앞에서 설명한 바와 같이, 내면의 목소리는 우리로 하여금 민족이든 인류든 공동체 전체가 힘들어하고 있는 악을 의식하게 만든다. 그러나 내면의 목소리는 이 악을 하나의 개인적인 형식으로 제시한다. 그래서 사람은 먼저 그 악이 개인적인 특성일 것이라고 짐작하게 된다. 내면의 목소리는 우리를 굴복시키기 위해서 우리 앞에 악을 매우 유혹적이고 확신에 찬 모습으로 끌어낸다. 만약에 우리가 부분적으로도 굴복하지 않는다면, 이 악 중 어느 것도 우리의 내면으로 들어오지 않고, 따라서 어떠한 부활이나 치료도 일어날 수 없다. 만약 우리가 완전히 굴복하면, 그러면 내면의 목소리가 표현한 내용물은 아주 많은 악마처럼 작용하고, 이어서 대재앙이 따르게 된다. 그러나 만약에 우리가 부분적으로만 굴복할 수 있고 또 자기주장을 통해서 자아가 완전히 삼켜지지 않는다면, 그러면 자아는 내면의 목소리를 동화시킬 수 있다. 그러면 우리는 악이 어쨌든 악과 유사한 것에 지나지 않으며 실제로 보면 치유와 계몽을 초래하는 것이라는 사실을 깨닫게 될 것이다.

사실, 내면의 목소리는 엄격한 의미에서 말하는 악마 "루시퍼"와 비슷하며 또 사람들이 종국적인 도덕적 결정을 직시하도록 만든다. 이런 도덕적 결정을 하지 않은 사람은 완전한 의식을 절대로 성취하지 못하며 인격자가 되지 못한다. 가장 높은 것과 가장 낮은 것, 가장 훌륭한 것과 가장 비열한 것, 가장 진정한 것과 가장 기만적인 것은 종종 내면의 목소리 안에 아주 당혹스런 방식으로 뒤섞여 있으면서 우리의 내면에서 혼동과 거짓과 절망의 심연을 활짝 열어젖힌다.

사람이 자연의 목소리를 두고 사악하다고 비난하는 것은 당연히 터무니없다. 만약 자연이 우리에게 상습적으로 악하게 구는 것 같다면, 이는 주로 좋은 것은 언제나 더 좋은 것의 적이라는 진리 때문이다. 전통적으로 내려오는 선에 최대한 오랫동안 매달리지 않는 것은 어리석은 짓일 것이다. 그러나 파우스트가 말하기를, "이 세상에서 우리가 좋은 것에 닿을 때마다, 우리는 더 나은 모든 것을 거짓이라고 하거나 가짜라고 부른다"고 했다.

좋은 것은 불행하게도 영원히 좋지 않다. 왜냐하면 그렇지 않다면 더 좋은 것은 세상에 존재할 수 없기 때문이다. 만약에 더 좋은 것이 온다면, 좋은 것은 뒤로 물러나야 한다. 그러므로 신학자 마이스터 에크하르트(Meister Eckhart)가 말하듯이, "신은 좋지 않다. 그래야만 더 나아질 수 있으니까".

세계 역사를 보면, 더 나을 운명의 무엇인가가 처음에 악의 형식으로 나타나도록 하기 위해서 좋은 것이 옆으로 밀려나야 했던 때가 가끔 있었다. 우리 시대도 그런 시대에 포함될 것이다. 이는 이 문제를 건드리는 것 자체가 얼마나 위험한지를 보여준다. 그것이 위험한 이유는 악이 스스로 더 좋은 것이 될 잠재력을 갖고 있다고 호소하면서 대중을 아주 쉽게 파고들 수 있기 때문이다. 내면의 목소리의 문제는 함정과 숨겨진 덫으로 가득하다. 그러나 자신의 삶을 잃을 수 없는 사람은 또한 자신의 삶을 구원하지 못한다. 영웅의 탄생과 영웅적인 삶은 언제나 위협을 받는다. 어린 헤라클레스를 죽이려 뱀을 보낸 헤라, 태어나는 아폴론의 목을 졸라 죽이려 한 피톤, 무고한 자들의 대량학살 등은 똑같은 이야기를 들려주고 있다. 인격을 발달시키는 것은 하나의 도박이며, 비극적인 사실은 내면의 목소리라는 수호신이 아주 큰 위험임과 동시에 없어서는 안 되는 도움이라는 점이다. 그것은 비극이지만 논리적이다. 왜냐하면 그런 것이 세상사의 본질이기 때문이다.

그렇다면 만약에 인류와 선의의 군중의 지도자, 그리고 가족의 걱정 많은 아버지들이 보호의 장벽을 세우고, 경이로운 영향력을 발휘하는 이미지들을 높이 치켜들고, 심연을 안전하게 돌아갈 길들을 가리킨다면, 우리는 그들을 탓할 수 있을까?

그러나 결국엔 지도자나 구원자, 영웅은 보다 확실한 새로운 길을 발견하는 자이다. 만약 새로운 길이 발견되기를 원하지 않고, 또 그 새로운 길이 발견되기 전에 온갖 재앙과 함께 인간을 방문하지 않는다면, 모든 것이 어지럽혀지지 않은 채 그대로 남을 것이다. 우리의 안에서 발견되지 않은 채 있는 맥(脈)은 정신의 살아 있는 한 부분이다. 옛날의 중국 철학은 이 내부의 길을 "도"(道)라고 불렀으며, 그것을 목표를 향해 도도하게 흘러가는 물의 흐름에 비유했다. 도(道)를 지킨다는 것은 곧 성취와 완전성, 임무 완수를 의미한다. 또 도를 지킨다는 것은 만물에 고유한, 존재의 의미의 시작과 끝, 완벽한 실현을 의미한다. 인격이 바로 그 도(道)이다.〈1934〉

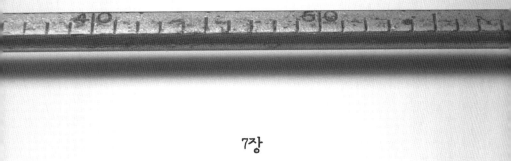

7장

심리학적 관계로 본 결혼

결혼의 구조

|

하나의 심리학적 관계로 본다면, 결혼은 주관적 요소들과 객관적 요소들로
이뤄진 매우 복잡한 구조이다. 이 요소들 대부분도 매우 이질적인 성격을
갖고 있다. 여기서 논의의 범위를 결혼 문제 중에서도 순수하게 심리학적인
문제로만 국한하고 있기 때문에, 나는 주로 법적 및 사회적 성격을 가진 객
관적인 요소들을 무시해야 한다. 이 요소들도 결혼한 파트너들 사이의 심리
학적 관계에 지대한 영향을 끼치지만 말이다.

"심리학적 관계"에 대해 말할 때마다, 우리는 의식적인 관계를 전제로 하
고 있다. 왜냐하면 무의식의 상태에 있는 두 사람 사이에는 심리학적 관계
같은 것이 존재하지 않기 때문이다. 심리학적 관점에서 보면, 무의식의 상
태에 있는 두 사람은 전혀 관계를 맺고 있지 않을 것이다. 다른 관점에서, 예

를 들어 생리학적 관점에서 본다면, 무의식 상태에 있는 두 사람도 서로 관계가 있는 것으로 여겨질 수 있다. 하지만 그 관계를 심리학적 관계라고 부르지는 못한다. 내가 전제하는 그런 완벽한 무의식은 일어나지 않는다 하더라도, 그럼에도 불구하고 부분적인 무의식은 상당히 자주 일어나고, 심리학적 관계는 그 무의식의 정도에 따라 제한을 받는다는 점을 인정해야 한다.

아이의 내면에서, 의식은 무의식적 정신의 삶 깊은 곳에서 일어난다. 의식은 처음에는 별도의 섬처럼 일어났다가 점차적으로 서로 연결되며 하나의 "대륙"을 형성한다. 그런 후에도 의식이라는 대륙은 지속적으로 커진다. 점진적인 정신의 발달은 사실상 의식의 확장을 의미한다. 지속적으로 커질 의식이 생겨나면서, 그 전에 불가능했던 심리학적 관계가 가능해진다.

우리가 알고 있는 한, 의식은 언제나 자아의식이다. 나 자신을 의식하기 위해선, 나는 반드시 나 자신과 타인을 구분할 수 있어야 한다. 관계는 오직 이 구분이 존재하는 곳에서만 일어날 수 있다. 그러나 이 구분은 일반적인 방식으로 이뤄질지라도 언제나 불완전하다. 왜냐하면 정신생활의 큰 부분이 여전히 무의식의 상태로 남아 있을 것이기 때문이다. 무의식적인 내용물의 경우에는 어떠한 구분도 일어날 수 없기 때문에, 무의식의 영역에선 어떠한 관계도 형성되지 못한다. 무의식의 세계에선 여전히 원래의 무의식적 조건, 즉 자아가 타인과 동일시하는 현상이 지배적이다. 말하자면 무의식의 영역에선 관계가 완전히 존재하지 않는다는 뜻이다.

당연히 결혼 가능한 연령의 젊은이도 자아의식을 갖고 있다(대체로 보면 소녀가 남자보다 더 많은 자아의식을 갖고 있다). 그러나 젊은이는 최근에야 뿌옇던 무의식의 안개에서 빠져나왔기 때문에 아직 정신 중 상당히 넓은 부분에 그늘이 드리워져 있다. 그늘이 드리워진 이 넓은 부분이 심리학적 관계의 형성을 방해한다. 이는 곧 청년(혹은 여자)이 자기 자신과 타인들을 불완전하게 이해하고 있으며 따라서 자신의 동기나 타인들의 동기에 대해 불완전하게 이해하고 있다는 것을 의미한다. 대체로 그의 행동을 주도하는 동기들은 무의식이다. 주관적으로는 물론 그도 자신에 대해 매우 의식적이고 또 많이 알고 있다고 생각한다. 왜냐하면 사람들이 언제나 기존의 의식의 내용물을 지나치게 높이 평가하기 때문이다. 우리가 마지막 봉우리라고 생각했던 것이 매우 긴 등반에서 첫 걸음에 불과하다는 사실을 깨닫게 될 때, 그것은 정말로 중요하면서도 놀라운 발견이다. 무의식의 영역이 넓을수록, 결혼이 자유로운 선택으로 이뤄질 확률은 더 낮아진다. 이는 어떤 사람이 사랑에 빠져 있을 때 주관적으로 파멸의 충동을 아주 예리하게 느낀다는 점에서도 확인된다. 이런 충동은 심지어 사랑에 빠지지 않았을 때에도 존재할 수 있다.

무의식적 동기들

|

무의식적인 동기들은 개인적이고 일반적인 성격을 지니고 있다. 무엇보다 먼저, 부모의 영향으로부터 나오는 동기들이 있다. 젊은이가 어머니와 맺고 있는 관계와 소녀가 아버지와 맺고 있는 관계는 이 점에서 결정적인 요소이다. 남편이나 아내의 선택에 무의식적으로 긍정적이거나 부정적인 영향을 미치는 것은 그 사람이 부모와 맺고 있는 끈의 강도이다. 부모 중 어느 한쪽을 향한 의식적인 사랑은 부모와 비슷한 짝의 선택을 쉽게 하는 한편, 무의

식적인 끈(이것을 굳이 의식적으로 사랑이라고 표현할 필요는 없다)은 오히려 그 선택을 어렵게 만들고 또 부모와는 다른 특징을 가진 사람을 선택하도록 만든다. 이처럼 다른 특징의 소유자를 선택하게 하는 심리를 제대로 이해하려면, 먼저 부모와의 사이에 무의식적인 끈이 형성되게 된 이유를 알아야 하고 또 그 끈이 어떤 조건에서 의식적인 선택을 강제적으로 변화시키거나 가로막게 되는지를 알아야 한다. 대체로 말하면, 부모가 추구할 수 있었는데 인위적인 이유 때문에 살지 못한 삶이 아이들에게로 넘어간다. 말하자면, 아이들이 부모의 삶이 성취하지 못한 모든 것을 보상하는 쪽으로 무의식적으로 내몰리게 된다는 뜻이다. 따라서 과도하게 도덕적인 부모는 소위 "비도덕적인" 아이들을 두게 되거나 무책임한 아버지가 야망이 병적일 만큼 큰 아들을 두게 된다. 최악의 산물은 의도적으로 무의식적인 상태로 남으려고 노력한 부모에게서 나온다.

"행복한" 결혼처럼 비치기 위해 일부러 무의식의 상태를 지키고 있는 어머니를 예로 들어보자. 이 여자는 무의식적으로 자기 아들을 다소 남편의 대체물로 여기며 자신에게 묶어둘 것이다. 그러면 아들은 동성애 관계를 발달시키지 않는다면 여자를 선택하는 데 있어서 자신의 진정한 성향에 반하는 쪽으로 변화를 줄 것이다. 예를 들어, 그는 분명히 자기 어머니보다 열등해서 어머니와 경쟁할 수 없는 그런 소녀와 결혼할 것이다. 아니면 독재적이고 위압적인 성향의 여자에게, 아마도 자신을 자기 어머니로부터 떼어놓을 그런 여자에게 넘어갈 것이다. 만약에 본능들이 오염되지 않았다면, 짝의 선택은 이런 영향들로부터 자유로운 상태로 남을 것이지만 조만간 이 영향들이 장애로 등장할 것이다.

종(種)의 보존이라는 관점에서 본다면, 다소 본능적인 선택이 최선으로 여겨질 수 있다. 하지만 심리학적으로 보면 그런 본능적인 선택이 언제나 행복한 결과를 낳지는 않는다. 왜냐하면 순수하게 본능적인 인격과 개인적으로 분화된 인격 사이에 아주 큰 차이가 있기 때문이다. 그런 경우에 종은 순수하게 본능적인 선택을 통해 향상되고 생명력을 얻게 될지라도, 개인의 행복은 피해를 입게 될 것이다. ("본능"이라는 개념은 물론 온갖 종류의 육체적 및 정신적 요소들을 집단적으로 일컫는 용어이다. 그런데 이 요소들의 본질은 대부분 알려져 있지 않다.)

만약에 개인이 오직 종을 보존하는 도구로만 여겨진다면, 순수하게 본능을 바탕으로 짝을 선택하는 것이 가장 좋다. 그러나 그런 선택의 바탕이 무의식적이기 때문에, 원시인들 사이에서 충분히 관찰되듯이, 그 같은 바탕 위에서는 오직 비인격적인 간통 같은 것만 형성될 뿐이다. 만약 이런 곳에서도 우리가 어떤 "관계"에 대해 말할 수 있다면, 그 관계는 기껏해야 우리 현대인이 의미하는 관계를 그야말로 희미하게 반영하는 선에서 그칠 것이다. 원시사회에서 관찰되는 그런 관계는 비인격적인 성격을 띠고 또 전적으로 관습과 편견의 지배를 받으며, 모든 전통적인 결혼의 원형이다.

이성(理性)이나 계산 또는 소위 말하는 부모들의 '지극한 보살핌'이 결혼을 계획하지 않는 한, 그리고 자식들의 본래의 본능이 엉터리 교육이나 무시당한 채 축적되어 있던 부모 콤플렉스의 숨겨진 영향에 의해 활성화되지 않는 한, 결혼의 선택은 보통 본능의 무의식적 자극을 따를 것이다. 무의식은 무(無)분화 혹은 무의식적 동일시를 낳는다. 그러면 두 당사자 중 한 쪽은 상대방의 내면에도 자신의 것과 비슷한 심리적 구조가 있을 것이라고 전제하게 된다. 두 사람 사이의 일상적인 성생활은 서로 비슷한 목표를 가진 공통의 경험으로서 통합과 동일시의 느낌을 더욱 강화한다. 이 상태는 완벽한 조화로 묘사되며 큰 행복("하나의 가슴에 하나의 영혼이로구나!")으로 칭송된다. 그럴만한 이유가 있다. 왜냐하면 무의식적 동일시라는 원래의 조건으로 되돌아가는 것이 곧 어린 시절로 돌아가는 것이나 마찬가지이기 때문이다. 그래서 모든 연인들은 유치한 몸짓을 하게 된다. 더욱이 그것은 어머니의 자궁으로, 어떤 무의식적 창조성이 충만한 깊은 속으로 돌아가는 것이다. 사실 그것은 순수한 신성의 경험이며, 신성의 초월적인 힘은 개인적인 모든 것을 지워버린다. 생명, 그리고 운명의 비인격적 힘과의 진정한 영적 교감이 이뤄지는 것이다. 감정을 억제하려는 개인의 의지는 깨어지고, 여자는 어머니가 되고, 남자는 아버지가 된다. 이제 두 사람은 자신의 자유를 박탈당하고 생명력의 도구가 된다.

여기서 관계는 생물학적 본능의 목표, 즉 종의 보존이라는 울타리 안에 남는다. 이 목표가 집단적인 성격을 지니고 있기 때문에, 남편과 아내 사이의 심리학적 연결은 기본적으로 집단적이며 심리학적인 의미에서 개인적 관계로 여겨질 수 없다. 무의식적 동기의 본질이 인식되고 원래의 동일시가 깨어질 때에 한해서만, 결혼의 개인적 관계에 대해 논하는 것이 가능하다. 그런데 결혼이 위기를 겪지 않고 부드럽게 개인적인 관계로 발달하는 예는 극히 드물다. 의식의 탄생에는 반드시 고통이 따르게 되어 있는 법이다.

의식을 추구하는 길

|

의식적 깨달음을 추구하는 길은 많다. 그렇지만 그 길들은 명확한 법칙을 따른다. 대체로 변화는 인생 후반부의 개시와 함께 시작된다. 삶의 중반기는 심리적으로 대단히 중요한 시기이다. 아이는 심리적인 삶을 아주 좁은 범위 안에서, 말하자면 어머니와 가족의 테두리 안에서 시작한다. 아이가 점진적으로 성숙함에 따라, 아이의 심리적 삶도 그 지평과 영향의 범위를 넓혀간다. 아이의 희망과 의도는 개인적인 권력과 소유의 범위를 확대하는 것으로 모아진다. 아이의 욕망은 점점 범위를 넓히면서 바깥 세계로까지 나아간다. 이때 아이 개인의 의지는 무의식적 동기가 추구하는 자연적인 목표와 점점 더 동일해진다. 그리하여 사람은 자신의 생명을 사물들에 불어넣는다. 그러다 급기야 사물들이 제 스스로 살기 시작하고 증식된다. 그러면 그 개인은 자신도 모르는 사이에 사물들보다 뒤처지게 된다. 어머니들은 자식들에게 압도당하고, 남자들은 자신의 창조물에 압도당하게 된다. 오직 고통과 노력을 통해서만 존재하게 되었던 것이 이젠 더 이상 통제할 수 없는 상황에 이른다. 그것은 처음에 열정이었으며 그 다음에는 의무가 되었다가 마침내는 견디기 힘든 부담이 된다. 그것은 마치 자신을 창조한 존재의 생명을 먹고 자라는 흡혈귀와 비슷하다.

인생의 중반기는 중요한 것들이 펼쳐지는 시기이다. 사람은 여전히 일에 자신의 힘과 의지를 전력투구하고 있다. 그러나 바로 이 시기에 저녁이 탄생하고, 인생의 후반부가 시작된다. 이제 열정은 얼굴을 바꾸며 의무라 불린다. "하고 싶다"는 표현이 냉혹하게도 "해야 한다"는 표현으로 바뀐다. 한

때 놀람과 발견을 안겨주었던 길의 모퉁이들은 이제 관습에 깎여 각을 잃었다. 포도주는 발효를 끝내고 가라앉으며 맑아지기 시작한다. 모든 것이 순조롭게 돌아가면, 보수적인 경향들이 발달한다. 이제 사람은 앞을 보지 않고 자기도 모르게 뒤를 돌아보기 시작한다. 사람은 무언가를 저장하기 시작하고, 이 지점까지 자신의 삶을 어떤 식으로 살아왔는지를 돌아보기 시작한다. 진정한 동기를 추구하고, 진정한 발견이 이뤄진다. 자기 자신과 운명을 비판적으로 조사함에 따라 사람은 자신의 특이성을 인식하게 된다. 그러나 이런 통찰이 쉽게 오지는 않는다. 그 통찰은 엄청난 충격을 거친 끝에야 얻어질 수 있다.

인생 후반부의 목적은 전반부의 목적과 다르다. 그렇기 때문에 젊은 시절의 태도를 지나치게 오래 붙잡고 있을 경우에는 의지의 분열이 일어날 수 있다. 의식은 여전히 앞으로 나아가자고, 말하자면 의식 자체의 관성을 따르라고 압박을 가하지만, 무의식은 뒤에 처져 있다. 무의식이 그러는 이유는 추가 확장에 필요한 내면의 결심과 힘이 점점 고갈되고 있기 때문이다. 자기 자신과의 이런 불일치는 불만을 낳는다. 그런데 사람은 일이 돌아가는 상황을 잘 모르기 때문에 대체로 불만의 이유를 파트너에게서 찾는다. 이리하여 험악한 분위기가 조성되게 된다. 그러나 이것은 의식적 깨달음을 위한 전주(前奏)이다. 대체로 보면 이 같은 상태는 양쪽 파트너 모두에게 거의 동시에 나타난다. 아무리 훌륭한 결혼일지라도 두 파트너의 마음 상태가 똑같아질 만큼 개인적 차이를 완벽하게 지우지는 못한다. 대부분의 경우를 보면, 한쪽 파트너가 다른 쪽 파트너에 비해 결혼에 더 빨리 적응할 것이다. 파트너와 긍정적인 관계를 맺고 있는 사람은 파트너에게 적응하는 데 그리 큰 어려움을 느끼지 않거나 전혀 어려움을 느끼지 않을 것이다. 그런 한편에선 부모와의 무의식적 끈 때문에 파트너에게 적응하는 데 힘들어 하는 사람도 있다. 이런 사람은 한참 뒤에야 완전한 적응을 이룰 것이다. 이런 사람의 적응은 힘들여 이룬 만큼 더 오래 지속되는 것으로 확인될 것이다.

정신적 발달의 속도와 정도에 나타나는 이런 차이는 결정적인 순간에 나타나는 전형적인 어려움의 주요한 원인이다. 어떤 인격의 "정신적 발달의 정도"에 대해 말하면서, 나는 독자 여러분이 이 표현을 풍성하고 도량이 넓은 천성을 암시하는 것으로 받아들이지 않기를 바란다. 절대로 그렇지 않다. 그보다는 마음 혹은 천성의 어떤 복잡성을 암시하는 것으로 그런 표현을 쓰고 있다. 단순한 정육면체의 보석이 아니라 여러 개의 면을 가진 보석과 비교하면 이해가 쉬울 것 같다.

서로 조화를 이루기가 무척 어려운 유전적 특성까지 보이는, 다면적이고 의문스러운 천성이 간혹 있다. 그런 복잡한 천성에 적응하는 것이나 그런 복잡한 천성이 보다 단순한 천성에 적응하는 것이나 똑같이, 거기엔 언제나 문제가 있다. 분열의 성향을 어느 정도 갖고 있는 이 사람들은 대체로 서로 양립할 수 없는 성격적 특질들을 상당한 기간 동안 분리시키면서 실제보다 훨씬 더 단순한 존재로 살아갈 수 있는 능력을 갖추고 있다. 아니면 그들의 다면성, 즉 변덕성이 타인에게 특이한 매력으로 비칠 수도 있다. 그들의 파트너는 그런 미로 같은 천성 안에서 쉽게 길을 잃어버릴 수 있다. 그러면서 이 파트너들은 그 같은 천성에서 온갖 가능한 경험을 발견하면서 간혹 좋지 않은 마음으로 자신의 개인적인 관심사를 빼앗겨 버리기도 한다. 그런 일이 벌어지는 이유는 그때 그들이 파트너의 천성이 지닌 온갖 굴곡을 다 통과하면서 그 천성을 뒤쫓는 데에만 전념하기 때문이다. 그 미로엔 언제나 경험이 넘쳐나기 때문에 단순한 천성은 그런 경험에 질식되지 않는다 하더라도 완전히 포위되게 된다. 그는 보다 복잡한 천성을 가진 파트너의 내면에 삼켜지며 빠져나갈 출구를 찾지 못한다. 대체로 보면 여자가 정신적으로 남편의 안에 전적으로 수용되고, 남자는 정서적으로 아내의 안에 전적으로 수용된다. 이것을 "수용당하는 사람"과 "수용하는 사람"의 문제라고 불러도 좋을 것이다.

수용당하는 사람, 수용하는 사람
|

수용당하는 사람은 자신이 결혼의 울타리 안에서만 살고 있다는 느낌을 받을 것이다. 따라서 그가 배우자를 대하는 태도는 분열되어 있지 않다. 결혼 생활 밖에는 근본적인 의무나 구속력 있는 이해관계가 전혀 존재하지 않는다. 이런 부부관계의 불쾌한 측면은, 결코 완벽하지도 않고 따라서 의존하거나 신뢰할 만하지도 않은 파트너를 불안하게 의존하고 있다는 점이다. 이런 관계의 장점은 수용당한 사람 본인의 태도가 분열되지 않는다는 점에 있으며, 이것은 정신의 경제에서 결코 낮게 평가할 수 없는 요소이다.

한편, 분열적 성향 때문에 다른 한 사람을 집중적으로 사랑하기 위해선 자신을 통합시켜야 할 필요성을 특별히 강하게 느끼는 수용자는 그 같은 노력에서 단순한 천성의 소유자보다 많이 부족한 모습을 보일 것이다. 이 수용자에겐 자신을 통합시키는 노력이 당연히 더 어렵게 마련이다. 수용자는 천성이 단순한 파트너의 내면에서 자신의 다면성에 상응하는 복잡성과 섬

세함을 찾고 있는데, 이것이 상대방의 단순성을 어지럽혀 놓게 된다. 정상적인 상황이라면 언제나 단순성이 복잡성보다 유리하기 때문에, 수용자는 곧 단순한 천성의 파트너가 섬세하고 복잡하게 반응하도록 만들려던 노력을 포기할 수밖에 없을 것이다.

곧 그의 파트너도 그녀의 단순한 천성에 따라 그에게 단순한 대답을 기대하고 나서면서 그를 곤란하게 만들 것이다. 그러면 그는 싫든 좋든 그녀의 단순성의 설득에 넘어가기 전에 내적으로 깊이 생각해야 할 것이다. 이처럼 의식적으로 깊이 생각하는 정신적 노력은 어떤 것이든 대체로 남자에게 상당한 긴장을 초래한다. 그렇기 때문에 그는 틀림없이 단순한 것을 선호하게 되어 있다. 심지어 그것이 진실이 아닐 때조차도 그렇게 된다. 그러다 보면 반쯤 진실인 것도 그에게 만족스럽게 느껴질 것이다. 복잡한 천성에는 단순한 천성이 마치 너무 좁아서 공간을 충분히 허용하지 않는 좁은 방처럼 비친다. 한편, 복잡한 천성은 단순한 천성에게 아주 넓은 방을 지나치게 많이 내주고 있다. 그렇기 때문에 그녀는 자신이 진짜 어느 방에 속하는지 절대로 알지 못한다. 그러기에 복잡한 천성이 단순한 천성을 수용하는 것은 꽤 자연스런 현상이다.

복잡한 성격은 단순한 성격 안에 흡수될 수 없지만, 수용되지 않은 상태에서 단순한 성격을 에워싸고 있다. 그럼에도 복잡한 성격이 단순한 성격에 비해 수용될 필요성을 더 강하게 느끼기 때문에, 그는 자신이 결혼생활 밖에 서 있다는 느낌을 받고 따라서 언제나 문제를 일으키는 역할을 맡는다.

수용당한 측이 강하게 매달릴수록, 수용자 측은 그 관계에 갇혀 있다는 느낌을 더 강하게 받는다. 수용당한 측이 그 관계에 매달리며 관계 속으로 강하게 밀고 들어올수록, 수용자는 제대로 대응하지 못하게 된다. 따라서 그는 창문 밖을 살피려는 경향을 보일 것이다. 처음에는 틀림없이 무의식적으로 그렇게 할 것이다. 그러나 중년이 시작되면, 분열적인 천성 때문에 그에게 특별히 필요한 통합과 집중에 대한 욕망이 그의 내면에서 더욱 지속적으로 일어난다. 이 시점에, 그 갈등이 중대한 위기를 맞게 할 일들이 일어나기 쉽다.

그는 자신에게 언제나 결여되어 있던 만족과 통합을 추구하면서 자신이 완벽을 추구하고 있다는 사실을 자각하게 된다. 남자의 이런 태도가 수용당한 여자에겐 그녀가 언제나 아프게 느껴왔던 불안을 확인시켜주는 결과밖에 되지 않는다. 그녀는 자신의 것으로 알았던 방 안에 다른 사람들이, 말하자면 초대받지 않은 손님들이 살고 있다는 것을 발견한다. 그러면 안전에 대한 희망이 사라진다. 만약에 그녀가 절망적이고 폭력적인 노력을 통해서 파트너로 하여금 통합에 대한 욕망은 유치하고 병적인 공상에 불과하다는 점을 고백하도록 하지 못한다면, 그녀는 그에 따른 실망 때문에 입을 굳게 닫을 것이다. 만약 이 전략이 성공하지 못한다면, 그녀가 실패를 인정하는 것 자체가 오히려 그녀에게 유리하게 작용할 것이다. 그 실패를 통해서 그녀가 타인의 내면에서 그렇게 간절히 찾던 안전을 바로 자신의 내면에서 발견할 수 있다는 사실을 깨달을 것이기 때문이다. 이런 식으로 그녀는 자기 자신을 발견하고 자신의 단순한 천성 안에서 남자가 찾고자 노력하다가 뜻을 이루지 못했던 그 모든 복잡성을 발견할 것이다.

만약 수용자가 "부정"(不貞)의 기회 앞에서도 흔들리지 않고 통합에 대한 욕망의 정당성을 계속 믿는다면, 그는 당분간 자기분열을 견뎌내야 할 것이다. 분열은 단순히 분리되는 것으로 치료되지 않고 더욱 철저한 분열에 의해서 치료될 수 있다. 통합을 추구하는 모든 힘들과 자아에 대한 건강한 욕망은 분열에 저항할 것이며, 이런 식으로 그는 그때까지 자신의 밖에서 추구했던 통합의 가능성을 내면에서 이룰 수 있다는 것을 자각하게 될 것이다. 그러면 그는 분열되지 않은 자아를 보상으로 얻게 될 것이다.

이것이 중년에 매우 자주 일어나는 일이다. 경이로운 우리의 본성은 이런 식으로 인생 전반부에서 후반부로의 이동을 가속화한다. 그것은 사람이 오직 본능적 천성의 도구이던 상태에서 더 이상 그런 도구가 아니고 자신의 본연의 모습을 지키며 성숙시키는 상태로 옮겨가는 것이다. 말하자면 자연에서 문화로, 본능에서 영혼으로의 변환이 일어난다는 뜻이다.

우리 모두에게 필요한 이 같은 발달을 도덕적으로 폭력적인 행위로 방해하지 않도록 각별히 조심해야 한다. 왜냐하면 천성을 분리시키고 본능을 억압함으로써 영적인 어떤 태도를 창조하려는 시도는 모두가 허위이기 때문이다. 은근슬쩍 외설적인 영성만큼 혐오감을 일으키는 것도 없다. 그런 영성은 천박한 관능만큼이나 불쾌하다. 그러나 그 변화는 시간이 오래 걸린다. 대다수의 사람들은 인생의 전반부에 해당하는 단계에 갇혀 옴짝달싹 못하게 된다. 만약 우리도 원시인들처럼 결혼에 따르는 이런 심리적 발달을 모두 무의식에 맡길 수만 있다면, 이 전환도 보다 완벽하게, 그리고 지나치게 많은 마찰을 일으키지 않고 성취할 수 있을 것이다. 원시인들 사이에 보자마자 존경심을 불러일으키는 그런 정신적 인격자들이 자주 보인다. 그런 인격자들을 만나면 평화로운 운명이 성숙한 결실이라는 느낌이 저절로 든다. 나는 여기서 개인적 경험을 바탕으로 이야기하고 있다. 그러나 현재의 유럽인들 중에서 도덕적으로 폭력적인 행위로 일그러지지 않은 사람들을 어디서 찾을 수 있을까? 우리는 지금도 여전히 금욕과 그 반대를 동시에 믿을 만큼 야만적이다. 그러나 역사의 수레바퀴를 거꾸로 돌려놓을 수는 없다. 우리는 다만 우리의 운명을 우리 안에 있는 원시적인 이교도가 진정으로 원하는 대로 방해받지 않고 살 수 있는 그런 태도를 정착시키려고 노력할 수 있을 뿐이다. 오직 이런 조건에서만 우리는 영성을 관능으로 왜곡하지 않고 또 관능을 영성으로 왜곡하지 않을 수 있다. 그래야만 영성과 관능이 서로에게서 생명력을 끌어내면서 살 수 있을 것이다.

지금까지 간략하게 설명한 변환이야말로 심리학적 결혼관계의 핵심이다. 자연의 목적에 이바지하고 또 중년의 특징인 변환을 초래하는 착각들에 대해 많은 이야기를 할 수 있을 것이다. 결정적인 단계에 분명히 드러나듯이, 적응이 성공적으로 이뤄질 경우에 인생의 전반부에 결혼의 특징으로 꼽히는 특별한 조화는 대부분 어떤 원형적인 이미지의 투사에 그 바탕을 두고 있다.

아니마와 아니무스

|

모든 남자는 자신의 내면에 영원한 여성상을 갖고 있다. 이 여자 혹은 저 여자의 구체적인 이미지가 아니고 전반적인 여성상이다. 이 이미지는 기본적으로 무의식적이다. 남자의 살아 있는 유기체 안에 각인된, 원시시대부터 시작된 그런 유전적 요소이다. 말하자면 모든 조상들이 여자들을 상대로 얻은 경험들의 "원형"이라고, 지금까지 여성이 남긴 모든 인상의 축적이라고

할 수 있다. 한마디로 요약하면, 유전으로 내려온 정신적 적응 체계이다. 어떠한 여자도 존재하지 않는다 할지라도, 이 무의식적 이미지로부터 여자가 어떤 존재여야 하는지를 추론해내는 것은 언제든 가능하다. 여자도 마찬가지이다. 여자도 타고난 남자의 이미지를 갖고 있다. 실제로 보면, 여자들의 경우에는 남자들의 이미지라고 표현하는 것이 더 정확한 반면에 남자의 경우에는 여자의 이미지라고 표현하는 것이 더 적절하다. 이 이미지는 무의식적이다. 그러기에 이 이미지는 언제나 사랑하는 사람의 개성 위로 무의식적으로 투사되며 열정적 끌림 혹은 혐오의 주요한 원인이 된다. 나는 이 이미지를 "아니마"(anima)라고 불렀으며, 나는 "여자는 영혼을 갖고 있는가?" (Habet mulier animam?)라는 학구적인 질문이 특별히 흥미롭다고 생각한다. 이유는 나의 견해엔 그 같은 의문이 정당한 것 같다는 점에서 지적인 질문처럼 보이기 때문이다. 여성은 아니마도 갖고 있지 않고 영혼도 갖고 있지 않으며 그 대신에 "아니무스"(animus)를 갖고 있다. 아니마는 에로틱하고 감정적인 성격을 갖고 있고, 아니무스는 합리화하려는 성격을 갖고 있다. 따라서 남자들이 여자의 에로티시즘, 특히 여자들의 정서적 삶에 대해 하는 말의 대부분은 자기 자신의 아니마의 투사에서 나온 것이며 따라서 왜곡되어 있다. 그런 한편, 여자들이 남자들에 대해 품는 놀라운 가설과 공상은 비논리적인 주장과 거짓 설명을 무한정 제시하는 아니무스의 작용에서 나온다.

아니마와 아니무스는 똑같이 놀랄 만큼 다면적이라는 점이 특징으로 꼽힌다. 어떤 결혼관계에서 이 이미지를 수용자에게 투사하는 것은 언제나 수용당한 사람이다. 그런 한편, 수용자는 자신의 무의식적 이미지를 자신의 파트너에 부분적으로만 투사할 수 있다. 이 파트너가 통합되고 단순할수록, 투사는 덜 완벽해진다. 그런 경우에 매혹적인 이 이미지는 마치 살아 있는 인물로 채워지기를 기다린다는 듯이 공중 높은 곳에 내걸리게 된다.

천성적으로 아니마 투사를 끌어들이도록 태어난 것 같은 유형의 여자들이 있다. 정말로, "아니마 유형"이라고 불러도 무방할 그런 여자들이다. 소위 말하는 "스핑크스 같은" 성격은 그런 유형의 특성에 반드시 필요한 부분인데, 이 성격은 애매하고 호기심을 자아낸다. 애매하다고 해서 아무것도 제시하지 않는 그런 불명확한 흐릿함이 아니라 모나리자처럼, 많은 이야기를 들려주는 듯한 침묵에 더 가깝다. 이런 유형의 여자는 늙은 것 같으면서도 젊고, 어머니 같으면서도 딸 같고, 순결해 보이면서도 야해 보이고, 아이 같으면서도 남자들을 무장해제 시키는 달콤함을 갖고 있다. 지적 능력을 갖춘 남자라고 해서 모두가 아니무스가 되지는 않는다. 왜냐하면 아니무스는 멋진 관념의 달인이기보다는 멋진 단어의 달인이어야 하기 때문이다. 그 단어들도 의미로 가득해 보이면서도 많은 것을 말하지 않은 채 여백으로 남겨두는 그런 단어들이어야 한다. 자기희생이라는 관념이 저절로 떠오를 만큼, 그 남자는 또한 "이해받지 못하는" 계층에 속하거나 어떤 식으로든 자신의 환경과 불화를 빚어야 한다. 그는 다소 미심쩍은 영웅, 말하자면 가능성을 가진 남자여야 한다.

여자뿐만 아니라 남자에게도 해당되는 말인데, "수용자"의 입장인 한, 이 이미지를 채우는 것은 본인이 어떻게 하느냐에 따라 인생 자체가 달라질 수 있는 중대한 경험이다. 왜냐하면 그 경험 안에 그 사람의 복잡성이 그에 걸맞은 다양성을 발견할 수 있는 가능성이 내포되어 있기 때문이다. 그럴 경우에 시야가 확 트이는 것 같고, 그 시야 안에서 사람은 자신이 껴안기며 수용되는 것 같은 기분을 느낀다. 여기서 나는 의도적으로 "트이는 것 같다"는 표현을 쓰고 있다. 왜냐하면 그 경험이 두 개의 얼굴을 갖고 있을 수 있기 때문이다. 어떤 여자의 아니무스 투사가 대중의 눈에 띄지 않는, 진정으로 의미 있는 어떤 남자에게 꽂혀 그 남자가 그녀의 도덕적 지원으로 자신의 진정한 운명을 성취하도록 돕듯이, 남자는 자신의 아니마 투사에 의해서 스스로 '영감을 주는 여인'(femme inspiratrice)을 창조해낼 수 있다. 그러나 종종 '영감을 주는 여인'은 파괴적인 결과를 낳는 착각이고 실패인 것으로 드러난다. 이유는 그의 믿음이 충분히 강하지 않기 때문이다. 나는 비관론자들에게 이 원초적인 정신적 이미지가 아주 놀라운 긍정적 가치를 지닌다고 말하곤 한다. 그러나 낙관론자들에겐 맹목적인 공상과 터무니없는 일탈에 대해 경고해야 한다.

어떤 상황에서든 이 투사를 개인적이고 의식적인 관계로 받아들여서는 안 된다. 초기 단계에 이 투사는 그런 관계와 거리가 한참 멀다. 왜냐하면 투사가 생물학적 동기가 아닌 무의식적 동기들에 근거하여 충동적인 의존을 낳기 때문이다. 영국 소설가 라이더 해거드(Rider Haggard)의 '그녀'(She)는 아니마 투사의 바탕에 작용하고 있는 재미난 관념들의 세계를 흥미롭게 그리고 있다. 종종 보면 그 관념들은 기본적으로 에로틱한 것으로 위장한 영적인 내용이며, 원형들로 이뤄진 원시인의 신화적 사고의 단편들이다. 따라서 그런 관계는 그 바탕을 보면 집단적인 관계이지 결코 개인적인 관계가 아니다.

만약 그런 투사가 배우자 중 어느 한 쪽에 고착된다면, 집단적인 정신적 관계가 집단적인 생물학적 관계와 갈등을 빚으며 수용자의 내면에 내가 앞에서 설명한 분리 혹은 분열을 낳을 수 있다. 만약 수용자가 머리를 물 위로 치켜들고 익사하지 않을 수 있다면, 그는 바로 이 갈등을 통해서 자기 자신을 발견할 것이다. 그런 경우엔 투사는 그 자체로는 위험하긴 하지만 그래도 그가 집단적 관계에서 개인적 관계로 넘어가도록 도울 것이다. 이것이 곧 결혼이 초래하는 관계를 의식적으로 온전하게 실현하는 것이다. 이 논문의 목표가 결혼의 심리학에 대해 논하는 것이기 때문에, 투사의 심리학은 여기서 우리의 관심을 끌지 못한다. 투사의 심리학을 하나의 사실로 언급하는 것만으로도 충분할 것이다.

여기서 오해를 낳을 위험이 있을지라도, 심리학적 결혼관계의 결정적인 변환의 본질에 대해 언급하지 않고 그 관계에 관한 설명을 끝낼 수는 없다. 잘 알려진 바와 같이, 심리학적인 것들의 경우에는 직접 경험해보지 않고는 절대로 이해되지 않는다. 그런데도 사람들은 자신의 판단이 유일하게 진실하고 만족스러운 판단이라고 느낀다. 이 같은 혼란은 사람들이 매 순간 의식의 내용물을 과대하게 평가하기 때문에 일어난다. 그런데 이 과대평가는 우리에게 필요하다. 왜냐하면 이런 식으로 주의의 집중이 이뤄지지 않을 경우에는 사람이 절대로 의식적일 수 없기 때문이다. 따라서 삶의 모든 시기는 그 나름의 심리학적 진리를 갖고 있으며, 이는 심리 발달의 모든 단계에 똑같이 적용된다. 심지어 극소수의 사람만이 도달할 수 있는 단계도 있다. 이것은 심리적 발달이 민족이나 가족, 교육, 재능, 열정 등이 복잡하게 얽힌 문제이기 때문에 나타나는 현상이다.

자연의 본질

|

자연은 귀족적이다. 이 책에서 간혹 언급된 평균적인 사람은 하나의 허구이다. 정신적 삶은 아주 낮은 차원에서도 쉽게 멈춰버릴 수 있는 그런 발달이다. 그것은 마치 모든 개인이 저마다 특별한 중력을 갖고 있으며, 그 개인이 중력에 따라서 자신의 최대 한계까지 올라가거나 최저 한계까지 가라앉을 수 있는 것과 비슷하다. 이 중력에 따라서 그 사람의 견해와 확신이 결정된다. 그렇기 때문에 아주 많은 결혼이 정신적 혹은 도덕적 건강에 전혀 아무런 해를 끼치지 않으면서도 생물학적 목표를 성취함과 동시에 심리학적으로도 최고 한계에 닿는다는 사실은 절대로 놀라운 일이 아니다. 한편 자신과의 부조화가 더욱 깊어지는 것을 경험하는 사람들의 숫자는 상대적으로 작다. 외부 압력이 엄청나게 큰 곳에서는, 갈등은 에너지의 부족 때문에 그다지 극적인 긴장을 조성하지 못한다. 그러나 심리적 불안정은 사회적 안정과 비례하여, 처음에는 신경증을 낳으면서 무의식적으로, 그 다음에는 별거와 불화, 이혼 등을 초래하면서 의식적으로 커진다. 그래도 보다 높은 차원에서는 심리적 발달의 새로운 가능성이 확인된다. 비판적 판단이 정지되는 종교의 영역이 바로 그런 차원이다.

어느 차원에서나 전진이 영원히 멈춰버릴 수 있다. 다음 단계의 발달에 따를 것들을 철저히 의식하지 않게 되면 그런 상황이 벌어진다. 대체로 다음 단계로 넘어가는 것을 가로막는 것은 폭력적인 편견과 미신적인 두려움이다. 그러나 이 봉쇄도 아주 유익한 목표에 이바지한다. 왜냐하면 어쩌다 자신에 비해 지나치게 높은 차원에서 살게 된 사람이 바보처럼 굴어 위험한

272

일을 저지를 수 있기 때문이다.

　자연은 귀족적인 것만이 아니다. 자연은 난해하기까지 하다. 그럼에도 아무리 이해력이 뛰어난 사람도 자신이 아는 것을 비밀에 부치고 싶다는 유혹을 느끼지는 않을 것이다. 정신의 발달은 어디까지나 개인의 능력의 문제이기 때문에, 그 발달의 비밀은 절대로 폭로될 수 없다는 사실을 그 사람 본인부터 잘 알고 있기 때문이다.〈1925〉

인성 교육을 심리학적으로 본다면…

정신분석이라는 용어를 처음 도입하고, 무의식에 닿을 수 있는 길을 제시한 인물은 물론 지그문트 프로이트였다. 그러나 정신분석을 현실에 적용시키려 노력하는 등 정신분석의 대중화에 적극적으로 나선 인물은 칼 구스타프 융이었다. 이 책에 실린 글들은 칼 융이 그런 노력의 일환으로 한 강연에서 발표한 글이나 짧은 논문이다. 성격이나 인격에 관한 글이 주를 이루고 있다. 새삼스레 인성 교육의 중요성을 강조하고 있는 시점에 많은 것을 생각하게 하는 내용이다. 정책 당국자는 물론이고, 교육자, 학부형 등 모두가 반드시 읽어야 할 책이다.

'사람의 성품을 함양시키는 교육' 정도로 정의되는 인성 교육은 인격을 갖추게 하는 교육과 크게 다르지 않을 것이다. 칼 구스타프 융의 견해에 비춰보면, 지금 실시되고 있는 우리의 인성 교육은 좀 거칠게 표현하면 그 자체가 '꽝'이다. 무슨 근거로 이렇게 말할까?

정신분석에서는 어린이 환자의 경우에 병의 원인을 아이에게서 찾지 않는다. 부모를 본다. 그 다음에 다른 가족 등 아이의 환경을 본다. 아이를 대상으로 분석해 원인을 찾는다 한들, 주변 환경이 그대로면 아이는 절대로 변할 수 없기 때문이다.

그래서 칼 융은 어른에 대한 교육을 강조한다. 윗물이 맑으면 자연히 아랫물은 맑아진다는 뜻이다. 학교만 졸업하면 모두가 성숙한 어른으로 취급받지만, 어른들 중에서 하나의 인격체로 존중받을 자격을 갖춘 사람은 그다지 많지 않다는 것이 칼 융의 입장이다. 아이들의 인성을 가꾸기 위한 교육의 일차적 대상은 어른이 되어야 한다는 뜻이다.

　여기서 우리 현실을 칼 융의 견해에 비춰보자. 깊이 파고들 것도 없다. 학생들과 가장 밀접한 역사 교과서 문제를 둘러싸고 어른들이 벌이는 행태만 봐도 충분하다. 공부에 쫓기는 학생들도 다른 문제는 몰라도 역사 교과서 문제만큼은 관심을 둘 것이다. 교과서 내용은 제쳐두더라도, 그 문제와 관련해 어른들 사이에 오가는 거친 말과 거친 행동을 보고 감수성 예민한 학생들이 과연 뭘 배우겠는가?

　오래된 글들이지만, 이 안에 우리의 미래가 있다. 사회를 이끄는 위치에 선 사람들이 인간 정신이 작동하는 방식을 몰라도 너무 모르고 있다. 우리 모두 사회가 지금처럼 피폐해진 탓을 엉뚱한 곳으로 돌릴 게 아니라 자신의 진짜 모습부터 들여다보는 용기를 발휘할 때라고 이 책은 강조한다.

칼 구스타프 융 연보

* **1875년 7월 26일=** 스위스 투르가우 주 케스빌에서 태어났다. 아버지 요한 폴 융은 스위스 개혁 교회의 목사였으며, 어머니 에밀리에 프라이스베르크는 돈 많은 명문가의 딸이었다. 융은 이 부부의 넷째로 태어났으나 유일하게 살아남은 자녀였다.

* **1876년=** 융의 아버지, 라우펜으로 발령을 받았다. 융의 어머니 에밀리에는 정신적 혼란과 우울증에 시달렸다. 에밀리에가 밤이면 귀신이 나타난다는 말을 곧잘 한 탓에 칼 융은 어릴 때부터 공포에 시달렸다. 어머니가 우울증을 앓고 병으로 자주 입원함에 따라 아들과 떨어져 있는 시간이 많았다. 이런 현실이 융의 여성관에 영향을 강하게 미친다.

* **1879년=** 융의 아버지가 클라인위닝겐으로 발령을 받았다. 에밀리에가 친정과 가까운 이곳으로 옮기면서 정신적 안정을 되찾는다.

* **1887년=** 칼 융, 바젤 인문 김나지움에 입학했다.

* 1895년= 과학과 의학을 공부하기 위해 바젤 대학에 입학했다.

* 1900년= 바젤 대학을 졸업한 뒤 취리히의 부르크횔츨리 정신병원에서 오이
겐 블뢸러 교수 밑에서 일한다. 여기서의 활동은 1909년까지 이어진다.

* 1902년= 취리히 대학에서 '소위 신비현상의 심리학과 병리학에 대해'(On
the Psychology and Pathology of So-Called Occult Phenomena)라는 논문으
로 박사학위를 받았다.

* 1903년= 스위스의 부자가문 출신인 엠마 로첸버그와 결혼한다. 둘 사이
에 아이가 다섯 태어났다. 엠마가 1955년 세상을 떠날 때까지 둘의 결혼관계
는 지속되었다. 그러나 융은 몇몇 여자와 염문을 뿌렸다. 러시아 출신으로 최
초의 여성 정신분석학자였던 사비나 스피렐레인(Sabina Spirelrein)과 동료였
던 토니 볼프(Toni Wolff)와 깊은 관계였던 것으로 전해졌다.

* 1905년= 취리히 대학에서 정신의학 강의를 맡다. 이 강의는 1913년까지 이
어졌다.

* 1906년= 지그문트 프로이트와 서신 교환을 시작하다. 이듬해 빈에 있던
프로이트를 방문한다. 이 자리에서 꼬박 13시간 동안 프로이트와 대화를 나
눴다.

* 1907년=『정신분열증의 심리학』(The Psychology of Dementia
Praecox)을 쓰다.

* 1909년= 취리히의 부르크횔츨리 정신병원을 그만두고 프로이트와 함
께 미국을 방문한다. 그러나 융이『무의식의 심리학』(Psychology of the

Unconscious)을 집필하는 사이에 프로이트와의 관계에 긴장이 고조되었다. 둘은 리비도와 종교의 본질에 대해 의견대립을 보였다. 또한 융은 1909년에 스위스 퀴스나흐트에 정신분석 의료기관을 열고 죽을 때까지 열정적으로 운영했다.

* 1910년= 세계정신분석협회(IPA) 회장에 선출된다.『변용의 상징들』(Symbols of Transformation)을 쓰고 미국 뉴욕의 포드햄대학에서 강연을 한다.

* 1912년= 칼 융이 자신은 프로이트와 학문적으로 다르다고 선언했다.『무의식의 심리학』발표했다.

* 1913년= 세계정신분석협회 회장직을 내놓다. 이로써 프로이트와 최종적으로 결별하게 되었다. 이 시기에 환상과 환청에 시달리며 자신이 정신분열증에 걸린 게 아닌가 하고 걱정하는 사태가 벌어진다.『레드 북』의 집필을 시작하다. 융은 이 책을 16년 동안 쓰다가 옆으로 밀쳐놓은 뒤 틈틈이 손질을 했으나 세상을 떠날 때까지 끝내 마무리 짓지 못하게 된다.

* 1919년= '원형'이란 용어를 처음 사용한다.

* 1920년= 영국 콘월에서 세미나를 개최한다. 이후 두 번 더(1923년, 1925년) 영국에서 세미나를 연다.

* 1921년= '심리 유형'을 발표한다.

* 1923년= 북미의 푸에블로 인디언 방문한다.

* 1925년= 동아프리카로 심리학적 탐험을 떠난다. 케냐와 우간다 등을 돌면서 그곳 원주민들의 심리학을 이해하려고 노력한다.

* 1929년= 중국 도교 서적 『태을금화종지』(太乙金華宗旨)에 대해 언급한다.

* 1932년= 취리히 국립폴리테크닉대학의 심리학 교수로 취임한다. 이 학교에서 칼 융은 1940년까지 학생들을 가르친다.

* 1937년= 인도를 여행한다. 힌두철학은 상징의 역할과 무의식의 이해에 중요한 역할을 맡는다.

* 1944-1945년= 바젤대학 의료심리학 교수가 된다. 『심리학과 연금술』(Psychology and Alchemy)출간한다.

* 1948년= 취리히에서 칼 구스타프 융 연구소 설립한다.

* 1950년= 『욥에 대한 회신』(Answer to Job) 발표해 논란을 불러일으킨다.

* 1957년= 자서전 『기억 꿈 회상』(Memories, Dreams, Reflections) 출간.

* 1958년= 『인간과 상징』(Man and his Symbols) 집필 시작. 이 책은 1961년 융의 사후에 출간됨.

* 1961년= 취리히 근처의 퀴스나흐트에서 세상을 떠나다. 향년 85세.